Naaktportret

Loes den Hollander

Naaktportret

Karakter Uitgevers B.V.

© Loes den Hollander
© 2007 Karakter Uitgevers B.V., Uithoorn
Omslagbeeld: Corbis
Omslag: Hesseling Design, Ede
Opmaak: ZetSpiegel, Best

ISBN 978 90 6112 116 9
NUR 305

Tweede druk, oktober 2007

Voor Els.
Dit kind kunnen we delen.

*

Zodra het mei is, beginnen de dromen. Ze sluipen mijn hoofd binnen en nestelen zich daar minstens een maand. Overdag neem ik me voor om ze te negeren en me 's nachts niet lastig te laten vallen. Ik ben er iedere dag opnieuw van overtuigd dat het me zal lukken. Waarom zou ik me gek laten maken door die dromen? Het zijn slechts hersenspinsels uit een ver verleden dat ik allang heb afgesloten. Ze hebben niets met het heden te maken, ze proberen me alleen maar van mijn stuk te brengen. Ze kunnen proberen om zich aan me op te dringen maar ik blijf ze de baas. Tot nu toe heb ik ieder jaar die eenendertig nachten overleefd.

Mei was altijd de maand van de groene weelde aan de bomen. Bloesems die je opsnoof en waarvan ik als kind zo ontzettend hard moest niezen.

Lammetjes in de wei die dartelend rondsprongen en blatend achter de moederschapen aan liepen.

Hele rijen jonge eendjes in de vijver, die we iedere dag telden. Als er een reiger in de buurt was renden we achter hem aan om hem te verdrijven.

Bijna iedere dag een bruidspaar op de trap voor het stadhuis, want mei was ook de trouwmaand.

De winterkleren gingen naar zolder en de zomerkleren werden tevoorschijn gehaald. Ze verdwenen eerst, op kleur gesorteerd, in de wasmachine en wapperden een tijdje later aan de waslijn. Het werd langer licht en 's morgens scheen de zon al vaak als je de gordijnen opendeed. In mei waren we vrolijker dan in april. We zongen tijdens het speelkwartier het schoolreislied. De zomervakantie kwam steeds dichterbij.

Mei was de maand waarin ik verliefd werd en ontdekte dat

verliefd zijn heel anders was dan ik me had voorgesteld. Vlinders in de buik waren een minder prettig gevoel dan me was verteld. Ik werd er misselijk en duizelig van en ik kon geen hap door mijn keel krijgen. Ik sliep slecht en liep overdag met een bonkend hoofd te zwaaien op mijn benen. Ik kon niets meer onthouden en moest al huilen als iemand me alleen maar vriendelijk gedag zei.

Ooit veranderde alles in mei. De groene bladeren aan de bomen verbleekten. De moedereend met haar negen kleintjes verdween spoorloos. De vrolijke kinderstemmen in het speelkwartier verstomden. De schapen zwegen. De zon was nergens meer te bekennen. Zelfs de reiger was weg.

Ik droom er nog altijd van als het weer mei wordt. Het is avond, even na elven. Ik stap uit de auto, sluit hem af en kijk naar het huis.

Alle lichten branden.

De voordeur staat open.

De poezen zitten klaaglijk miauwend in de deuropening.

Mijn benen beginnen te rennen, mijn ademhaling versnelt. Ik probeer te gillen maar er komt geen geluid over mijn lippen. Er schieten felle pijnscheuten door mijn borstkas. Ik heb het gevoel dat ik ga flauwvallen.

De woonkamer is leeg, de keuken is leeg, er is niemand in de tuin. Ik vlieg de gang in maar keer terug naar de kamer. Ik heb nog niet in de serre gekeken.

Leeg.

Het toilet?

Leeg!

Het huis houdt de adem in. De poezen krijsen.

Ik ren de trap op.

I

Het is alweer twee weken geleden dat ik de foto kreeg. De postbode belde aan, omdat de enveloppe niet door de brievenbus kon. Hij tikte beleefd met twee vingers tegen zijn pet en zei dat er misschien een leuke verrassing in zat. Ik had wel zin in een leuke verrassing. Eigenlijk vond ik dat ik récht had op een leuke verrassing, na de maanden die achter me liggen. Nieuwsgierig opende ik de enveloppe. Mijn naam en adres waren op een sticker geprint. Er stond nergens een afzender vermeld. Waarschijnlijk was het reclame. Toen zag ik de foto. Ik werd duizelig en moest me vastgrijpen aan de tafel.

Ergens op zolder staat een doos waarin dezelfde foto moet zitten. Die doos staat daar al jaren. Is dit de foto uit die doos? Heeft iemand hem gestolen en naar mij gestuurd? Welke zieke geest bedenkt zoiets?

Ik schud mijn hoofd. Diefstal is veel te ver gezocht. Ik moet me niet gek laten maken. Maar toch zit ik nu al de hele middag op zolder dozen te openen en alles wat eruit komt stuk voor stuk na te kijken. Tot nu toe zonder resultaat. Ik moet hiermee ophouden, zegt mijn verstand. Maar mijn handen blijven doorgaan.

'Oehoe, Marijke, ik ben thuis,' hoor ik Jeroen roepen. Ik kijk verschrikt op mijn horloge. Het is al halfzes! Ik heb het busje waarmee hij altijd wordt gebracht niet horen stoppen. 'Marijke! Waar ben je?' Er klinkt lichte paniek in zijn stem. Ik hijs me overeind en merk dat mijn knieën stijf zijn. 'Ik word nu echt een oud wijf,' mompel ik en ik strompel naar de trap. Mijn rug krijg ik ook niet meteen recht. 'Ik ben op zolder, Jeroen! Ik kom eraan.'

Jeroen staat me onder aan de trap in de gang op te wachten. Zijn vollemaansgezicht is één grote grijns. Hij heeft een nieuwe jas aan, zie ik. Niet vergeten er iets van te zeggen, dergelijke aandacht luistert heel nauw bij Jeroen.

'Dag jongen,' begroet ik hem en op hetzelfde moment verdwijn ik in zijn enorme armen. Hij is ruim twee koppen groter dan ik. Aan de natte klapzoenen die hij altijd uitdeelt als hij me begroet ben ik gelukkig gewend geraakt. Toen ik hem pas kende dreigde mijn maag daar wel eens van achter mijn oren te belanden.

Ik hou van deze knul. Hij brengt allerlei emoties in me teweeg waar ik, toen ik hem pas kende, voor op de vlucht sloeg. Maar sinds ik ben opgehouden met het bestrijden van die emoties kan ik echt van hem genieten. Jeroen bekijkt de wereld vanuit een heel persoonlijk perspectief. De manier waarop hij interpreteert, reageert of juist negeert heeft te maken met de stemmen in zijn hoofd op dat moment. Ondanks de medicijnen die de psychoses in bedwang moeten houden, ziet en hoort hij dingen die er niet zijn. Hij is al 30 jaar maar hij zal op geestelijk niveau wel altijd een puber blijven. Zijn geest wil niet verder groeien en sluit daardoor de boze wereld buiten. Maar zijn lichaam groeit wel verder. Het wordt tijd dat ze hem in de woongroep weer eens een poosje op dieet zetten, zie ik. Hij kan nogal onmatig zijn met eten. In dat opzicht is hij net een groot kind. Ik hou vooral van het kind in hem, dat nooit verloren gaat.

'Ik heb weer een nieuwe,' glundert hij als hij me loslaat. Ik glimlach uitnodigend en bereid me voor op het zoveelste mopje over een dom blondje. Jeroen begint al te schateren voordat hij iets heeft gezegd. Hij lacht zelf altijd het hardst om zijn moppen. 'Weet je wat een dom blondje zegt als ze haar mobieltje opneemt?'

Ik schud mijn hoofd.

'Ze zegt: hoe wist je dat ik híér was?' Hij slaat zichzelf van plezier op zijn knieën. 'Hij is goed, hè?'

'Hij is goed,' beaam ik.

'Ik wist er nóg een,' zegt Jeroen, 'maar ik ben hem even vergeten. Misschien weet ik hem straks weer.'

We gaan in de keuken zitten. Ik schenk voor mezelf een glas mineraalwater in en voor Jeroen een groot glas sinas. Jeroen pakt de kaas en de leverworst uit de koelkast en rommelt in de bestekla tot hij het juiste mes heeft gevonden. Hij snijdt heel geconcentreerd enkele repen kaas af. 'Lekker, jonge kaas,' glundert hij. 'Ik hou van jonge kaas. En van leverworst. En van sinas.' Hij verdeelt de repen kaas in blokjes. Alle blokjes moeten precies even groot zijn. Daarna zet hij het mes in de leverworst. Neuriënd pakt hij de pot Zaanse mosterd en maakt hem open. 'Ik heb goede zin, vandaag,' meldt hij totaal overbodig.

Het is een ritueel als Jeroen komt. We zitten aan de keukentafel. We drinken iets en dopen de kaas en de leverworst in de mosterd. Zodra we beginnen te kauwen trekken we gekke bekken, alsof we het verschrikkelijk vies vinden. Ik grom er altijd een beetje bij.

Jeroen glimt van plezier. 'Gezellig, hè? Jammer dat papa er niet is.' Ik verlang opeens hevig naar Lodewijk en moet even slikken.

Jeroen kijkt me ernstig aan. 'Ga je huilen?' informeert hij ongerust.

'Nee hoor, waarom zou ik huilen? Alles gaat goed. Maar ik mis je vader een beetje.' Ik hoor mezelf geruststellend praten.

'Ik mis hem ook. Waarom heeft die vrouw hem geduwd?'
vraagt Jeroen, zonder enige aanleiding.

Ik staar hem aan. 'Hij is gevallen. Ik heb hem nog zó gezegd dat hij een hekje moest maken om dat trapgat. Ik vond dat kale gat altijd al levensgevaarlijk.'

Jeroen kijkt me aarzelend aan. 'Is hij dan niet geduwd?' vraagt hij peinzend.

Ik schud mijn hoofd. 'Nee, echt niet. Hoe kom je daarbij?'

'Dat zag ik geloof ik in mijn droom,' mompelt hij voor zich uit. Ik voel opeens een vreemde spanning op mijn maag staan.

'Het is niet echt, hè, wat je droomt?' wil Jeroen weten.

Ik zie verwarring in zijn ogen. 'Dromen zijn bedrog,' probeer ik luchtig te doen.

2

Vanmiddag heeft Irma dienst, zie ik als ik bij het dagverblijf naar binnen loop. Irma is een ervaren kracht, een no-nonsense type. Ik vind het een prettig idee dat zij de persoonlijke begeleidster is van Lodewijk. Ze is de tafel aan het afruimen en zingt met de radio mee.

Lodewijk is nergens te bekennen. Ik kijk om me heen of ik hem ergens anders zie en loop even de gang op.

'Hij ligt op bed,' vertelt Irma. 'We hebben hem tijdens het eten naar zijn kamer gebracht. Hij viel constant in slaap en dreigde zich enkele keren achter elkaar te verslikken. Misschien heeft hij koorts, hij voelde erg warm aan. Maar het leek ons beter om hem uit de groep te halen, misschien was de drukte te veel voor hem. Zal ik even meelopen?'

'Wacht maar in de huiskamer,' adviseer ik Jeroen. 'Je mag wel televisiekijken, denk ik.' Het lijkt me geen goed idee om Jeroen met een zieke Lodewijk te confronteren. Als Jeroen van slag raakt heeft hij daar het hele weekend last van. En ik dus ook.

'Op welk kanaal zit Animal Planet?' hoor ik Jeroen vragen, voordat ik de deur van de huiskamer sluit.

Lodewijk slaapt. Zijn sluike grijze haar ligt als een krans om zijn hoofd op het kussen. Hij ademt regelmatig, soms trillen zijn oogleden even. Ik denk dat hij droomt.

Irma legt een hand op zijn voorhoofd. 'Niet heet meer,' stelt ze vast. 'Het zal dus wel meevallen met die koorts. Misschien was hij gewoon een beetje moe.'

We kijken samen zwijgend naar hem en ik volg de bewegingen van zijn borstkas. Ontelbare keren heb ik naar hem gekeken als hij sliep. Hij slaapt altijd heel diep, ik vind het heerlijk om dan naar hem te kijken. Er gaat zo'n intense rust van die man uit, zo'n totale ontspanning. Nu ook weer, zie ik. Ik stik opeens bijna van verliefdheid.

Lodewijk ligt me aan te kijken. Hij glimlacht en mompelt iets wat klinkt als 'gluurder'.

'Noemde je mij een gluurder?' vraag ik. Hij knikt. Zijn ogen houden die van mij gevangen.

Ik kus hem eerst op zijn voorhoofd en daarna op zijn mond. 'Dag heerlijke man,' zeg ik en ik kruip even tegen hem aan. 'Dag mooiste man van de wereld.'

Ik kus hem op zijn haren en wieg hem zachtjes in mijn armen. Ik voel dat hij beeft. Achter mijn oogleden prikken tranen. Zal hij ooit weer helemaal de oude worden? Volgens Kees Jan wel. Het gaat een tijd duren, heeft hij me verteld, maar het komt goed. Kees Jan heeft in zijn loopbaan als revalidatiearts al heel wat patiënten behandeld die in coma hebben gelegen en hij is ervan overtuigd dat Lodewijk een goede prognose heeft. Lodewijk krijgt iedere dag meer van zijn geheugen terug. Hij kent iedereen en hij formuleert steeds betere zinnen. De loopoefeningen gaan fantastisch, hij staat al tamelijk stevig op zijn voeten. Hij kijkt alweer naar de televisie en volgende week gaan ze leesoefeningen met hem doen. Hij herinnert zich niets van de val die hij heeft gemaakt. Waarschijnlijk zal dat ook een lege plek in zijn geheugen blijven, heeft Kees Jan me uitgelegd.

Ik denk opeens aan de woorden van Jeroen, toen we gister-

middag aan de keukentafel zaten. *'Waarom heeft die vrouw hem geduwd?'*
Als Lodewijk zich niets herinnert van de val kan hij ook niet vertellen of hij geduwd is. Ik schrik van mijn eigen gedachte. Hoe kom ik hierbij? Die opmerking van Jeroen slaat toch nergens op? Jeroen heeft vaak moeite om fantasie en werkelijkheid uit elkaar te houden. Dat heeft te maken met zijn psychotische geest. Als emoties te sterk zijn of te hard binnenkomen, begint hij te dromen. Hij is weken van slag geweest nadat Lodewijk door het trapgat van de zolder naar beneden was gevallen en hij slikt nog steeds extra rustgevende medicijnen. Het is zo klaar als een klontje: zijn gedachten zijn op hol geslagen.

Ik voel een hand langs mijn lippen strijken.

'Niet piekeren,' zegt Lodewijk. 'Waar pieker je over?'

Ik schud mijn hoofd. 'Nergens over.'

'Leugenaar,' grinnikt hij.

We zijn naar het restaurant in de hal gegaan. Jeroen heeft een flesje cola gekocht en Lodewijk lepelt gelukzalig een glaasje advocaat met slagroom leeg. Ik zit er verwonderd naar te kijken. Advocaat met slagroom is in zijn ogen een 'ouwewijvendrank.' Hij associeert dat met muf ruikende oude dames.

Lodewijk drinkt het liefst champagne. Als hij op zijn schildersdrive zit en zich dagenlang opsluit in zijn atelier, komt hij voornamelijk naar buiten om een nieuwe fles champagne uit de kelder te halen. Zodra het schilderij klaar is, verlaat hij het atelier en slaapt een dag en een nacht achter elkaar. Daarna is hij weer aanspreekbaar. Ik ben één keer tijdens een schilderperiode samen met hem in zijn werkruimte geweest. Toen hij míj schilderde.

Jeroen wil graag paprikachips en ik geef hem geld. Hij komt terug met een grote zak en maakt hem snel open. Lodewijk steekt gretig een hand uit en even later zitten ze samen krakende geluiden te maken. Dat is ook iets nieuws. Lodewijk eet nooit chips. Hij gruwt van chips en aanverwante knabbeltroep. We hebben dit nooit in huis.

Ik weet niet goed wat ik hiervan moet denken. Is dit tijdelijk? Heeft het te maken met het feit dat hij nog aan het terugkeren is van heel ver weg geweest zijn?

Zo drukte Kees Jan het onlangs uit. 'Lodewijk is heel ver weg geweest,' zei hij tegen me. 'Je ziet vaak dat mensen veranderen als ze na een comateuze periode weer wakker worden. Niet altijd, maar het is mogelijk. Daar moet je rekening mee houden. Het kan een karakterverandering zijn maar we zien ook wel dat de smaak verandert.' Die vreemde voorkeur voor advocaat met slagroom en chips zou daardoor verklaard kunnen worden. Als het bij die verandering blijft zul je mij niet horen.

Ik wil mijn maat terug. Ik verlang zó naar zijn armen om me heen dat ik er benauwd van kan worden. Als ik soms bijna in slaap val, droom ik dat hij me kust. Dan zit ik in mijn leesstoel en voel zijn armen achter de rugleuning vandaan komen om mijn borsten te omklemmen.

'Hé, stúk,' hoor ik hem dan fluisteren, 'hou zo veel van je. Blijf altijd van je houden, hoe ging dat ook alweer officieel? Tot de dood ons huwelijk ontbindt? Gadverdamme, wat een smerig woord: ontbinden. Wie bedenkt nou zoiets? Dan zeggen de Engelsen het toch veel mooier. *For better and for worse.* Dát zal ik doen: *you loven, for better and for worse.*'

Jeroen heeft de inmiddels lege chipszak opengescheurd en likt de binnenkant schoon. Ik kan er niet naar kijken.

**

Als mijn vader zijn bord met de achterkant van zijn vork had leeggeschraapt, likte hij het ten overvloede ook nog helemaal schoon.

'Zo,' zei hij dan tevreden lachend tegen mijn moeder, 'dit kan meteen weer de kast in. Het is al afgewassen.'

We woonden op de Zaandammerstraatweg in Zaandam. Een keurig rijtjeshuis in een keurige arbeidersbuurt. De woningen waren direct na de oorlog uit de grond gestampt. Daarbij was het motto 'snel en veel' geweest en dat was vooral goed te merken aan de gehorigheid van de huizen. Als de buurvrouw naast ons 's morgens in de woonkamer de gordijnen opendeed konden mijn zusjes en ik dat horen in onze slaapkamer, die aan de achterkant van het huis op de eerste verdieping lag.

'Denk aan de buren!' waarschuwde mijn moeder regelmatig. 'Zet de radio zachter, schreeuw niet zo hard.' Eventuele stemverheffingen die te maken hadden met een onderlinge ruzie tussen de kinderen werden in de kiem gesmoord.

'Hou je fatsoen,' was de tekst waarop je kon wachten. 'Straks gaat ons hele huishouden over straat.'

Als mijn vader zijn bord leegschraapte met de achterkant van zijn vork, probeerde mijn moeder dat bord uit zijn handen te grissen voordat hij de kans kreeg om het af te likken. Maar ze was meestal te laat. 'Dit is geen voorbeeld voor de kinderen,' mopperde ze dan. 'En jij bent zo zelf ook niet opgevoed.'

Niemand van ons wist precies hoe mijn vader was opgevoed.

We moesten altijd ons bord leeg eten en het was streng verboden om te zeggen dat je honger had. 'In de óórlog hadden we honger. Jullie weten helemaal niet wat honger is. Dan doet je maag de hele dag pijn en zou je een moord plegen voor een balletje gehakt,' oreerde mijn moeder. 'Je weet pas wat honger is als je tulpenbollen hebt moeten eten.'

'Lust ik niet' kwam ook niet in de lijst van toegestane uitdrukkingen voor en 'blief ik niet' kon je een klats om je oren opleveren.

Mijn moeder vertelde graag over wat ze had meegemaakt toen Nederland verwikkeld was in de Tweede Wereldoorlog. Soep krijgen uit de gaarkeuken, voeding en kleding op de bon. Midden in de nacht de kelder in duiken als er een luchtalarm was. De hele rij huizen aan de overkant van de straat verwoest aantreffen toen ze op een keer die schuilkelder weer uit kwamen. Die bom had hun huis ook kunnen treffen. Ze vertelde erover alsof het om spannende avonturen ging die ze in een boek had gelezen.

Mijn vader had geen verleden, zelfs niet als het om de oorlog ging. De oorlog was voorbij, zei hij. Het had geen enkel nut daar nog op terug te komen. Ze hadden het overleefd. Dat konden veel mensen hen niet nazeggen.

Zand erover. Doorgaan met ademhalen. Als wij vroegen of hij óók honger had gehad en óók tulpenbollen had moeten eten, zei hij dat het er niet toe deed. 'We leven nú,' weerde hij af. 'Het heden is al ellendig genoeg, laat het verleden maar rusten. Het is er niet meer.'

Als mijn vader zulke dingen zei, keek mijn moeder weg.

'Jullie moeten zorgen dat je een vak leert,' was mijn vader van mening. 'Anders kom je net als ik in de fabriek terecht. Neem geen voorbeeld aan mij.' Als kind voelde ik al feilloos aan dat achter die woorden iets verborgen zat. Maar het was een ongeschreven wet dat daarover geen vragen mochten worden gesteld.

Mijn vader werkte bij Verkade. Hij deed ongeschoold werk. Soms vroeg ik mijn moeder hoe dat zat. Hij las veel. Hij volgde de politiek op de voet. Hij sprak Duits en Engels. Waarom werkte hij dan aan de lopende band in een fabriek?

'Stil toch,' kon mijn moeder verschrikt zeggen. 'Jij denkt veel te ver. Wees niet zo'n wijsneus.'

Mijn ouders trouwden vijf jaar na de oorlog. Suus werd precies negen maanden na de trouwdatum geboren, mijn moeder had daar een uitdrukking voor: Suus was van de beddenplank. Hetty volgde twee jaar later en ik werd elf maanden daarna geboren. Hetty en ik waren ieder jaar een maand lang even oud. Dat vonden wij interessant. Zes jaar na mij werd eindelijk de langverwachte zoon, Piet junior, geboren, die mijn vaders oogappel was. Piet junior luidde een nieuw leven in, vertelde mijn moeder me eens. Mijn vader snoerde haar direct de mond. 'Hou jij eens heel gauw op met uit je nek te lullen,' siste hij tegen haar.

Ik rende naar buiten.

Later probeerde mijn moeder me wijs te maken dat er niets aan de hand was. Vader had een slechte bui. Hij was moe door de nachtdienst. Hij kon er niet goed tegen, hij sliep dan niet genoeg.

Maar ik voelde iets anders. Ik voelde dat dit iets te maken had met mijn vaders geheim. En dat geheim had weer iets te maken met het verleden dat er niet scheen te zijn. Het woonde bij ons in huis. Het was de onzichtbare gluurder, de onberekenbare factor in ons leven. Het kwam op de meest onverwachte momenten als een duveltje uit een doosje tevoorschijn en beïnvloedde alles wat bij ons plaatsvond. Dat geheim was mijn vaders kwelgeest. Hij had er altijd last van. Iedereen had er last van. Maar we spraken er niet openlijk over. Het was te geheim om over te praten. Soms dacht ik wel eens dat het zó geheim was, dat mijn vader zelf niet eens wist waar het om ging.

Mijn moeder omzeilde alles wat er iets mee te maken kon hebben. In plaats daarvan wierp ze zich op haar stokpaardje dat zuinigheid heette.

Ik haatte die zuinigheid. Ik verafschuwde het als ik mijn moeder 's avonds achter de naaimachine zag zitten om een jurk van Suus nauwer te maken zodat hij mij paste. Suus was een dikkerdje, ondanks het feit dat wij afgepast aten en zelden snoep kregen.

'Die groeit zelfs van water, dat zit in de familie,' verklaarde mijn moeder. 'In de familie van je vaders kant. Zijn zussen zijn dik, zijn moeder was dik en dan had je zijn oma eens moeten zien. Daar hadden ze de kermis wel mee op kunnen gaan.' Als mijn moeder eenmaal over haar schoonfamilie begon uit te weiden, werd ze steeds langer van stof. Ook al verliet iedereen de kamer of zette je de radio of de televisie aan, zij kletste gewoon door. Het eindigde altijd in dezelfde zucht: 'Familie, je hebt er niets aan.'

Wij kenden die familie niet. Zij kwamen nooit bij ons en wij gingen nooit naar hen toe. Ze woonden in Zeeland. Dat was niet naast de deur.

Mijn moeder naaide onze kleren. De jurken werden eerst door Suus gedragen, daarna door Hetty of door mij. Stukken stof die verkleurd of versleten waren, werden vervangen door een lapje dat mijn moeder had bewaard. Ik vond het géén gezicht. Soms weigerde ik een verstelde oude jurk te dragen en schopte een scène. De jurken van Suus waren allang uit de mode tegen de tijd dat ik ze aanhad.

Mijn weigering maakte mijn moeder woedend. 'Ondankbaar nest,' schreeuwde ze dan. 'Wie denk je wel dat je bent? De koningin, of zo? Ze heeft het al net zo hoog in haar bol als je moeder,' kijfde ze dan ook nog eens tegen mijn vader. Die trok meestal zijn schouders op.

Ik haatte mijn kleren, ik haatte de voortdurende vermaningen van mijn moeder over ergens licht laten branden waar het niet nodig was of over de deur open laten staan als de kachel brandde. 'Ik stook niet voor Zaandam en omstreken,' riep ze zo hard dat je het volgens mij drie straten verder kon horen.

Ik schaamde me op zulke momenten rot voor mijn moeder.

Ik haatte het eten dat we aten. Karnemelkse pap vol klonten met bruine suiker, andijviestamppot met keiharde stukjes spek, gebakken bloedworst met appel. Mijn maag kwam ertegen in opstand.

'Heb niet het hart om te gaan spugen,' waarschuwde mijn moeder als ik begon te kokhalzen. 'Voor dat eten moet je vader zich een ongeluk werken.'

Mijn vader werkte bij Verkade in een driewekelijkse ploegendienst. De eerste week vroege dienst, de tweede week late dienst en de derde week nachtdienst. Als hij nachtdienst had mochten we in huis geen enkel geluid maken. We slopen rond op onze sokken, trokken de wc niet dóór maar gooiden er een beetje water doorheen. De voordeurbel werd uitgezet en wee je gebeente als je te hard sprak.

'Ssst, vader slaapt,' siste mijn moeder de hele dag. 'Hij heeft zijn rust hard nodig. Koppen dicht. Hij slaapt toch al zo slecht.'

Ik herinner me haar paniek toen er op een middag eens hard op de voordeur werd gebonsd. Ze vloog naar voren en opende de deur met een verontwaardigd gezicht.

'De kolenboer,' schreeuwde de man die gebonsd bleek te hebben. 'Heb u kolen besteld?'

Hij droeg een smoezelige overall en had zwarte handen en ook zwarte strepen over zijn gezicht.

Mijn moeder hief bezwerend haar handen op en fluisterde dat haar man nachtdienst had en sliep. De kolenboer perste zijn lippen op elkaar en sloop met de bestelde zak kolen op zijn rug de keldertrap af. Dat herhaalde hij nog drie keer en daarna overhandigde hij mijn moeder zwijgend de rekening.

Vanaf die middag plakte mijn moeder een briefje op de voordeur als vader sliep. Gelieve niet aan te bellen in verband met nachtdienst, s.v.p. kloppen op de achterdeur, stond er in haar hanenpotenhandschrift op.

'Waarom hebben wij geen gaskachel?' vroeg ik aan mijn moeder. Wij waren in de straat zo'n beetje het enige gezin dat nog een kolenkachel had.

Mijn moeder snoof hard. 'Waar moeten wij dat van betalen? Dat kun je kopen als je ambtenaar bent, zoals de buurman. Die zit de hele dag op zijn luie reet en verdient drie keer zo veel als je vader. Het is ongelijk verdeeld in de wereld. Het geld gaat altijd naar de hoge heren, niet naar mensen als wij. Word jij ook maar ambtenaar, dan kun je niet worden ontslagen en krijg je een goed pensioen. En dan koop je zelf maar een gaskachel en een gasfornuis en een gloednieuwe wasmachine in plaats van het negendehandsje waar je moeder mee moet werken,' voegde ze er smalend aan toe.

Ik schrok. Ze zag het. 'Sorry,' zei ze. 'Ik ben niet boos op jóú.' Ik wilde vragen op wie ze dan wél boos was en waarom. Maar iets in haar ogen vertelde me dat ik geen vragen moest stellen.

We gingen nooit op vakantie. Als mijn vader in onze zomervakantie twee weken vrij was fietsten we naar het recreatiegebied dat vijf kilometer buiten Zaandam lag. Midden in het recreatiegebied was een groot meer waar je gratis kon zwemmen. Moeder propte haar beide fietstassen vol met belegde boterhammen, een thermosfles koffie en enkele flessen aanmaaklimonade. En met zakken kapotte koekjes die ze iedere zaterdag tegen vieren op de markt ging kopen. Ze kostten bijna niets.

Mijn moeder bestelde spullen bij Wehkamp en als de proefzending haar beviel kocht ze het op afbetaling. Ze had allerlei potjes in de grote ingebouwde kast in onze huiskamer staan waar ze wekelijks geld in stopte. Een potje Wehkamp, een potje kolen en energiebedrijf, een potje dooienfonds, een potje onvoorzien. Dat potje was meestal leeg.

Toen ik enkele keren bij Ria Wijsman speelde, die in een enorm huis aan de Annalaan woonde, naast de apotheek van haar vader, ontdekte ik dat er bij Ria ook potjes in de kast stonden. Het waren de spaarpotjes van de kinderen.

'Daar doen we het geld in dat we van onze tantes en van oma en opa krijgen,' verklaarde Ria. 'Ik heb al bijna tien gulden. Ik spaar voor rolschaatsen.'

'Waarom hebben wij geen spaarpot?' vroeg ik aan mijn moeder.

'Waar leer je die onzin?' was haar wedervraag. Ik vertelde haar van de spaarpot van Ria.

'Daar ga jij niet meer naartoe,' besliste mijn moeder. Ze leek geïrriteerd. 'Je speelt maar met kinderen van je eigen soort.'

'Wat bedoelt ze daarmee?' vroeg ik aan Suus.

Die haalde haar schouders op. 'Ik denk het arbeiderssoort,' opperde ze. 'Mensen die met hun handen werken.'

Ik kreeg voor het eerst een nieuwe jurk toen ik naar de diploma-uitreiking moest van de mulo. Mijn moeder was erg trots dat een van haar kinderen een middelbareschooldiploma had gehaald en ik moest daar fatsoenlijk voor de dag komen. 'Ook al is je vader maar een gewone arbeider, wij weten hoe we ons moeten kleden,' zei mijn moeder. Ze zat met een verbeten trek op haar gezicht achter de naaimachine.

Ik weet nog precies hoe de jurk eruitzag en hoe het voelde om hem aan te trekken. Hij was gemaakt van kobaltblauw zomerlinnen, helemaal naar de mode van dat moment: in prinsessenlijn. Langs de V-hals was een in twee punten uitlopende kraag van witte piqué gestikt.

'Zo,' zei mijn vader toen ik de jurk showde, 'en waar gaat dát naartoe?'

Ik liep steeds langs de passpiegel in de naaikamer van mijn moeder om mezelf goed te kunnen bekijken. De eerste jurk in mijn leven die alleen van mij was beschouwde ik als een verrukkelijk kleinood. En ik nam mezelf voor om vanaf dat moment geen genoegen meer te nemen met de afdankertjes van mijn zussen.

Petra, de zus van Lodewijk, die behalve mijn schoonzus ook mijn beste vriendin is geworden, is dol op tweedehandskleding.

'Ik heb weer zo'n prachtig jasje gekocht bij Second Hand Rose,' vertelt ze me vaak opgetogen. Petra gaat minstens één keer per week even neuzen bij Second Hand Rose. 'Als nieuw, meid, en voor een paar centen. Ga toch eens méé!'

Ik dacht het toch niet. Al vallen de gaten in mijn kleren en moet ik ze de rest van mijn leven dragen zonder ooit nog iets nieuws te kunnen kopen, mij zie je niet in tweedehandsspullen rondlopen.

3

Lodewijk is in slaap gesukkeld. Zijn kin is op zijn borst gezakt en er loopt wat speeksel uit zijn mondhoeken. Hij snurkt een beetje.

Jeroen moet erom lachen. 'Papa heeft altijd slaap, Marijke, hij lijkt wel een baby.' Hij proest het uit met zijn hand voor de mond. Ik kan het niet uitstaan.

'Het komt van de advocaat,' antwoord ik, en hoor ik nu werkelijk een verdedigende toon in mijn eigen stem? 'Drie advocaatjes midden op de dag, dat is eigenlijk te veel. Ik had wijzer moeten zijn. Daar zou ik zelf ook van gaan snurken. Laten we maar teruggaan naar de huiskamer. Of wil je nog een cola? Je fles is alweer leeg.'

Ik probeer luchtig te praten. Alles moet zo normaal mogelijk zijn.

Jeroen steekt opeens zijn twee wijsvingers in de lucht. 'Nou weet ik hem weer, omdat jij over een fles praat. Nou weet ik de tweede weer, die ik straks vergeten was!'

Ik zet me schrap voor het volgende mopje.

'Waarom hebben domme blondjes altijd lege flessen in de koelkast staan?'

Ik haal met een vertwijfeld gezicht mijn schouders op. Hoe vertwijfelder ik doe, hoe groter de lol is voor Jeroen om me de clou van het verhaal te vertellen.

'Voor de gasten die niet drinken!'

Achter ons barst iemand in een bulderende lach uit. Het blijkt de man te zijn die ik al eerder in het restaurant heb gezien. Hij loopt altijd met zijn vrouw, die ook in coma heeft gelegen. Jeroen heeft zich omgedraaid en kijkt met een verrukte blik naar de lachende man. 'Hij is goed, hè?' roept hij.

'Díé moet ik onthouden,' hikt de man nog na. 'Ik ga hem aan mijn nieuwe schoondochter vertellen. Die is blond, kijken of ze humor heeft. Maar eerlijk gezegd: ik betwijfel het.'

Lodewijk heeft een gloeiende hekel aan de dommeblondjesmoppen van Jeroen. Jeroen is er dol op, je kunt hem geen groter plezier doen dan een nieuwe te vertellen, die hij dan weer toevoegt aan zijn verzameling. Hij schrijft ze op in een dik schrift. Iedere keer als hij thuiskomt moet eerst zijn laatste aanwinst verteld worden. Een van zijn groepsgenoten heeft een computer en kan internetten. Er schijnen pagina's vol moppen over domme blondjes op internet te vinden te zijn.

'Je moet er niet om lachen,' zegt Lodewijk vaak tegen mij. 'Hij krijgt een verkeerd beeld van blonde vrouwen. Je bent nota bene zélf blond!' Ik vind dat nog steeds een belachelijk argument.

Ik voel me niet aangesproken en ik vind de meeste moppen geestig. En ik moet vooral lachen om de pret die Jeroen erom heeft. Volgens Lodewijk snapt Jeroen de meeste moppen niet. Maar dat schat hij fout in. Jeroen snapt veel meer dan Lodewijk in de gaten heeft of wil toegeven.

We lopen met een nog altijd snurkende Lodewijk naar de afdeling terug. Irma neemt hem van mij over. 'Ik leg hem wel een uurtje op bed,' belooft ze. Ze aait hem met een brede glimlach over zijn hoofd. 'Hij moet zeker zijn roes uitslapen?' Ik voel me schuldig.

Irma ziet het en ze legt een hand op mijn arm. 'Het hindert niet. Heeft hij advocaatjes gehad? Dat dacht ik al. Daar is hij dol op.' Ze wijst op een man die bij het raam zit te slapen. 'Die meneer deelt 's avonds vaak advocaat uit. Zijn vrouw brengt elke week minstens vier flessen mee, met een spuitbus slagroom. Lodewijk vindt het lekker, hij geniet ervan. Dus dat doe je goed, Marijke.'

Ik schiet vol. Irma pakt mijn arm nog steviger vast.

Ik slik een paar keer. 'Hij heeft nooit advocaat gedronken,' zeg ik en hoor mijn stem trillen. Ik zucht diep. 'Hij is een man voor champagne. Advocaat pást helemaal niet bij hem. Wie weet wat dat klotecoma nog meer heeft aangericht!' Ik voel me opeens woedend worden.

'Niet boos zijn, Marijke. Ik heb niets gedaan.' Jeroen kijkt me met grote angstogen aan.

Ik ben direct weer bij de les. 'Ik ben niet boos op jou, lieverd. Ik hou veel te veel van je.' Ik grijp zijn handen en wrijf ze tussen die van mij.

Hij begint te giechelen. 'Dat kriebelt,' lacht hij en hij trekt een hand terug. 'Je jeukt. We gaan als het Koninginnedag geweest is naar Euro Disney,' verandert Jeroen zonder duidelijke aanleiding van onderwerp. 'Drie dagen. In een hotel. Het is al over veertien nachten.'

Ik realiseer me dat het bijna mei is.

'Luister je nou?' vraagt Jeroen een beetje ongeduldig. 'We hebben voor Disneyfiguren gespaard in de supermarkt. Bij tien euro boodschappen krijg je een figuur. De dubbele ruilen we met de buren. We hebben er al ácht. Eerlijk waar, ácht! Ik heb al het meeste geruild.'

Hij glimt van trots. De man van dertig is op dit moment een jongetje van acht. Ik zie dat Irma verwonderd naar hem staat te kijken.

**

Het cijfer acht probeerden wij thuis altijd zo veel mogelijk te omzeilen.

'Het is ons ongeluksgetal,' hield mijn moeder ons voor. 'Je vader kan er niet tegen. Hij heeft er geen goede herinneringen aan.'

Die weerstand tegen het getal acht kregen we met de paplepel ingegoten en het meest bizarre voorbeeld van die weerstand was in mijn ogen toch wel de strijd die mijn moeder volgens haar had geleverd bij de geboorte van haar jongste kind, mijn broer Piet junior. Ze was uitgerekend op de achtste februari maar daar kon voor haar absoluut geen sprake van zijn. Het moest niet gebeuren dat iemand van ons gezin op de achtste van de maand jarig was. Dat mocht niet van mijn vader. Mijn moeder raakte dus behoorlijk in paniek toen ze op die uitgerekende datum tegen een uur of drie in de middag in een rap tempo weeën begon te krijgen. De verloskundige werd gewaarschuwd en die constateerde dat het kind eraan kwam. Maar mijn moeder hield het binnen, ondanks de waarschuwingen die de verloskundige op haar losliet voor de meest verschrikkelijke dingen die er zouden gebeuren als ze niet onmiddellijk zou beginnen met persen. Het lukte mijn moeder om de zaak te rekken tot twee minuten over twaalf in de nacht, waardoor Piet junior op 9 februari werd geboren.

We hebben er allemaal een tik van meegekregen. Ik zal nooit een lot kopen dat eindigt op acht, ik boek nooit een vakantie die op de achtste van de maand begint of eindigt, ik zet de knop van de versterker op negen of op zeven maar nooit op acht. Mijn verstand weet dat het dwangmatige onzin is maar ik blijf alles wat met acht te maken heeft omzeilen.

'Het is een treitergetal,' beweerde mijn moeder. 'Het zal ons altijd blijven achtervolgen.'

Haar mening werd helemaal bevestigd in de tijd dat ik naar

de middelbare school wilde. Het boekengeld was een probleem. Mijn ouders hadden geen geld om dat bedrag op te hoesten. Ik had als gemiddeld cijfer op mijn eindrapport van de lagere school een acht nodig, omdat een acht als gemiddelde betekende dat mijn ouders geen boekengeld hoefden te betalen voor de studieboeken van de mulo. Geen acht halen betekende dat ik net als Suus en Hetty naar de spinazieacademie zou moeten, zoals ze de huishoudschool noemden. Ik werd al beroerd als ik er alleen maar aan dácht. Ik móést naar de mulo, want dan had ik meer kans om later tot de verpleegstersopleiding te worden toegelaten. Ik werd verpleegster, dat stond voor mij als een paal boven water. Ik ging mijn eigen geld verdienen en definitief afrekenen met armoede en zuinigheid. Maar eerst moest die acht gehaald worden.

Mijn hart klopte in mijn keel toen de hoofdonderwijzer in de klas verscheen en met een gewichtig gezicht een lijst tevoorschijn haalde.

'Er hebben maar drie meisjes gemiddeld een acht,' zei hij en hij keek de klas verwijtend aan. 'Dat valt me tegen.'

Ik had het gevoel dat ik flauw ging vallen van de spanning. Hij begon de lijst op alfabetische volgorde voor te lezen. Godzijdank was ik snel aan de beurt.

'Marijke van Ballegooij.' Hij zocht mijn blik over zijn leesbril heen. Voor mijn ogen verscheen opeens het gebouw van de gehate huishoudschool. Ik werd misselijk.

Mijn buurvrouw gaf me een hardhandige por tegen mijn schouder. 'Je hébt 'm,' fluisterde ze opgewonden. 'Jij wél!'

Het was niet waar, dacht ik. Ik had niets gehoord. Ze zei het om me te troosten. Zelfs toen ik de lijst in mijn hand kreeg geduwd en onderaan een glorieuze acht zag staan, geloofde ik het niet. Het kon volgens mij niet waar zijn dat een acht geluk bracht. Ik droomde het, dát zou het zijn. Het werd tijd dat ik wakker werd.

'Niet tegen je vader zeggen dat je een acht moest halen,' gebood mijn moeder. 'Hij denkt dat een zeven en een half de voorwaarde is voor de gratis boeken.'

Toen ik mijn diploma haalde was ik zestien en nog te jong voor de verpleegstersopleiding. Maar mijn moeder vond dat het tijd werd dat ik ging werken en op een avond vertelde ze dat ze in de krant een advertentie had gelezen van een particulier bejaardenhuis in Rhenen. Daar werden verpleegassistentes gevraagd, een opleiding was niet nodig, die kreeg je ter plekke.

'Dat is een mooie aanloop voor de verpleegstersschool,' was mijn moeder van mening. 'Je moet daar natuurlijk wel intern, het is te ver om op en neer te reizen.' Er klonk geen spijt in haar stem. Ik wist dat mijn afwezigheid betekende dat er weer een mond minder te voeden was.

We gingen met de trein naar Rhenen om kennis te maken met zuster Meyer, de directrice van het tehuis. Het bleek een grote, maar vriendelijk uitziende vrouw te zijn met een enorme boezem. Ik had moeite om daar niet voortdurend naar te staren. Mijn moeder en zuster Meyer voerden een geanimeerd gesprek. Het leek alsof ze de beste vriendinnen waren. Ik zat er zwijgend bij en antwoordde slechts als mij iets gevraagd werd.

'Denk je dat je er tegen kunt om van huis te zijn?' vroeg zuster Meyer.

'Vast wel,' antwoordde mijn moeder en ze keek me nadrukkelijk aan. Ik knikte. Ik kon me niets beters voorstellen dan van huis te zijn.

'Ze krijgt kost en inwoning, uniformkleding en zakgeld,' zei zuster Meyer. 'En eens in de zes weken reiskostenvergoeding om naar huis te gaan.'

'Dat is goed,' antwoordde mijn moeder. 'Als het maar niet eens in de ácht weken is.'

Ik vergeet nooit de stomverwonderde blik op het gezicht van zuster Meyer.

4

Rhenen. Een maand of vijf geleden ben ik op een zaterdagavond, toen ik in mijn eentje naar een tentoonstelling in Amsterdam was geweest, via Rhenen teruggereden. Lodewijk had
me aangeraden om een hotel te nemen in Amsterdam en pas de
volgende dag terug te komen maar ik wilde in mijn eigen huis
slapen, omdat ik er diep in mijn hart rekening mee hield dat
Amsterdam iets in me teweeg zou brengen waar ik niet op zat
te wachten.

Rhenen lag niet bepaald op de route en toch was ik er opeens.
Het was donker en het vroor maar ik zag ook dat de hemel
vol flonkerende sterren stond. Het lukte me om het centrum te
bereiken zonder langs het kerkhof te rijden. Ik herkende de huizen van de directeur van de lagere school en die van de directeur
van het postkantoor. Ik herinnerde me dat het postkantoor een
loket was dat zich achter in de drogisterij bevond. Er werkte één
beambte achter dat loket, meneer Van Morssel.

'Van Morssel met twee essen,' meldde hij altijd als hij zich
voorstelde. 'Directeur van het postkantoor.'

Aan het einde van de straat waarin zich behalve de drogisterij ook de Vivo, slagerij Van Steltenburg, brood- en banketbak-

kerij Goudemond en het fourn005iturenzaakje van mevrouw Strassee bevonden, stond het huis van de burgemeester. Maar daar ben ik niet langs gereden.

Het statige oude herenhuis even buiten het dorp, waar ik bijna twee jaar werkte als verpleeghulp, stond er nog. Het was een makelaarskantoor geworden.

JANSEN EN JANINGS MAKELAARDIJ las ik op het grote bord rechts naast het toegangshek. De zachtgele stenen van de pui waren helderwit geschilderd. De oranje zonweringen waren vervangen door groene rolluiken. De oprijlaan van grijswit grind en de perken vol roze en blauwe hortensia's waren verdwenen. Ervoor in de plaats was een plein van straatstenen gekomen met aan weerskanten parkeerhavens.

Ik stond voor het gesloten hek en kneep mijn ogen stijf dicht in een poging om het oude beeld van het huis weer op mijn netvlies te krijgen. Maar de kille zakelijkheid van nu overheerste de warme, uitnodigende uitstraling uit het verleden. Ik stond daar en vroeg me af wat ik er in hemelsnaam te zoeken had en waarom ik mezelf dit aandeed.

Zou iemand me daar gezien hebben en me hebben herkend? Zou de foto die opeens in de bus lag daar iets mee te maken hebben? Heb ik het ongrijpbare gevoel van onraad toen over mezelf afgeroepen?

Ik heb een hele tijd voor dat hek gestaan. Mijn tenen en vingers werden stijf van de droge vrieskou. Ik voelde mijn neus niet meer. Ik wist dat ik weer in de auto moest gaan zitten en dat het beter was om weg te rijden. Maar het leek of ik daar wortel had geschoten.

Ik heb niet aan Lodewijk verteld dat ik in Rhenen ben geweest en ik heb er ook verder niet meer over willen nadenken. Het was niet slim, vind ik nog steeds. Ik wist heel goed dat ik daar niets te zoeken had.

**

'Wat heb je er in hemelsnaam te zoeken?' vroeg mijn vader geïrriteerd. Hij haalde zijn neus op voor particuliere bejaardenhuizen.

'Als je geld hebt, hoef je zelfs niet eens je eigen achterwerk af te vegen,' beweerde hij. 'Daar huur je gewoon een van mijn dochters voor in. Je bent er niet meer dan een slaaf. Ze knippen met hun vingers en jij komt opdraven. Waar heb je zin in? Ga leren koken, kleren naaien, schoonmaken. Zorg ervoor dat je een goede huisvrouw wordt, net zoals je zusters. Zoek een vent die bij je past.' Daarmee bedoelde hij een man uit mijn eigen milieu. Het arbeidersmilieu.

Ik was bang dat hij mijn moeder zou verbieden om mij naar Rhenen te laten gaan. Maar mijn moeder stelde me gerust. 'Hij denkt dat we je kwijtraken als je met een ander soort mensen te maken krijgt,' zei ze. 'Dat je ons dan niet meer wilt kennen.'

Ik werd gewoon in het diepe gegooid. Zonder enige kennis van zaken moest ik oude mensen gaan wassen en aankleden en kreeg ik te maken met de meest grillige wensen die er maar te bedenken waren. Mijn vader bleek het goed te hebben ingeschat: als je geld had, hoefde je niet eens je eigen billen af te vegen. Daar huurde je Marijke van Ballegooij voor in.

Ik vond dat ze stonken, die oudjes. Ik werd soms onpasselijk van de oudelijvenlucht, vermengd met eau de cologne. Vooral 4711 was een favoriete fles op nachtkastjes. De meeste dames waren er grootverbruikers van. Er woonden alleen maar vrouwen in het tehuis. Oude, rijke vrouwen. Ze waren weduwe of hadden altijd alleen geleefd. De vrijgezelle vrouwen waren de ergsten.

'Die hebben de boot gemist en dat reageren ze af op óns,' verklaarde een van mijn collega's al in de eerste week dat ik in Rhenen was.

We moesten fatsoenlijk blijven, ongeacht wat de gasten tegen ons zeiden. Opletten wat je doet of zegt, was de stelregel onder de verzorgsters, zuster Meyer hoort en ziet alles. Ze heeft ogen in haar achterhoofd.

De eerste maanden dat ik in het bejaardentehuis in Rhenen werkte was ik nog een beetje bang van zuster Meyer. Ze dook op de meest onverwachte momenten vanuit het niets plotseling achter me op en wist dan precies wat ik fout deed. Dat was nogal veel, want ik moest heel erg wennen aan het leven in de villa. Ik moest regelmatig tot tien tellen om te voorkomen dat ik snibbige dingen zei of ongeduldig werd. De twaalf gasten meenden zich voor de exorbitante pensionprijs die ze betaalden een gedrag te kunnen veroorloven dat dicht in de buurt kwam van slavendrijverij, vond ik. Er werd niet gevraagd maar geëist. En de blikken die ik toegeworpen kreeg deden vermoeden dat ik het minste van het minste was. Inwendig kon ik ervan koken. Mijn vader had gelijk. Maar dat zou ik nooit hardop zeggen. Ik dacht des te meer. Mijn gedachten kwamen regelmatig in de buurt van verwensingen. Ik hoopte dat een gast die hele dozen bonbons en kilo's pindarotsjes achteroversloeg, zonder ook maar één keer op het idee te komen om me er eentje aan te bieden, op een dag zou stikken in een kersenbonbon. Ik schrok van mijn eigen vergeldingslust.

Ze zeurden.

Ze dreinden.

Ze jammerden.

Een van de oudste gasten hief de hele dag haar armen theatraal in de lucht en riep dat het leven geen zin meer had sinds haar Hendrik was overleden. Ik kon me voorstellen dat die Hendrik de kans had gegrepen om dood te gaan. Ik stond versteld van de dingen die ik dacht.

De overvloed van onzinnige opdrachten van de gasten begon tegen acht uur 's morgens en eindigde niet voor negen uur 's avonds. Maar dan was het ook wel gebeurd want tussen acht en negen uur ging zuster Meyer iedere avond langs alle gasten om de avondmedicijnen uit te delen. Iedereen slikte gehoorzaam de slaappil die hun op een klein zilveren schaaltje werd aangeboden, waarna we tot de volgende morgen niets meer van het hele stel hoorden.

We werkten met tien helpsters in ploegendienst tussen zeven uur 's ochtends en tien uur 's avonds. Als er 's nachts een bel ging reageerde zuster Meyer. Maar er ging 's nachts zelden een bel.

Zuster Meyer was daar heel duidelijk in. 'De nacht is om te slapen,' vond ze. 'We hebben onze rust allemaal hard nodig.' Ik heb niemand haar ooit horen tegenspreken op dit punt.

De tien helpsters sliepen samen op de grote zolder van het huis. Tussen onze bedden stond een hang-legkast waarin onze kleding en persoonlijke spulletjes zaten. Naast ieder bed stond een nachtkastje. De vier dakramen moesten zomer en winter openblijven, voor de ventilatie. Als het in de winter erg hard vroor deden we ze stiekem dicht.

Het personeel zat, als er geen gasten te bedienen waren, altijd in de grote keuken. Daar was het gezellig. Tante Truus, de kokkin, stopte ons vol met lekkere hapjes. Er stond altijd versgeperst sinaasappelsap klaar en je kwam na het eten de keuken niet uit zonder een stuk fruit te hebben gegeten. De keuken was ook mijn vluchtmogelijkheid als tot tien tellen niet voldoende was en ik neigingen voelde opkomen om een grote mond op te zetten. Ik hoefde niets te zeggen als het zover was. 'Jij bent toe aan iets lekkers,' stelde tante Truus vast. 'Ik zie het al: het is tijd voor chocoladepudding met slagroom.'

In het begin van mijn verpleeghulptijd geneerde ik me een ongeluk als ik een gast moest helpen met uitkleden. Ik was niet gewend om andere mensen bloot te zien, bij ons thuis was dat niet aan de orde. We hadden geen douche en gingen allemaal op zaterdag in de grote wastobbe in de keuken, die mijn moeder na gebruik leeggooide en weer vulde met schoon warm water. Als je aan de beurt was ging de keukendeur op slot. We sliepen ook

altijd in nachtkleding, alleen mijn vader sliep in zijn lange onderbroek. Als we hem wel eens de trap op zagen komen lachten
mijn zusjes en ik stiekem met onze handen voor onze monden
geklemd. Mijn vader in zijn lange onderbroek was een hele sen-
satie. Maar hij mocht niet merken dat we lachten. Mijn vader
kon er niet tegen om uitgelachen te worden. Dat had uiteraard
weer iets te maken met zijn geheim.

In de villa vroeg niemand me of ik wel eens iemand had uit-
gekleed of gewassen. Ik durfde de oude mensen voor wie ik
moest zorgen nauwelijks aan te raken. Een van de oudere verzorgsters die veel ervaring had gaf me soms instructies, als ik
erom vroeg. Maar ook zij informeerde niet naar mijn achtergrond.

Toch wende het snel, merkte ik en waarschijnlijk kwam dat
ook omdat er niets anders opzat. Ik had nog liever het puntje
van mijn tong afgebeten dan te zeggen dat ik het doodeng vond
om de oude mensen te verzorgen. Ik was veel te bang dat ze me
ongeschikt zouden vinden en dat zuster Meyer me naar huis zou
sturen. Thuis wachtte me een schrikbeeld. Ik zou worden aan-
gespoord om in een winkel te gaan werken en verkering te krijgen. De bedrukte sfeer die er altijd in ons gezin hing zou weer
kamerbreed over me heen vallen. Die sfeer zat vastgeklonken
aan de meubels, ademde uit de muren, greep je onherroepelijk
bij je lurven als je dacht dat het wel meeviel.

Er was ruzie die niet als ruzie werd erkend. Was er maar
openlijk ruzie geweest. Hard schreeuwen, desnoods uitvechten.
Was het maar duidelijk geweest waar het over ging. Had ik
maar eerder geweten wat er precies met mijn vader aan de hand
was. En met mijn moeder.

Ik was opgelucht dat ik aan de desolate sfeer in mijn ouderlijk huis kon ontsnappen. Maar ik was niet van plan om me van
mijn ouders en mijn broer en zussen af te keren.

Ik had geen last van heimwee. Ik dacht dagen achter elkaar
niet eens aan mijn familie. Ik had wel wat anders aan mijn

hoofd. Mijn leven was 360 graden gedraaid. Ik moest van alles leren en vooral onthouden. Het harde werken en alle nieuwe regels benauwden me niet, ik paste me gewoon aan. En mijn oren stonden de hele dag wijd open. Waren het niet de gasten die me zaken toevertrouwden waar ik nog nooit over gehoord had, dan waren het de andere helpsters wel. Iedereen vertelde me van alles over de meest intieme dingen die ze beleefden en wilde weten hoe ik daarover dacht. Ik had tot die tijd geen idee van wat zich allemaal tussen mensen en vooral tussen geliefden kon afspelen. Mijn oren gloeiden regelmatig. Soms kon ik er geen kant mee op.

Zuster Meyer had het in de gaten. 'Luister eens, Marijke,' zei ze op een dag, 'jij hebt iets in je waardoor mensen tegen je gaan praten. Daar is niets mis mee maar het kan ook betekenen dat je dingen hoort die je liever niet zou willen horen. Hou dat in de gaten. Als je merkt dat je er beroerd van wordt of als je het vervelend vindt, kun je dat rustig zeggen. Laat maar merken dat je grenzen hebt.'

'Is dat dan niet onbeleefd?' vroeg ik.

'Het is onbeleefd om mensen op te zadelen met zaken waar jij last van hebt en die je zelf zou moeten oplossen,' antwoordde zuster Meyer droog. 'Je kunt gewoon op een beleefde manier zeggen dat het je te veel wordt, als dat nodig is.'

Die woorden heb ik goed in mijn oren geknoopt en ze vooral toegepast op mezelf. Ze had gelijk, zuster Meyer. Je kunt andere mensen niet opzadelen met de pijn en de herinneringen die je eigen ziel hebben aangetast.

5

Ik zie het direct, als ik het stapeltje post uit de brievenbus haal. Er zit weer een brief tussen zonder afzender. Mijn naam en adres zijn er deze keer in blokletters op geschreven. Met mijn vingertoppen betast ik de hele enveloppe. Voel ik weer foto's? De enveloppe lijkt wel leeg te zijn. Ik open hem. Er zit een krantenknipsel in. Het is duidelijk uit een krant gescheurd, de randen zijn ongelijk, het onderste gedeelte loopt weg in een sliert papier. Het papier is een beetje geel. Dit is geen bericht uit een krant van een recente datum. Laat ik het maar niet lezen, denk ik. Maar ik doe het toch.

MAN LAG BIJNA EEN ETMAAL DOOD IN DE KELDER VAN ZIJN EIGEN HUIS. ZIJN MOEDER KLAAGT HAAR SCHOONDOCHTER AAN VOOR MOORD.

Ik weet dat deze krant ooit is gedrukt maar ik heb de berichtgeving zelf nooit gezien.

Ik lees het krantenbericht opnieuw. En nog eens. Wie wil mij in hemelsnaam zo veel jaren na datum opnieuw met mijn verleden confronteren? vraag ik me af. En met welk doel?

Een halfjaar geleden is er ook al een vreemde brief gekomen, realiseer ik me opeens. Het was kort voordat Lodewijk van de zoldertrap viel. Ik voelde me een beetje grieperig en wilde vroeg naar bed gaan. Toen ik de trap op liep zag ik de post op het tafeltje in de hal liggen. Ik bladerde even door de enveloppen heen. Twee blauwe brieven, enkele bankafschriften, een pakje reclamefolders. De folders las ik nog even door. Het tuincentrum gaf kortingsbonnen voor zaad voor bodembedekkers. We konden in het voorjaar wel wat frisse bodembedekkers gebruiken. De bonnen waren drie maanden geldig. Ik legde de folder opzij. Een grote enveloppe van de Postcodeloterij beloofde met gouden letters extra kansen in de grote nieuwjaarsronde. Helemaal onder op de stapel lag een brief met een gestickerd adres erop. Ik keek er niet verder naar. Een paar dagen later vertelde Lodewijk dat er een vreemde brief bij de post had gezeten. Er zaten plaatjes in die op van die ouderwetse borden leken en waarop spreuken stonden.

'*Bezint eer gij begint, alle kwaad straft zichzelf, wie een kuil graaft voor een ander valt er zelf in,*' wist Lodewijk zich te herinneren. We moesten erom lachen.

'Vast van een of andere groep wereldverbeteraars,' meende Lodewijk. 'Het zal me niet verbazen als ze binnenkort met van die bordjes aan de deur komen om ze te koop aan te bieden. Misschien is het wel voor een goed doel.'

Ik dacht er niet verder over na.

Een paar dagen later ontdekten we dat de voordeur openstond, toen we terugkwamen van het reisbureau waar we een korte vakantie naar Wenen hadden geboekt. Ik schrok ervan.

Lodewijk niet. 'We hebben de deur niet goed dichtgedaan,' probeerde hij me gerust te stellen. 'Kijk maar. Als je hem niet stevig aantrekt, valt hij weer open. Volgende keer beter opletten, jochie,' plaagde hij. 'Anders zijn we binnenkort al het tafelzilver kwijt.'

Ik kon er niet om lachen. 'Volgens mij heb ik de deur goed dichtgetrokken,' sputterde ik tegen. 'Jij ziet nooit ergens gevaar in.'

'Klopt,' was het laconieke antwoord, 'en dat is maar goed ook. Anders was ik nu niet met jou getrouwd en gingen wij binnenkort niet naar Wenen. Ik heb toch maar mooi getekend voor levenslang met iemand die ik nooit helemaal zal doorgronden en nu laat ik me ook weer gewoon als een willoos slachtoffer meenemen naar het buitenland en vertrouw ik er maar op dat die stad werkelijk zo mooi is als jij hebt verteld.'

Hij kan mijn sombere gedachten zo goed relativeren. Het lukt hem altijd om de dingen minder zwaar te maken dan ik ze me voorstel. Hij laat me lachen om mijn eigen psychische gepuf. Dat lijkt pas echt tot me door te dringen sinds ik hem bijna ben kwijtgeraakt.

We zijn nog steeds niet samen in Wenen geweest. Maar een van de eerste dingen die ik tegen Lodewijk heb gezegd toen hij wakker werd uit het coma, ging over Wenen. 'We stellen het even uit,' zei ik. 'Maar we gáán. Je hebt het beloofd. Het begon tussen ons nadat ik in Wenen was geweest. Dat weet je toch?'

6

Het was oktober. Ik had een week najaarsvakantie gehad en was naar Wenen geweest. Geheel verzorgde reis, volpension, bezoek aan de Staatsopera ingesloten. Het reisgezelschap bestond voornamelijk uit echtparen, ik was een van de drie alleenstaanden. De andere twee waren een man en een vrouw met wie ik de meeste dagen had opgetrokken. De nachten ook met de man. Hij wilde me graag vaker ontmoeten, had hij tegen me gezegd, maar ik had de boot een beetje afgehouden. Toen ik thuiskwam vond ik een briefje met een onbekend telefoonnummer in mijn jaszak. Dat van hem, waarschijnlijk. Ik had met mezelf afgesproken dat ik het drie weken zou bewaren. Als in die drie weken bleek dat ik regelmatig aan hem moest denken ging ik hem bellen. Zo niet, dan verscheurde ik het briefje. Ik vond het belangrijk om mijn verstand te gebruiken. Mijn verstand won het altijd van mijn gevoel.

De waarnemend hoofdverpleegkundige bracht me bij mijn terugkomst op de afdeling op de hoogte van de stand van zaken. 'We hebben momenteel vijf lege bedden,' stelde ze opgewekt vast. 'Dat komt goed uit nu er vier mensen najaarsvakantie hebben. Maar het is beslist niet rustig. Weet je wie hier ligt? Lodewijk van Manen, die schilder. Je kent hem toch wel?'

Ik keek haar vertwijfeld aan. Nooit van gehoord, dacht ik. Maar dat deed duidelijk niet ter zake.

'Hij maakt van die enorme schilderijen, meestal moderne kunst maar ik geloof dat hij ook wel eens portretten doet. Er hangt een schilderij van hem in de hal van het stadhuis. Knap werk, heel opvallend. Je móét ernaar kijken als je binnenkomt. Nou, die Lodewijk valt zelf ook graag op. Wat een áándacht heeft die man nodig, zeg. Hij heeft de afgelopen dagen alle meiden op de kast gehad. Er deugt niets in dit ziekenhuis, iedereen is te traag en niemand is deskundig. Lammers is met hem bevriend, die hebben we al enkele keren laten opdraven om hem een beetje te kalmeren.'

Frikke Lammers was de leidinggevende chirurg van de afdeling waar ik destijds hoofdverpleegkundige was. We konden goed met elkaar opschieten en raakten bevriend. Hij kwam op dat moment net het kantoor binnen en aaide me even over mijn hoofd. 'Zo, schoonheid,' zei hij, 'leef jij óók nog? Je hebt het zeker al gehoord, van die commotie met meneer de wereldberoemde schilder? We hebben zijn appendix er even uitgepeld. Nu denkt hij dat hij is opgegeven. Dat heb je met die artistieke types, die zijn niet helemaal van deze wereld. Hij heeft een grote mond maar een heel klein hartje. Het is echt een doodgoeie vent.'

De waarnemend hoofdverpleegkundige trok haar wenkbrauwen op.

Ik maakte een rondje langs alle patiënten en kwam dus ook in de eenpersoonskamer terecht waar Lodewijk lag. Hij sliep. Ik stond naast zijn bed en keek naar die man. Hij was groot, zag ik, en hij had prachtige handen. Sterke, krachtige handen met aan zijn rechterhand een gouden trouwring. Hij had ook brede polsen die waren begroeid met donsachtig uitziende witte haartjes. De aanblik van die polsen vond ik op de een of andere manier heel vertederend. Ik draaide me om en liep naar de deur.

'Ik wil jou graag eens schilderen,' hoorde ik een stem achter mij zeggen. Ik glimlachte en keerde me weer naar het bed. Hij had heldere blauwe ogen en keek naar me op een manier die mijn adem even deed stokken. Het was heel lang geleden dat er op een dergelijke manier naar me gekeken was. En dat ik het opmerkte.

'Als ik dan maar niet in de hal van het stadhuis kom te hangen,' probeerde ik luchtig te antwoorden. 'En u schildert toch moderne kunst?'

'Hoofdzakelijk,' zei hij bedaard en zijn ogen bleven me doordringend aankijken. Ik had de neiging om even op mijn lijf te voelen of alles wel recht zat.

'Soms schilder ik ook mensen. Als ik ze mooi genoeg vind.'

'En dan moet ik zeker zo bevallig mogelijk op een bank gaan liggen?' vroeg ik, de hint negerend.

'Graag,' antwoordde hij onverstoorbaar. Zijn blik liet me niet los.

'Misschien een idee,' zei ik luchtig, 'we hebben het er nog wel over.' Ik liep weer naar de deur en stak mijn hand op als groet. Wegwezen, dacht ik.

'Het wordt wél een naaktportret,' hoorde ik hem nog net zeggen voordat de deur achter mij dichtviel.

Vier maanden later lag ik helemaal naakt op de sofa in zijn atelier. Lodewijk stond enkele meters van me vandaan achter zijn doek. Hij bekeek me rustig, met de blik van de schilder in zijn ogen. Hij bekeek me niet als man en ik vond het geen enkel probleem om daar te liggen. Sterker nog, ik vond het prettig. Ik voelde me mooi.

Ergens tijdens de eerste keer dat ik poseerde vroeg hij opeens: 'Dat litteken op je buik is van een keizersnee?'

Ik bevroor en legde mijn handen snel op de smalle lijn net onder het midden van mijn buik.

'Ik herken het. Mijn eerste vrouw had hetzelfde litteken,' verklaarde hij. 'Heb je kinderen?'

Ik schudde mijn hoofd. 'Het was niet levensvatbaar,' zei ik met een droge keel en ik kwam overeind.

Hij stond direct naast me en pakte een plaid die ergens in de buurt bleek te liggen. 'Het is niet mijn bedoeling om je aan het schrikken te maken,' zei hij zacht, terwijl hij de plaid om me heen drapeerde zodat ik niet langer naakt was. 'Zal ik een lekker kopje koffie voor je maken? Of heb je ook zin in een glas champagne?'

Ik huiverde en trok mijn schouders op. 'Ik wil liever naar huis,' zei ik. Hij legde zijn hand even op mijn schouder en keek me aan. 'Dat is goed,' zei hij, 'natuurlijk is dat goed. Maar kom alsjeblieft terug. We vergeten dat litteken.'

Drie weken later belde hij me op. 'Ik hoop dat je nog eens wilt poseren,' zei hij.

Ik aarzelde.

'Ik wilde je niet laten schrikken,' ging hij verder. 'Dat is een vervelende eigenschap van me: direct reageren op wat ik hoor of zie. Daar heb ik mijn hele leven al last van. Eerst denken, dan pas praten, zei mijn vader altijd. Maar ik ben een beetje hardleers.'

Er viel een stilte.

'Dat is weer een foute tekst,' zuchtte hij, 'alsof ik mezelf schoon wil praten. Maar ik meen het echt, Marijke, ik hoop dat je komt. Niet alleen om te poseren, ik wil je graag zien en met je praten.'

Toen we enkele dagen later in de voortuin van zijn huis een glas wijn dronken vertelde hij me dat zijn derde vrouw drie maanden geleden was vertrokken. Of eigenlijk door hem het huis uit was gezet.

'Waarom?' vroeg ik.

'Ze ging vreemd.' Ik keek hem een beetje verwonderd aan.

'Kunstenaars hebben de naam dat ze vrij leven, geloof ik,' zei hij peinzend. 'Een verhouding meer of minder: wat maakt het uit? Heel veel, wat mij betreft. Ik heb met iedere vrouw met wie ik getrouwd ben geweest afgesproken dat we niet met anderen zouden vrijen. Dat is mij een brug te ver. Ik kan leven met een flirt, met een beetje uitdagen, eventueel met een enkele kus maar daar moet het bij blijven, vind ik. Ik zeg altijd: buiten honger krijgen maar wel thuis komen eten.'

'Je vrijt niet met anderen,' stelde ik vast en ik hoorde de twijfel in mijn eigen stem.

'Je gelooft het niet,' glimlachte Lodewijk. 'Maar het is toch echt waar. Ik heb tijdens mijn huwelijken nooit een andere vrouw aangeraakt en verloor alle drie mijn echtgenotes door overspel. Ik val blijkbaar op polygame vrouwen. Of viel,' voegde hij er zachter aan toe. Hij keek me strak aan. 'Vertel eens... hoe zit dat met jou?'

'Of ik trouw ben, bedoel je?'

'Ook. Maar hoe denk je precies over relaties?'

Ik trok mijn schouders op. 'Ik heb geen relatie.'

'Maar toch wel eens gehad?'

'Lang geleden. Hij is dood. Daarna heb ik nog wel eens een vriend gehad maar het duurde nooit lang.' Ik moest er even om lachen. 'Ze ontdekten altijd een andere vrouw die mooier was, of jonger, of een die graag kinderen wilde.' Ik stopte abrupt.

Hij legde even een hand op mijn arm. 'Oké. Zal ik jou eens iets vertellen? Die kerels zijn rijp voor het gekkenhuis. Ik denk serieus dat ik werk van je ga maken. O god, nu doe ik het wéér: zeggen wat in me opkomt. Je hebt het niet gehoord. Zeg dat je het niet gehoord hebt.'

'Ik heb het niet gehoord,' lachte ik. 'Hoezo? Zei je iets?'

Hij pakte mijn rechterhand en draaide de handpalm naar zijn mond. Toen drukte hij er heel zacht een kus op.

7

De brief ligt nu al vier dagen op het handschoenenkastje in de gang. Iedere keer als ik er langs loop zie ik hem. De schuin geschreven letters van mijn eigen naam en adres lijken me aan te staren. Ik staar elke keer brutaal terug en heb de neiging om daarbij mijn tanden te laten zien. Grrr! Moet je wat? Hier heb ík de leiding. Hier gebeurt niets wat ik niet wil! Waarom zou ik me laten opfokken door een krantenknipsel dat nergens op slaat? Als ik het negeer houdt het vanzelf op. Iemand probeert me blijkbaar de stuipen op het lijf te jagen. Zou die tweelingzuster van Mathilde nog leven? Ik heb een ogenblik heel diep moeten nadenken om me haar naam te herinneren. Janine. Ze heette Janine. In mijn gedachten was ze altijd het andere deel van het gekke stel. Ze is gestoord genoeg om me te willen treiteren. Ze was even verknipt als mijn schoonmoeder. Ik heb al heel lang niet aan de tweeling gedacht maar sinds ik de foto en het krantenknipsel heb ontvangen duiken ze voortdurend in mijn gedachten op. Ik zie ze nog staan, de laatste keer dat ik ze tegenkwam. Ik had toen al geen contact meer met mijn schoonfamilie en ik was niet voorbereid op de confrontatie. Ik woonde ongeveer twee jaar in Sittard en soms lukte het me om mezelf op mijn vrije dagen ertoe te zetten ergens heen te gaan in plaats van voor me uit te staren tot het weer bedtijd was. Ik had me naar een terras in Maastricht gesleept en zat koffie te drinken en een tijdschrift te lezen. Er werd naar me gekeken, voelde ik. Toen ik mijn ogen opsloeg ontmoette ik de ijselijke blikken van Mathilde en haar tweelingzus. Wat lijken ze eng veel op elkaar, herinner ik me mijn eerste gedachte. Ik zag andere mensen op het terras naar hen kijken en elkaar aanstoten. Janine stond op en kwam in mijn richting.

'Jij krijgt je deel nog wel,' siste ze en ik werd misselijk van de haat in haar ogen. 'Jij komt jezelf nog wel tegen, smerige moordenaar.'

Ik deed of ik haar niet hoorde, rekende snel af en rende naar mijn auto. Onderweg keek ik steeds achterom, om er zeker van te zijn dat ze me niet volgden.

Janine was zo mogelijk nog gekker dan Mathilde. Als ze ergens op een bepaalde manier over dacht, kon geen mens haar meer van het tegendeel overtuigen. En als ze iets meende te mankeren was het in haar geval altijd erger dan bij een ander. De zussen voerden een voortdurende strijd over de pijntjes waar ze last van hadden en de diagnoses die ze zelf stelden. Ik wist zeker dat het allemaal inbeelding was.

Ik herinner me dat Janine vier keer per jaar een week bij mijn schoonouders kwam logeren. Meer kon mijn schoonvader niet verdragen. 'Eén keer per seizoen, Mathilde,' zei hij tegen mijn schoonmoeder. 'Eén keer per seizoen vind ik wel genoeg. Als je haar vaker wilt zien ga je maar naar háár toe.' Hoe meegaand de man voor de rest ook mocht zijn, op dit punt was hij onverbiddelijk.

'Mijn schoonzuster spoort niet,' zei hij tegen mij als zijn vrouw niet in de buurt was. Zijn schoonzuster was niet de enige die niet spoorde, meende ik.

Ik wil niet de hele dag aan Janine denken. Ze is mijn aandacht niet waard. Ze speelt al lang geen rol meer in mijn leven, hoewel dat omgekeerd anders ligt. Toen Mathilde overleed, stuurde Janine een rouwkaart naar het ziekenhuis in Sittard waar ik werkte. Ik wist niet wat ik zag. Ik had er ook niet op gerekend dat ik op de adressenlijst van die twee gestoorde vrouwen zou kunnen staan. Ik zou niet weten hoe ik daarop terecht was gekomen en hoe zij mijn werkadres zouden kunnen weten. Maar ik maakte me er niet druk over. Ik was hoogstens geïrriteerd. Zou Janine nu werkelijk gedacht hebben dat het mij interesseerde dat mijn gewezen schoonmoeder dood was? Zou ze denken dat ik ging reageren? Had ze soms behoefte aan troost? Het idee alléén al!

Ik heb de kaart meteen in de vuilnisbak gegooid. 'Dag Mathilde,' heb ik gezegd. 'Opgeruimd staat netjes. Eindelijk rust.' Daarna besloot ik om nooit meer aan haar te denken.

Ik gooi beide enveloppen gewoon weg. De foto ligt ergens boven op zolder, ik weet het zeker. Maar ook al lag hij er niet, het zou niets uitmaken. Ik wil toch nooit meer naar die foto kijken. Ik kán helemaal niet naar die foto kijken, al zou ik het nog zo graag willen.

Er was ooit een tijd dat ik de tweeling niet kende. Daarna kwam er een tijd dat ik die twee monsters niet meer zag. Wat daar tussenin gebeurde is voorbij. Ze waren er plotseling en ze zijn plotseling verdwenen. Meer was het niet.

**

Mijn vader bestond plotseling voor mij. Het ene moment was ik me niet van zijn bestaan bewust en het volgende moment was hij aanwezig. Ik was vijf en ik weet waar ik stond. Bij de achtertuin van het huis op de hoek van de straat. Een van de kinderen uit het gezin dat daar woonde was jarig.

Ik werd geroepen. Mijn moeder stond me te wenken bij onze eigen achtertuin. 'Kom bij papa,' zei ze.

Opeens was mijn vader er. Ik had het gevoel dat ik hem nooit eerder echt had gezien. Hij drong zich niet aan me op. Hij leek zelfs niet eens te beseffen dat ik er was. Of dat de anderen er waren. Hij zweeg en staarde urenlang voor zich uit. Als je hem iets vroeg, gaf hij zelden antwoord. Hij leek zich niet bewust te zijn van de aanwezigheid van zijn kinderen. Mijn moeder maande hem tot actie. 'Kom Piet, je schiet er niets mee op als je aan je stoel blijft vastplakken.' Ze verzon een actie of een klus en mijn vader voerde de opdracht uit. Daarna zat hij weer te zitten.

Ik begreep dat hij bij Verkade werkte. Maar ik wist niet of hij dat ook al deed voordat ik me bewust werd van zijn bestaan. Ik stelde daar geen vragen over. Het had geen nut om mijn vader vragen te stellen. Je kreeg nooit meer te horen dan: 'Niet belangrijk, wat maakt het uit, dat begrijp je toch niet.'

Hij was vriendelijk tegen de kinderen. Geduldig. Met mijn moeder had hij minder geduld. 'Mens, hou toch eens op met je geleuter,' kon hij geërgerd roepen. 'Ik kan het er niet bij hebben.'

Wáárbij was niet duidelijk. Dat had waarschijnlijk te maken met mijn vaders geheim.

Ik was acht jaar en liep in de achtertuin van mijn ouderlijk huis. Het was koud, er lag sneeuw en ik had samen met een buurmeisje een grote sneeuwpop gemaakt. Het buurmeisje moest binnenkomen van haar moeder en ik had geen zin om in mijn eentje buiten te blijven.

Toen ik bijna bij de achterdeur was hoorde ik kabaal. Mijn

moeder riep dat ze het niet zo bedoeld had en mijn vader schreeuwde eroverheen dat ze loog. 'Je lult als een kip zonder kop,' hoorde ik hem roepen. 'Wat heb ik daaraan? Je zou me moeten steunen. Maar je interesseert je alleen maar voor je kinderen. Ik had net zo goed weg kunnen blijven.'

Wég? Was hij weg geweest? Waarheen dan? Ik wilde niet horen wat er verder gezegd werd en ik holde de straat weer op. Maar ik had het koud en verlangde naar de warme kachel. Ik besloot terug te keren en botste, toen ik de achterdeur opendeed, tegen mijn vader op. Hij leek me niet te zien, hij keek niet naar me. Maar ik zag hém wel en ik deinsde terug van zijn gezicht. Hij huilde.

Vaders huilen niet. Als je vader begint te huilen, betekent dat zo'n beetje dat het verschrikkelijkste van het verschrikkelijkste aan de hand is. Een soort einde van de wereld. De aanblik van zijn tranen veroorzaakte een enorme paniek bij mij. Ik wilde hem bij zijn mouw grijpen maar hij was al weg. Hij rende in zijn trui naar buiten, in de richting van het pad dat achter onze tuin lag.

Ik ging naar binnen en vond mijn moeder in de woonkamer.

Ze had haar handen voor haar gezicht geslagen en snikte. Ik stond verlamd van schrik in de deuropening en probeerde iets te zeggen. Maar er kwam geen geluid over mijn lippen. Opeens kreeg mijn moeder in de gaten dat ik er was. Ze veegde met een driftig gebaar haar tranen weg, viste een zakdoek uit haar vest en snoot toeterend haar neus. Ik liep naar de keuken en hield een theedoek onder de koude kraan. Daarna bette ik met de natte doek mijn moeders gezicht.

Ze haalde diep adem en begon weer te huilen. 'Kind toch,' snikte ze, 'kind toch. Dit moet jij helemaal niet zien.' Ze nam de natte theedoek van me over en drukte hem tegen haar gezicht. Zo bleef ze een tijdje zacht zitten snikken. 'Kom,' zei ze toen opeens op besliste toon. 'Genoeg gehuild. Zet je even water op voor thee?'

Ik liep terug naar de keuken en deed wat me gevraagd was. Toen ik weer in de kamer was leek ze zich een beetje hersteld te hebben. 'Weet je,' zei mijn moeder, 'we moesten maar eens een lekker kopje thee drinken mét een zondagskoekje.' Ze keek erbij alsof ze iets spectaculairs voorstelde. Op haar wang zaten strepen vocht. Ik probeerde er niet naar te kijken.

In de kast stond de ronde koektrommel met de gebloemde deksel waarin de froufroutjes zaten die wij alleen op zondag kregen. Je kon die koekjes zo heerlijk op je tong laten smelten en ze dan tegen je verhemelte plakken. We mochten eigenlijk nooit een heel koekje tegelijk in onze mond stoppen maar nu zei mijn moeder er niets van.

'Waarom liep vader weg?' vroeg ik terwijl we de thee dronken en ik zat te genieten van de zoetigheid in mijn mond.

'Het komt niet door jou,' antwoordde mijn moeder. Ze staarde langs me heen. 'Het komt niet door jou,' herhaalde ze.

'Waardoor dan wél?'

'Ik weet het ook niet precies. Hij praat zo weinig. Hij heeft verschrikkelijke dingen meegemaakt. Daar droomt hij van, hij heeft vaak nachtmerries.' Ze keek weer van me weg en ik had het gevoel dat ze meer tegen zichzelf dan tegen mij zat te praten. 'Maar ik heb het ook voor mijn kiezen gekregen. Ik droom er ook nog altijd van. Daar heeft niemand het over, wat het voor mij betekent. Alsof het mij niets doet.'

'Hebben jullie iets gedaan?' wilde ik weten.

Ze keek me verwonderd aan. 'Iets gedaan? Hoe kóm je erbij?'

'Komt het dan door de honger in de oorlog?' Ik deed maar een gok. De honger in de oorlog was een geliefd onderwerp van gesprek bij mijn moeder. Als het woord oorlog viel, vlogen de tulpenbollenverhalen je om de oren. Ik kon op dat moment niets anders bedenken dan dat mijn vader en moeder daardoor zo moesten huilen.

'Honger,' zuchtte ze, 'geloof me maar, er bestaat niets ergers dan honger.' Ze schoof de koektrommel mijn kant uit. 'Neem nóg maar een froufroutje.' Ik nam er snel een, voordat ze zich bedacht.

Terwijl ik op het koekje zoog zat mijn moeder een beetje in zichzelf te mompelen. Ik probeerde te ontdekken wat ze precies zei. Ze schudde steeds met haar hoofd. 'Je doet het nooit goed,' verstond ik.

Mijn vader was niet altijd stil en somber. Soms kwam hij onverwacht uit zijn zwijgzaamheid tevoorschijn en stelde me vragen over hoe het op school was en of ik al kon lezen. Toen hij dat vroeg, zat ik al in de vierde klas. Het was hem blijkbaar ontgaan. Na weken zuchten en steunen dat hij er niet aan moest dénken dat hij tot zijn pensioen bij Verkade zou werken, sprong hij dagen achtereen neuriënd op zijn fiets om naar zijn werk te gaan. Je wist dat het niet goed zat op het moment dat hij alle namen van de kinderen begon te roepen als hij er eentje nodig had. 'Suusje, Hetty, Marijke, Pietje junior! Híér komen!' Op zulke momenten bereidde je je voor op een teleurgestelde blik en teksten in de trant van: ik had dit nooit verwacht van mijn eigen kinderen, jullie doen pijn aan mijn hart. Met die verwonde blik in zijn ogen erbij waar dan juist míjn hart weer pijn van begon te doen. Ik kon daar niet tegen. Suus zei dat ik hem niet moest aankijken als hij die buien had. 'Langs hem heen kijken,' adviseerde ze me. 'En niet luisteren. Als je er geen aandacht aan schenkt, houdt hij eerder op met zaniken.' Suus had overal maling aan. Ze leefde haar eigen leven binnen het gezin en glipte de deur uit zodra ze er de kans toe zag. Suus had vriendinnen die op de Annalaan woonden. Het waren dochters van zakenmensen en ambtenaren. Niet ons slag, volgens mijn moeder. Maar Suus trok zich daar niets van aan. 'Ze eten iedere dag vlees, ze hebben ook iedere dag pudding toe en ze krijgen iedere zondag gebak,' vertrouwde ze me toe. 'En ze kópen hun kleren.'

Dat was wel even anders dan bij ons.

'Jullie hebben daar niets te zoeken,' hield mijn moeder ons voor. 'Het is allemaal één pot nat met die rijke stinkerds,' zei mijn vader. 'Ze worden rijk door ellebogenwerk. En ze houden elkaar de hand boven het hoofd. Vertrouw nooit iemand met geld of met een goede positie. Ze doen aardig in je gezicht maar God hoort ze brommen.' Als mijn vader zomaar vier zinnen achter elkaar uitsprak voelde hij zich redelijk goed. Het maakte dan niet uit wát hij zei maar dát hij iets zei. Daardoor was hij opeens aanwezig.

Ik herinner me een avond dat we aan tafel zaten en mijn moeder weer eens uitviel tegen Suus over haar neigingen om zich op te dringen aan het milieu dat boven haar stand was. Terwijl ze sprak, prakte ze de bal gehakt, de aardappelen met jus en de rodekool door elkaar, tot het één rood-wit-bruine massa was. Suus volgde die actie met openlijk afgrijzen. Er hing een explosieve sfeer in de kamer. We zwegen allemaal bedrukt. Toen begon mijn vader een vrolijk verhaal te vertellen. 'We krijgen twee nieuwe machines in de fabriek,' deelde hij opgewekt mee. Niemand reageerde. 'Dat gaat enorm schelen in de productie. En dan wordt ons winstaandeel vanzelf groter. Let maar op, volgend jaar kunnen we op vakantie,' beloofde hij ons.

'Waar gaan we dan naartoe?' vroeg Suus voorzichtig.

'Naar Limburg.'

'Met een auto?' waagde Hetty ook een vraag te stellen. Wij hadden geen auto. Behalve het getal acht was ook de mogelijke aanschaf van een auto een verboden gespreksonderwerp.

'Met de trein. Dan nemen we onze fietsen mee. Ik rij geen auto meer,' zei mijn vader en even leek het erop dat zijn goede bui voorbij was. Maar hij herstelde zich. 'Is dat geen goed idee?' riep hij, en hij keek ons een voor een lachend aan.

'Alsof wij geld hebben voor een auto,' mokte mijn moeder.

Mijn vader negeerde die opmerking. 'Nou, wat zouden jullie daarvan vinden?' vroeg hij ons.

'Fijn,' zeiden wij braaf. Volgend jaar was nog ver weg. On-overzichtelijk ver weg.

'Laten we eerst maar eens sparen voor een betere wasmachine,' deed mijn moeder er nog een snerend schepje bovenop. 'Een nieuwe, graag, in plaats van dat aftandse ding waar ik het nu mee moet zien te rooien. Dat heb ik liever dan een vakantie naar Limburg.'

'Het is nooit goed bij jou,' zei mijn vader. 'Hoe ik ook mijn best doe.'

Hij klonk teleurgesteld en verdrietig. Ik wilde hem troosten. Maar ik wist niet hoe.

Het leek een soort ritueel dat met een bepaalde regelmaat moest plaatsvinden. Mijn vader kwam uit zijn zwijghoek tevoorschijn en probeerde iets aardigs te zeggen. De kinderen deinsden ervan terug en deden onhandige pogingen om aardig te reageren. Maar je wist nooit of je iets aankaartte wat nu juist ongewenst was om naar voren te brengen, dus je hield je zo veel mogelijk op de vlakte. Het gesprek bloedde dood of bleef ergens ongrijpbaar in de lucht hangen. Of het werd neergemaaid door mijn moeder, die altijd wel een aanleiding zag om mijn vader eraan te herinneren dat hij een teleurstellende kostwinner was. Daardoor werd mijn vader steeds zwijgzamer en kreeg het gezin steeds minder contact met hem.

Tegenwoordig zouden ouders als die van mij samen in therapie kunnen gaan om het vertrouwen in elkaar te herstellen en hun huwelijk te redden. Ze zouden aan traumaverwerking kunnen doen. Dat zou hun allebei goed hebben gedaan. Maar in mijn jeugd hadden we daar nog nooit van gehoord.

Mijn angst voor de sombere buien van mijn vader loerde altijd ergens op de achtergrond, hoe vrolijk hij vaak ook probeerde te doen. Het onaangename gevoel in mijn borst dat tevoorschijn kwam als mijn moeder kattig deed, was altijd ergens in mijn lijf aanwezig. Ik was vooral bang voor een huilende vader die de deur uit liep. Het kon zomaar gebeuren. Een escalatie kon vanuit elke mogelijke actie van ons komen, uit elke wille-keurige vraag of opmerking. Je wist nooit wat je zeggen of zwij-gen moest. Ik heb mijn vader erom vervloekt. Ik heb ontelbare keren gedacht dat ik een andere vader in huis wilde hebben, eentje die niet de irritatie van mijn moeder wekte en die geen geheim met zich meedroeg. Een vader die niet huilde. Ik hoop-te stiekem dat hij wegliep. Maar toen hij dat uiteindelijk deed, wist ik niet waar ik het zoeken moest van schrik. En van spijt.

Die spijt kan nog steeds zomaar tevoorschijn komen.

8

Ik ben al twee weken niet bij mijn moeder geweest. Ze zal niet begrijpen waar ik blijf. Ik heb haar moeten beloven om zo weinig mogelijk op te bellen. Praten zonder direct contact is moeilijk voor haar. Mijn moeder doet iedere dag heel fanatiek de oefeningen die de logopediste haar opgeeft. Ze kan na de hersenbloeding die haar trof gelukkig nog lezen en ze wijst de woorden op het oefenblad aan en probeert ze uit te spreken. 'Maal-tijd-salade, dat lust ik graag,' leest ze langzaam.

'Is dat zo?' wil ik weten. 'Sinds wanneer lust jij graag maaltijdsalade? Hebben we de karbonaadjes en de hachee afgezworen?'

Ze lacht. 'Dat is lekkerder,' geeft ze toe. Ze wijst op het blad. 'Oefeningen.'

'Je doet het goed,' prijs ik.

Ze trekt mijn hoofd naar zich toe en kust me op mijn voorhoofd. Ik voel dat ze beeft.

Ze weet wat er met Lodewijk is gebeurd. Maar ik weet niet in hoeverre het tot haar is doorgedrongen. Soms kijkt ze achter me als ik binnenkom, alsof ze nog iemand verwacht. Dan zeg ik dat Lodewijk nog niet beter is maar dat zijn herstel aardig vordert. Op zulke momenten knikt ze en meen ik een blik van herinnering in haar ogen te zien. Ze trekt me aan mijn arm en wijst op de stoel naast haar bed. Ik begrijp dat ik daar moet gaan zitten. Ze lacht op een samenzweerderige manier. Als ik zit knikt ze. Ze drukt haar handen stevig op de stoelleuning en komt overeind. Ze stáát. En grijnst. Ik klap in mijn handen. 'Het lúkt! Je staat weer! Dat is gewéldig!'

We weten allebei dat ze niet meer terug naar huis kan. Ze zal haar laatste jaren in dit verpleeghuis moeten blijven wonen maar ze had het slechter kunnen treffen. Toen ze nog in het ziekenhuis lag ben ik op zoek gegaan naar een tehuis voor haar. Ze woonde tot die tijd in Amersfoort, in het huis waar ze jarenlang heeft samengeleefd met haar grote liefde. Maar nu is ze alleen en het leek me niet handig om in die omgeving iets te zoeken. Veel te ver weg voor mij. En ik ben de enige van haar kinderen die op bezoek komt. Ik heb me daarom op mijn eigen omgeving georiënteerd en ik kwam terecht bij een zorgcentrum in Brunssum. Daar is een tijd geleden een nieuwe vleugel geopend voor mensen met een verpleeghuisindicatie. De mensen wonen er samen in groepen van acht, ze hebben een eigen slaapkamer. Toen ik er werd rondgeleid voelde ik me er direct op mijn gemak. Het lijkt er totaal niet op een ziekenhuis. Alles straalt huiselijkheid en gemoedelijkheid uit. En de bewoners worden er in hun waarde gelaten, verzekerde de verzorgster die mij rondleidde me nadrukkelijk. Geen dwang, geen strakke regels. Ze noemen dat tegenwoordig vraaggestuurde zorg. Ze gaan in op de vraag van de bewoners in plaats van hun iets aan te bieden, wat meestal ontaardt in opdringen en dwang. De verzorgster vertelde het me enthousiast. Ze zag er leuk uit. Iedereen werkt hier gewoon in zijn eigen kleren. Ik heb het allemaal aan mijn moeder verteld maar ik wist niet of ze het ook begreep. De eerste dagen nadat ze was overgeplaatst naar het zorgcentrum leek ze nogal de weg kwijt te zijn. Ze was onrustig en belde veel. Maar dat werd goed opgevangen. Sinds ze opmerkelijk goed vooruitgaat, lijkt ze iedere dag iets meer van zichzelf terug te vinden. Ze oefent de hele dag woordjes en beweegt haar armen en benen precies volgens de instructies van de fysiotherapeut. Ik denk niet dat ze ooit nog zelfstandig zal rondlopen maar ze komt een heel eind.

Ik wil haar nog niet kwijtraken. Eens komt de dag dat ze sterft, ik weet het. Ouders sterven eerder dan hun kinderen. Zo hoort het.

Soms is het omgekeerd.

Dat klopt niet.

Dat is tegennatuurlijk.

Ik kijk naar mijn moeder maar zie een foto. Een foto van twee kleine meisjes. Mijn adem stokt.

Mijn moeder strekt haar armen naar me uit. 'Wat is er?' vraagt ze.

Ik aarzel.

'Praten,' gebiedt mijn moeder. Dezelfde moeder die zelf zo goed kon zwijgen.

'Iemand stuurt mij foto's van de kinderen.'

9

Lodewijk kijkt vandaag heel helder uit zijn ogen en die ogen volgen me overal waar ik ga. Zie ik een glimlach op zijn gezicht? Ja, hij lacht. Hij tuit zijn lippen voor een kus. Als ik me over hem heen buig streelt hij met een snel gebaar mijn borsten. Ik kan bijna niet geloven dat hij dat écht doet.

Ik druk zijn hoofd tegen me aan. 'Hé kanjer, weet je wat voor een dag het vandaag is? 21 april.'

Ik wacht of hij reageert. Hij knikt aarzelend.

'21 april, dat is de dag waarop we twaalf jaar geleden zijn getrouwd. We hadden een tent gehuurd en het was heel zacht voorjaarsweer. We hoefden de tent niet eens te verwarmen.'

Ik zie in zijn ogen dat hij het zich herinnert.

'Na het buffet vertelde ik je dat ik had besloten om jouw naam aan te nemen. Daar had ik maandenlang over getwijfeld en jij zei dat ik zelf moest beslissen wat ik wilde. Het maakte niet uit, zei je. Maar toen je hoorde dat ik voortaan Marijke van Manen zou heten moest je opeens huilen.'

Hij had dat helemaal niet verwacht, vertelde hij me later. En ik twijfelde een tijd, omdat het voor mij de tweede keer dat ik trouwde niet zo vanzelfsprekend meer was dat ik de naam van mijn echtgenoot zou dragen.

Ik was ook niet degene geweest die over trouwen begon, dat was Lodewijk. 'Vier keer is scheepsrecht,' beweerde hij bloedserieus toen ik hem vroeg of drie keer trouwen onderhand niet genoeg voor hem was geweest.

'Bij ons thuis geldt dat voor de derde keer.'

'Bij jullie, ja. Maar dit is Sittard. Hier wonen mensen die de algemene regels wel eens met een korreltje zout nemen.'

Het was in mijn werkomgeving zelfs een beetje *not done* om de naam van je man aan te nemen. Niet geëmancipeerd, volgens de jonge verpleegkundigen met wie ik samenwerkte. Maar ik vond dat het niets met emancipatie te maken had. Het had te maken met... Ja, met wat? Ik kwam er niet uit. In Sittard was ik weer mijn eigen naam gaan gebruiken. Ik sloot voor mijn gevoel daarmee een periode van mijn leven af. Wat was er mis met mijn eigen naam? Waarom voerde ik eigenlijk deze discussie met mezelf?

Frikke Lammers overtuigde me op een avond, zonder dat hij het in de gaten had. Lodewijk en ik hadden bij Hester en hem gegeten en we spraken over onze naderende bruiloft.

'Het is heerlijk om naar dat frisse geluk te kijken,' plaagde Frikke Lodewijk en mij. 'Ik word zelf ook weer helemaal warm van de vonken die er bij jullie vanaf spetteren. Dat werkt aanstekelijk, wist je dat? Hester heeft de laatste tijd totaal geen klachten.'

Hester legde snel een hand op zijn mond. 'We houden het discreet.'

Frikke duwde lachend die hand weg. 'Ik meen het, ik meen het echt. Serieus! Je glimt helemaal, Marijke. En je ogen glinsteren. Je bent onherkenbaar veranderd. Er is iets van je af gevallen, lijkt het wel. Het is een feest om naar te kijken. Maar ik wist het ook al direct toen ik jullie voor de eerste keer samen zag. Jullie horen bij elkaar, jullie zijn voor elkaar geboren. Jullie zijn familie.'

Familie, dat woord hakte er vooral in. Familie. Ik werd weer deel van een familie, ook al bestond die maar uit een paar personen. Ik kreeg terug wat ik was kwijtgeraakt. Opeens stond het als een paal boven water dat ik de familienaam wilde dragen. En het interesseerde me geen jota hoe anderen daarover dachten. Nu weet ik zeker dat hij begrijpt wat ik zeg want ik zie tranen in zijn ogen. Ik knuffel hem en streel met mijn handen over zijn rug. Hij wrijft zijn wang langs mijn wang.

Hij fluistert iets. 'Je bent zo mooi,' meen ik te horen.

Ik kijk hem aan. 'Weet je zeker dat je nog goed ziet?' plaag ik.

Hij knikt langzaam. 'Ik wil je weer schilderen,' zegt hij.

Ik poseerde drie weken voor het naaktportret en op het laatst was de seksuele spanning tussen ons bijna tastbaar. Maar Lodewijk raakte me met geen vinger aan en als we afscheid namen kuste hij me zelfs niet maar wreef even met zijn wang langs mijn wang. Ik vond het een verrukkelijk gevoel, vooral als hij zich nog niet geschoren had. Dan schraapten de stekelige korte haartjes langs mijn kin en daar kreeg ik het opwindend koud van. Tijdens de periode dat ik poseerde zag ik niet wat hij maakte. Hij wilde liever dat ik er pas naar keek als het af was, had hij me verteld. Ik vond het best maar werd wel, naarmate het schilderij leek te vorderen, steeds nieuwsgieriger.

Het was een zaterdag in maart, een van de eerste lentedagen. We hadden tegen elf uur afgesproken en ik was op tijd. Lodewijk zat op me te wachten op de tuinbank die naast de voordeur stond. Hij droeg een bruine suède korte jas en had een grote okergele sjaal om zijn hals geslagen. Voor de tuinbank stond een houten tafeltje met daarop een thermoskan en twee bekers.

'Eerst maar eens koffiedrinken in de buitenlucht,' stelde hij voor. 'Maar je moet er nog wel je jas bij aanhouden. Als je het te koud vindt gaan we naar binnen.'

Ik ging naast hem zitten en we dronken zwijgend onze koffie. Opeens zei hij: 'Het schilderij is klaar.'

Ik keek verwonderd op. 'Nu al?'

'Yés! Wil je het zien?'

Ik haalde diep adem. Hij stond zonder iets te zeggen op. Ik volgde hem naar het atelier en ik voelde mijn knieën trillen toen ik achter hem aan liep. Opeens leek het me helemaal geen goed idee meer dat ik me had laten schilderen, nog wel poedelnaakt ook. Wie weet had hij een volslagen persoonlijke interpretatie aan mijn lijf gegeven en stond er iemand op het doek geschilderd die in geen enkel opzicht op mij leek of op wie ik niet wilde lijken. Ik aarzelde in de deuropening.

Lodewijk zag het.

Hij glimlachte. 'Dit gebeurt meestal als iemand op het punt staat een schilderij van zichzelf voor de eerste keer te bekijken,' zei hij. 'Je weet natuurlijk nooit wat die rare schilder ervan gemaakt heeft.'

Ik bleef als een zoutpilaar staan. Hij stapte opzij zodat ik zicht kon krijgen op het doek. Ik staarde er verwonderd naar.

Op het schilderij was een vage naakte gestalte te zien. Uit de contouren van de figuur was waar te nemen dat het een vrouw betrof maar het kon iedere vrouw met mijn afmetingen zijn. Op de schildering was maar één onderdeel helder en duidelijk en dat was mijn gezicht. Ik keek de kijker nadrukkelijk aan met afwachtende, nadenkende en een beetje spottende ogen. Lodewijk bleek zich vooral op mijn ogen geconcentreerd te hebben.

Ik kon niet voorkomen dat hij zag dat ik er weinig van begreep.

'Ik kan natuurlijk moeilijk gaan beweren dat ik niet zie dat je een prachtig lijf hebt,' zei hij ernstig. 'Dat zag ik al die eerste keer dat je aan mijn bed stond in het ziekenhuis. Een lijf om te schilderen is het, geen schilder zal het ontkennen. Maar ik kom niet verder dan je ogen. Ik zie er zó veel in wat allerlei vragen bij me oproept maar tegelijk ook zo veel weerstand om me toe te laten.'

Hij zweeg en keek me nadenkend aan. 'Heeft nooit eerder iemand zoiets tegen je gezegd?' vroeg hij aarzelend. 'Heeft nog nooit iemand méér gewild dan alleen gezellig keuvelen? Ik wél, als ik eerlijk mag zijn.'

Ik wilde vluchten.

Rennen, zo ver mogelijk bij hem vandaan zien te komen. Hem geen centimeter verder toelaten.

Nooit meer omkijken.

Maar ik bleef staan.

Ik voelde hoe zijn vingertoppen langs mijn wang streken en ik rook zijn lichaamsgeur. Hij rook lekker.

Het was heel tegenstrijdig. Ik wilde direct weg en tegelijk wilde ik voor altijd blijven, ongeacht de gevolgen daarvan. De twijfel leek me te verstarren. Later heeft Lodewijk me verteld dat hij die ochtend in maart besefte dat hij niet wilde dat ik wegging en zich realiseerde dat er actie ondernomen moest worden. Zijn vingertoppen lieten mijn wang los en op hetzelfde moment waren zijn armen om me heen en zijn mond op mijn lippen. Ik kuste hem hongerig, gretig. We kusten wild.

We hebben de hele zaterdag met elkaar gevreeën. Zwetend, kreunend, op mijn lippen bijtend en grommend heb ik het hele huis gezien. In de keuken kwam ik midden op de keukentafel terecht, nadat Lodewijk met één armzwaai de ontbijtresten opzij had geschoven. Ik hapte naar lucht toen ik hem diep in mij voelde stoten. Opeens trok hij me overeind. Ik sloeg mijn benen om zijn middel en hij droeg me naar boven.

Het was een groot huis, er waren heel veel kamers en evenveel bedden. Als we merkten dat we uitgeput raakten stopten we een tijdje, gingen in bad of aten en dronken wat Lodewijk uit kasten en de kelder tevoorschijn haalde.

Ergens in de namiddag viel ik in slaap. Ik werd wakker van een ongehoorde opwinding tussen mijn benen en het zoveelste orgasme van die dag liet me zwaar hijgend in zijn armen liggen.

We lachten, we huilden, we snikten het uit. We likten elkaars tranen weg en keken elkaar onophoudelijk aan.

'Ga nooit meer weg,' zei Lodewijk dringend. 'Blijf alsjeblieft altijd bij me.'

Ik stemde toe.

Ik heb mijn armen om Lodewijk heen geslagen, mijn kin rust op zijn haren. 'Vandaag is het dus precies dertien jaar en een maand geleden dat je me een aanbod deed dat ik niet kon weigeren,' zeg ik in zijn haar. Het is al dertien jaar geleden, denk ik verwonderd. 'En ik kan niet vaak genoeg zeggen hoe goed dat aanbod was,' ga ik verder en ik denk dat ik meer tegen mezelf praat dan tegen hem. 'Ik heb al dertien jaar een man bij wie ik thuis ben. Een eigenwijze, slimme, attente, gevoelige man. Een geweldige minnaar. Een tópmaat.' Ik haal mijn kin van zijn hoofd en neem zijn gezicht tussen mijn handen.

Lodewijk kijkt me doordringend aan. Ik zie een onuitgesproken vraag in zijn ogen.

Ik haal diep adem. 'Je hoeft nooit, nóóit bang te zijn dat ik je in de steek laat. Jij bent mijn man, ik ben jouw vrouw, daar kan niemand tussen komen. *Till death do us part*, weet je nog? In ziekte en gezondheid, altijd. Nooit aan twijfelen. Nooit vergeten.'

Hij glimlacht tevreden. '*For better and for worse*,' zegt hij langzaam maar wel duidelijk verstaanbaar. Mijn hart maakt een sprong in mijn borstkas. Voor de eerste keer sinds het ongeluk durf ik te geloven wat Kees Jan heeft gezegd. Het komt goed met Lodewijk.

Ergens in mijn achterhoofd probeert een onaangenaam gevoel plaats te nemen. Het gevoel heeft iets te maken met een foto en een krantenknipsel. Ik duw het weg.

Zodra ik thuiskom zie ik dat er iemand gebeld heeft. Er is geen bericht ingesproken. Ik druk op de yes-toets. Op de display verschijnt geen nummermelding. Met een nijdig gebaar druk ik de verbinding weg.

10

Je hoort wel eens dat mensen hun tweede trouwdag leuker vinden dan de eerste. Leuker zou in mijn geval niet het goede woord zijn. Op een andere manier leuk dan de eerste keer, dat wel. Met minder mensen om me heen maar met evenveel vrolijkheid. De felicitaties waren duidelijk oprecht gemeend, sommige vriendinnen van Lodewijk vertelden me openhartig dat ze heel erg jaloers op me waren en me een bofkont vonden. Ze hadden zelf wel eens iets in zijn richting geprobeerd maar ze waren gewogen en te licht bevonden. Hun woorden klonken hartelijk en gingen vergezeld van veel gelach. Toch was mijn tweede trouwdag niet met de eerste te vergelijken. Dat kwam doordat ik op mijn eerste trouwdag net tweeëntwintig was en nog nauwelijks een geschiedenis had. Ik geloofde op mijn tweeentwintigste dat geluk een vanzelfsprekend gevolg was van het jawoord. Zo simpel zat het leven toen voor mij nog in elkaar.

Bij de tweede keer moest ik toch meer eerst zien en dan geloven en was ik behalve deelnemer ook een beetje toeschouwer.

Nadat Lodewijk me in het ziekenhuis had verteld dat hij me wilde schilderen, zag ik hem niet meer, omdat ik onverwacht tijdelijk ook de leiding van een andere afdeling moest waarnemen. Mijn collega-hoofdverpleegkundige was in ernstig conflict geraakt met haar waarnemend hoofd en een aantal verpleegkundigen en de hele groep was door de directie tijdelijk op non-actief gezet. Ik had opeens andere zaken aan mijn hoofd dan met een patiënt flirten en dacht niet meer aan het gesprek dat ik met Lodewijk had gevoerd. Toen ik een week later weer op mijn eigen afdeling kwam was hij ontslagen maar hij had wel een briefje voor me achtergelaten.

'Zeer geachte hoofdzuster, onze wegen scheiden zich te vroeg. Ik meende het toen ik zei dat ik je graag wil schilderen. Hoop dat we elkaar spoedig ergens tegenkomen. Zo niet, dan verzin ik wel iets.

Dus tot ziens. Gegroet. Lodewijk van Manen.'

Toen ik het las begon mijn hart opeens wild te kloppen. Zeg, doe normaal, sprak ik mezelf bestraffend toe. Maar iedere keer als de telefoon ging verwachtte ik dat hij het was.

Ik kwam regelmatig bij Frikke Lammers en zijn vrouw Hester. Vaak werden dan ook collega-specialisten van Frikke met hun vrouwen uitgenodigd en ik kookte meestal samen met Hester voor de hele groep. Met haar en twee collega's uit het ziekenhuis had ik een abonnement op de schouwburg. Ik leidde een redelijk druk sociaal leven en ik voelde me thuis bij de mensen met wie ik omging. Soms dook er opeens een alleenstaande man tussen de gasten op. Frikke was daar heel duidelijk over: het was de bedoeling dat zo'n man en ik elkaar eens geïnteresseerd bekeken.

'Alleen is maar alleen, Marijke,' stelde Frikke vast. 'Een mens is een sociaal wezen, jij dus ook. Je bent een veel te toffe meid om alleen te blijven. En je ziet er altijd veel te mooi voor uit. Goddelijk lijf, mooie kop. De kerels zouden voor je in de rij moeten staan. Als ik niet zo gelukkig getrouwd was en mijn vrouw niet zo rijk was...' grapte hij dan.

Ik gaf hem meestal een stomp in zijn zij. 'Ophouden, jij. Ik ben uitstekend in staat om zelf op zoek te gaan, als ik dat zou willen.'

'Valt niet op,' hield Frikke vol. 'Jij zult echt een handje geholpen moeten worden.'

Lodewijk was met Frikke en Hester bevriend. Vier weken nadat hij uit het ziekenhuis ontslagen was trof ik hem in hun huis aan, toen ik 's avonds een boek terug kwam brengen dat ik van Hester had geleend. Hij begroette me verrast en vrolijk. 'Kijk nou,' zei hij en schudde me de hand. 'Kijk wie we hier hebben! Je zult het niet geloven,' wendde hij zich tot Frikke, 'maar ik was net van plan om voor de poort van het ziekenhuis te gaan liggen wachten tot ze naar buiten kwam. En nu tref ik haar hier.' Hij keek weer naar mij en zijn ogen stonden zacht.

'Dag hoofdzuster.'

'Dag meneer Van Manen.'

'Ik heet Lodewijk.'

'En ik heet Marijke.'

Hij liep met me mee naar buiten toen ik weer naar huis wilde gaan.

'Ik zou het écht fijn vinden als ik je mag schilderen,' zei hij. Ik aarzelde.

'Desnoods met kleren aan,' voegde hij eraan toe.

Ik moest lachen. 'Laat me er nog even over denken,' stelde ik voor. We maakten geen afspraak.

Het was verwarrend. Ik vroeg me af wat er te twijfelen viel en waar mijn terughoudendheid vandaan kwam. Wat was er nu precies aan de hand? Een aardige man, een bekende schilder, wilde een schilderij van me maken. Hij vond me mooi en was onder de indruk van mijn uitstraling, had hij me verteld. Welke uitstraling, wilde ik vragen. En wat is mooi? Maar toch, daar ging het niet om. Het ging om wat ik voelde als ik hem zag en als ik aan hem dacht. Dat was anders dan bij andere mannen. Het was meer dan alleen een fysieke aantrekkingskracht, ondanks het verbod dat ik mezelf had opgelegd deed mijn hart dit keer mee. En dat was helemaal niet de bedoeling, ook niet omdat hij getrouwd was. Ik riep mezelf tot de orde. Er is niets aan de hand, hield ik me voor, hij wil me alleen schilderen. Ik ben nog nooit door iemand geschilderd. Eens moet de eerste keer zijn.

Vanaf de dag dat ik het schilderij zag en we uren achtereen vreeën ben ik bij Lodewijk geweest. De eerste weken sliep ik nog wel eens in mijn eigen huis, voornamelijk om even uit te blazen. Soms werd het me te heftig en wilde ik een beetje afstand nemen. Een van de eerste keren dat ik besloot om een paar nachten in mijn eigen bed te slapen werd er tegen twee uur 's nachts gebeld. Ik vertrouwde het niet en ging op het balkon aan de voorzijde van mijn appartement kijken wie er voor de deur stond.

Het was Lodewijk. 'Ik kan niet slapen in dat grote lege huis,' zei hij. 'Er is daar geen Marijke.'

We trouwden op een zonnige zaterdag in april. Frikke en Hester waren mijn getuigen, Petra en een van haar zonen die van Lodewijk. We vierden het thuis en hadden een grote tent in de tuin laten zetten. Er kwamen veel mensen die ik niet kende, allemaal relaties van Lodewijk. Een van zijn ex-vriendinnen had haar accordeon meegebracht en speelde smartlappen. We galmden allemaal mee.

Jeroen was in het jaar dat aan onze bruiloft voorafging regelmatig thuis geweest en we hadden elkaar al redelijk goed leren kennen. Hij was de hele dag niet bij me vandaan te slaan. Hij kuste op een dwangmatige manier de mensen die ons kwamen feliciteren, of het nu mannen of vrouwen waren. Ik zag de slachtoffers regelmatig snel hun wang afvegen en bezwaard kijken. Maar dat ontging Jeroen gelukkig.

'Doe ik het goed?' vroeg hij tussendoor steeds aan mij.

'Je doet het prima,' verzekerde ik hem. 'Als je wilt, mag je de mensen ook gewoon een hand geven.'

'Ik doe het precies zoals jij,' fluisterde hij.

Ik merkte dat mensen het een beetje besmuikt over hem hadden.

'Je ziet eigenlijk helemaal niets aan hem,' hoorde ik iemand achter me fluisteren. 'Nou, kijk maar eens goed,' was het antwoord.

Ik negeerde het.

Op het eerste gezicht ziet Jeroen er niet anders uit dan andere jonge mannen. Hij is groot, stevig van bouw en hij lijkt heel erg op Lodewijk. Je merkt pas iets aan hem als hij reageert op iets waar hij van onder de indruk is. Hij heeft geen last van valse schaamte, hij is puur. Mooi is mooi en lelijk is lelijk. Hij noemt alles gewoon bij de naam. Hij is heel openhartig over de dingen die hij hoort en ziet, terwijl hij weet dat anderen dat niet op dezelfde manier ervaren. Het maakt hem niet uit. Hij vindt hoogstens die anderen een beetje vreemd.

Lodewijk en ik dansten op het grasveld terwijl de accordeoniste *Droomland* speelde. De manier waarop hij me vasthield ontroerde me. Ik voelde me bemind, verliefd, maar vooral veilig. Waar heb ik dit aan verdiend? dacht ik. Ik realiseerde me dat ik die gedachte had uitgesproken toen Lodewijk me zachtjes in mijn oor fluisterde: 'Hoe kun je je dát nu afvragen, lief?'

Later danste ik met Jeroen. Ik had moeite om zijn grote, ongecontroleerde passen te volgen en ik stond enkele keren boven op zijn tenen.

Hij schaterde het uit. 'Marijke kan niet dansen,' deelde hij mee aan de menigte om hem heen. 'Maar ik wel!'

Midden in de tweede dans stond hij opeens stil. Hij keek me vragend aan.

'Zeg het maar,' nodigde ik hem uit.

'Ben je nu mijn moeder?' vroeg hij.

De wereld begon om me heen te draaien. Lodewijk zag het gebeuren en ving me op. Hij zette me op een stoel en liet een glas water voor me halen. 'Wat gebeurde er?' vroeg hij zacht. 'Is het een beetje te veel geworden?'

Ik knikte en probeerde mijn tranen te bedwingen.

'Of heeft Jeroen iets gezegd waardoor je van streek raakt?'

Ik knikte weer maar voegde er direct aan toe dat het wel meeviel. 'Jeroen kan er niets aan doen,' zei ik zacht. 'Hem is niets
kwalijk te nemen. Ik vertel het je later wel.'

Ik heb er altijd op gelet dat Jeroen me Marijke bleef noemen.
En gelukkig heeft hij nooit meer gevraagd of ik zijn moeder
ben.

11

Het vorige jaar hebben we overgeslagen, toen was de man van Annie net overleden en stond haar hoofd niet naar een grote schoonmaak. Ik heb er geen enkel bezwaar tegen gehad om een jaar over te slaan, ik vind het iedere keer opnieuw een bezoeking. Wat mij betreft mag de grote schoonmaak wel worden afgeschaft. Ik ken niemand die dat nog doet. Volgens mij is het volkomen uit de tijd. Maar Annie denkt daar anders over en zij heeft het laatste woord. Zij hoort bij het huis. Annie poetste ook al voor de twee vorige echtgenotes van Lodewijk. Dat geeft haar bepaalde rechten.

'We kunnen de klus samen gemakkelijk in drie dagen klaren,' heeft ze voorspeld. 'Maar dan moeten we wel mijn schema volgen.'

Ik heb beloofd netjes te doen wat zij zegt en me niet met de organisatie van de schoonmaakwerkzaamheden te bemoeien. Dat is háár vak, niet dat van mij. Ik vind het ook wel gezellig. En momenteel veroorzaakt het idee dat er drie dagen lang iemand samen met mij in huis is een veilig gevoel.

Ze is even voor zevenen vanmorgen opgewekt zwaaiend het erf op komen fietsen en ik had een moment de neiging om te

71

kreunen. Het tijdstip waarop we volgens haar moeten starten komt me onwezenlijk voor. Om zeven uur 's morgens weet ik doorgaans nog niet wie ik ben en waar ik ben.

'Het lieve Heerke werkt goed mee,' heeft ze met haar onvervalste Limburgse tongval optimistisch aangekondigd. 'En voor de komende twee dagen heeft onze Gerrit ook mooi weer voorspeld. Als Gerrit het zegt klopt het altijd.'

Annie is dol op de jonge weerman van het NOS-journaal. 'Hij is de enige die altijd mooi weer voorspelt,' is haar stellige overtuiging.

De stralende voorjaarszon voelt al tegen negen uur warm aan. We hebben het meubilair uit de zitkamer voor het grootste deel naar buiten gesleept. De overgordijnen heb ik eergisteren al naar de stomerij gebracht en de vitrages liggen te weken in de badkuip. Die zal ik over een halfuurtje uitspoelen en aan de waslijn te drogen hangen. Annie heeft de parketvloer eerst grondig gestofzuigd en is nu begonnen met hem meter voor meter opnieuw in de olie te zetten. Als ze daarmee klaar is mag er vierentwintig uur niet op de vloer gelopen worden, ik ben dus tot morgenochtend gedwongen om in de keuken te huizen.

Ze zingt, hoor ik als ik de meubels die nu in de voortuin staan schoonmaak. '*Es muss was wunderbares sein von dir geliebt zu werden*,' galmt ze en ze haalt stevig uit bij '*dir*'. Ik grinnik. Ze is duidelijk helemaal op dreef en heeft er zin in. Ik luister naar haar volle en heldere sopraanstem en denk aan de duetten die ik samen met mijn moeder zong als zij de afwas deed en ik moest drogen.

**

Mijn moeder is alt en ik ben sopraan. Ik zong graag en mijn moeder stimuleerde me. Ze kreeg het voor elkaar dat ik lid kon worden van het katholieke jongerenkoor, dat gedirigeerd werd door pater Van Schie. Wij waren niet katholiek, wij waren niets. Mijn vader was wel katholiek gedoopt maar hij wilde niets meer van het geloof weten. 'Als je hebt meegemaakt wat míj is overkomen kun je onmogelijk meer in een God geloven,' zei hij altijd. Dat had iets te maken met zijn geheim.

Mijn moeder vertelde tegen pater Van Schie dat we ooit nog wel eens zouden terugkeren in de katholieke kerk, als mijn vader het een en ander zou zijn vergeten. Dat kon nog wel een tijdje duren, maar zeg nooit nooit, was mijn moeder van mening. Pater Van Schie gunde mijn vader de tijd die hij nodig had en ik mocht komen proefzingen. Ik moest meteen blijven.

We zongen allemaal religieus getinte werken. Toen we met het koor ter gelegenheid van het vijftigjarig priesterjubileum van de pastoor van de katholieke kerk de *Krönungsmesse* van Mozart opvoerden zaten mijn ouders in de kerk. Ik reageerde verbaasd, vooral op de aanwezigheid van mijn vader.

'Je vader is de kwaadste niet,' verklaarde mijn moeder. 'Hij laat het niet gemakkelijk merken dat hij trots op je is. Maar dat is hij wél!'

Ik wilde haar graag geloven. Ik galmde de liederen die ik op het koor leerde tijdens de afwas en mijn moeder zong zonder daarvoor ooit gerepeteerd te hebben de tegenpartij. Als 's ochtends de keukendeur openstond hoorden we na afloop de buren soms applaudisseren.

'Ze moet naar het conservatorium,' raadden die buren mijn moeder aan.

'En wie zal dat betalen, zoete lieve Gerritje?' zong mijn moeder als antwoord.

Mijn moeder was zelf dol op operettemuziek en ik herinner

me haar favoriete liederen die ze liet horen als ze stofzuigde of ramen zeemde. De teksten gingen altijd over de liefde en het eeuwige geluk en nu, zo veel jaren later, begrijp ik nog steeds niet de overtuiging waarmee ze die liefde bezong. Opeens mis ik mijn gezonde moeder, er komt een golf van heimwee over me heen. Als ze die hersenbloeding niet had gekregen, zou ik samen met haar trots door mijn tuin kunnen wandelen. Ze houdt van de natuur. Ze keek vroeger in het voorjaar de knoppen van de tulpen en de narcissen in onze kleine stadstuin bijna open. En als de bloemen eenmaal in bloei stonden riep ze iedere dag opnieuw verrukt hoe mooi ze dat vond. Ik zag dat niet toen ik een kind was. Voor mij was een tulp een tulp en een narcis een narcis. Rode en gele bloemen in de voortuin die niet geplukt mochten worden. Want als je ze plukte verlepten ze snel, in de tuin bleven ze wekenlang bloeien. Ik beschouwde het verbod om de bloemen te plukken als een van de zuinigheidsacties van mijn moeder.

12

Ze zou nu hier moeten zijn. De sneeuwklokjes en de krokussen hebben al vroeg gebloeid, vroeger dan gewoonlijk. Dat komt waarschijnlijk doordat we een zachte winter hebben gehad. De tulpen en de narcissen hebben hun beste weken al gehad en enkele dagen geleden ontdekte ik 's morgens dat de bladeren van de kastanjes en de iepenbomen uit hun dikke knoppen tevoorschijn waren gekomen. Ik heb de lavendels, de anabelles en de lavatera's helemaal teruggesnoeid. De lavatera's liepen al uit maar dat hindert niet. Vanaf midden juli zullen ze weer bijna net zo hoog zijn als ik lang ben en ik verheug me nu al op de roze, lila en witte bloemen die tot eind september zullen bloeien. In de bruidssluier die over de pergola bij de voordeur groeit en die al aardig dicht begint te raken heb ik een duivennestje ontdekt. Moeder duif zit al enkele dagen onverstoorbaar te broeden; soms wordt ze even afgelost door pa, zodat ze wat te eten kan halen. Lodewijk en ik wonen vanaf het vroege voorjaar tot ver in het najaar bijna in de tuin. Al is het lentezonnetje nog zo mager, zodra het er is zetten we de tuinmeubels neer en eten we in de tuin. Desnoods met dikke jassen aan, als we maar in de frisse lucht kunnen zitten. Maar deze lente is het anders. Ik heb eind maart de tuinmeubels uit de schuur gehaald en ze schoon-gemaakt, het terras geschrobd en de stoelkussens lekker gewas-sen. Gewoon zoals ieder jaar. Deze lente zit Lodewijk in de re-validatiekliniek maar ik moet doen wat ik ieder jaar tot nu toe deed, heb ik met mezelf afgesproken. Maar toen ik de eerste keer buiten wilde ontbijten zat ik te rillen van de kou. Het brood dat ik had gebakken was nog warm. Ik had het kapje er voorzichtig afgesneden. De kapjes van een vers brood worden al-tijd eerlijk verdeeld. Om de beurt grissen Lodewijk en ik het onder het mes vandaan, het liefst als het brood nog niet is afge-koeld. Maar toen ik dit jaar weer voor de eerste keer buiten wilde ontbijten, smaakte het verse brood me niet. Ik eet nu weer binnen en heb zelf geen brood meer gebakken.

Ik schrik hevig van de hand die plotseling op mijn schouder ligt.

'Ik heb koffiegezet,' zegt Annie. Ze kijkt me vragend aan. 'Voel je je wel goed?' Ik slik de opkomende tranen weg en knik.

'Het is wat, meid,' zegt Annie hartelijk, 'ik benijd jou niks.'

We horen in het huis de telefoon rinkelen.

'Zal ik even?' stelt Annie voor en ze loopt al naar binnen. 'Hallo! U spreekt met de hulp van mevrouw Van Manen,' hoor ik haar plechtig roepen. 'Hallo! Hállo! Leg neer, viezerik!' Ze komt weer naar buiten.

'Heb je soms last van hijgers?' vraagt ze. 'Niemand zei wat maar het leek wel of hij een driedubbele longontsteking had.' Ze heeft de telefoon nog in haar hand.

'Wie heeft gebeld?' vraag ik terwijl ik op de display kijk. Ik druk op 'yes' maar weet al dat er geen nummermelding zal zijn.

'Word je vaker lastiggevallen?' vraagt Annie, als we in onze openluchthuiskamer aan de koffie zitten.

Ik haal mijn schouders op. 'Ach, wat is lastigvallen?'

'Nou, dit bijvoorbeeld. Je naam niet zeggen en een potje be-ginnen te hijgen. O, daar krijg ik helemaal de rillingen van, dat vind ik toch zó ziek! Smeerlapperij, dát is het. Weet je wie het is?'

Ik haal nogmaals mijn schouders op. 'Ik denk dat het toeval was. Als ik ieder verkeerd verbonden telefoontje ga wantrouwen word ik wel erg paranoïde.'

'Ik zou toch maar op mijn hoede zijn. Je zit hier helemaal alleen, zonder naaste buren in dat grote huis. Zul je een beetje uitkijken?' Ze kijkt me bezorgd aan.

'Ja, moe,' beloof ik glimlachend.

Ik wil er niet aan denken dat iemand mij probeert lastig te vallen. Ik wil me het onbehaaglijke gevoel dat daarmee gepaard gaat niet realiseren. Ik leef in het heden. Het verleden is voorgoed voorbij.

Wég!

Afgesloten.

Voor altijd op slot.

Het heeft geen enkel nut om me bezig te houden met mijn eerste leven. Het voegt niets toe, het lost niets op. Ik heb al jaren geleden besloten het achter me te laten.

Maar toch moet ik momenteel bijna dag en nacht aan Rhenen denken en aan Zaandam en aan Amsterdam. Alle herinneringen vliegen door elkaar heen, soms sla ik opeens mijn handen voor mijn ogen om de beelden die zich aan me opdringen van mijn netvlies te halen. Ik droom van kleine meisjes en van een kinderbegraafplaats. Als de telefoon gaat schiet ik overeind. De telefoon is een vijand aan het worden.

Ik wil de dromen stoppen. Me concentreren op het hier en nu. Acties ondernemen die overzichtelijk zijn. Me realiseren wat ik héb en daarvan genieten.

Niet nadenken over wat ik kwijt ben.

Het dient nergens toe.

Lodewijk wordt beter. Hij komt weer thuis, binnenkort. Wat maakt het uit of hij gevallen of geduwd is? Hij leeft. Hij raakt me aan. Hij begint me weer te plagen. Ik ben hem niet kwijtgeraakt. Ik heb zelfs mijn moeder nog. Ze moet de tuin zien. Ik ga haar ophalen, hijs haar in mijn auto en neem haar mee. Ze zal de bloemen herkennen. Ze zal ze aanwijzen en hun namen uitspreken.

Er is niets aan de hand.

Iedereen wordt weer beter.

'Ik hou niet van telefoonterreur,' zegt Annie. 'Ik vertrouw het ook niet. Er zit altijd iets achter.'

**

Het begon toen zuster Meyer me had meegenomen naar Sitges aan de Spaanse kust. 'Je moet een tijdje weg uit deze omgeving,' had ze tegen me gezegd.

Ik woonde in een van de gastenkamers van de villa waar ik als zestienjarige bejaardenhulp was geweest. In die tijd leek dat een eeuw geleden. Zuster Meyer pleitte ervoor dat ik daar bleef tot ik later, als ik eraan toe was, een ander huis zou vinden. Ik hoefde niet te werken en sleet mijn dagen met zitten en staren. Willoos liet ik me meetronen naar de eetzaal, de salon of de woonkamer van zuster Meyer. Ze bewaakte me alsof ik haar kostbaarste bezit was. Waarschijnlijk was ze bang dat ik mezelf iets zou aandoen en ik wilde dat ik ertoe in staat was maar ik miste daarvoor de energie. Vanaf het moment dat ik in die tijd 's morgens mijn ogen opende voelden mijn benen loodzwaar aan en zat er een schrijnende pijn in mijn borstkas. Ik at muizenhapjes witbrood met sandwichspread of smeerkaas en soms een beetje puree met gestoofde vis. Het moest in één hap door te slikken zijn, want kauwen kon ik niet. Ik kreeg die beweging niet voor elkaar, mijn mond was verlamd. Er kwam ook nauwelijks een woord over mijn lippen. Zelfs als mijn moeder bij me was sprak ik niet. Ik liet me door haar omarmen en knuffelen, zonder zelf iets in die richting te ondernemen. Mijn lijf zat op slot.

Mijn hoofd was dicht. Potdicht. Er kon niets uit en er kon niets in. Ik dacht niet meer zelfstandig na. Dat was de enige manier om vier pretoogjes en twee babbelende mondjes buiten beeld te houden.

Toen zuster Meyer had besloten dat ik op vakantie moest, volgde ik haar zonder tegen te spreken het vliegtuig in. Ik sliep mijn eerste vliegreis van Schiphol tot Barcelona zonder één keer wakker te worden.

Sitges was een heel drukke badplaats, merkten we, die stampvol Nederlanders en Duitsers zat. Ons hotel stond aan de boulevard, vanuit onze kamers konden we de zee zien. Het enige wat tot me doordrong was het geluid van de ruisende branding als ik vroeg in de ochtend wakker werd. Meestal was het dan nog geen vijf uur. De niet aflatende herrie van overdag was op dat tijdstip nauwelijks voor te stellen. Er heerste in de vroege ochtenduren een serene rust in het stadje. Ik wilde in die uren naar de zee om langs de golven te lopen maar ik had zuster Meyer beloofd om niet zonder haar op stap te gaan. Daarom zat ik iedere morgen doodstil op mijn balkon naar het kabbelende water te kijken. De golven rolden naar voren en trokken zich terug. Soms hadden ze witte schuimkopjes. Ze keken me aan op een geruststellende manier.

We wandelden veel en liepen soms een souvenirwinkel binnen. We zaten op terrassen en keken mensen. Zuster Meyer voerde het woord, ik zei alleen iets als het echt niet anders kon. De plaats waar ik me bevond had ook een gehucht aan het andere eind van de wereld kunnen zijn, of de rimboe, of de woestijn. Het drong niet tot me door wat ik zag, omdat zich op mijn netvlies een onuitwisbaar beeld had gevestigd waar ik het ene moment koude rillingen van kreeg en waardoor vervolgens het angstzweet op mijn voorhoofd stond.

Op een warme middag tijdens de tweede week van ons verblijf kwamen we in een eetcafé terecht waar een jong Nederlands echtpaar de scepter bleek te zwaaien. De man stond achter de bar en de vrouw deed de bediening. Ze heette Tanny en ze ontving ons zo hartelijk dat ik ontdooide. We waren van dezelfde leeftijd, schatte ik, midden twintig. Tanny kwam bij ons aan tafel zitten en liet ons foto's zien van de verbouwing van hun zaak. Zij en Jesper, zoals haar man bleek te heten, hadden de zaak anderhalf jaar geleden overgenomen en grondig moeten renoveren. Maar nu liep hij als een trein. Hun enige zorg was het feit dat ze geen goede hulp konden vinden. Ze zochten een serveerster tot het einde van het seizoen en in Sitges eindigde het seizoen pas tegen november. Kenden wij toevallig iemand die daarvoor zou voelen? We schudden ons hoofd.

We verlieten de zaak en beloofden snel terug te komen. 'Wat een lieve meid was dat,' zei zuster Meyer toen we weer buiten liepen. 'Volgens mij vond jij haar ook wel aardig.'

'Ze lijkt een beetje op mijn oudste zusje, Suus,' zei ik. Het was de eerste volledige zin die ik tijdens die vakantie sprak. Zuster Meyer deed alsof ze dat niet merkte en babbelde wat over sieraden en leren tassen die ze in diverse etalages zag liggen. Ik knikte maar wat maar luisterde niet echt. In mijn hoofd begon zich een idee te ontwikkelen.

Twee dagen later zei ik dat ik wel een tijdje in de bar van Tanny en Jesper wilde werken. Het zou mijn gedachten misschien wat kunnen afleiden van Nederland en van alles wat daar gebeurd was. In werkelijkheid moest ik er niet aan denken om naar huis terug te gaan. Ik was ervan overtuigd dat ik daar het leven niet langer aan zou kunnen en ondanks mijn verdriet en het idee dat alle gevoel in mij bevroren was wilde ik op de een of andere manier overleven. Zuster Meyer zat even voor zich uit te staren toen ik haar vertelde dat ik wilde blijven. Toen legde ze haar handen om mijn gezicht. 'Als ik eerlijk mag zijn zou ik je het liefst mee terug naar huis nemen,' zei ze en ik hoorde tranen in haar stem. 'Ik zou je nog een tijdje willen beschermen tegen jezelf, omdat ik het gevoel heb dat dat nodig is. Ik zou alles wat ik bezit willen geven als ik maar ongedaan kon maken wat jij hebt moeten meemaken, kind. Alles, werkelijk alles. Maar je bent een volwassen vrouw en ik weet heel goed dat je in staat bent om op jezelf te passen. Dat ga je toch wel doen?'

Ik knikte. 'U hoeft niet bang te zijn, ik haal geen gekke dingen uit. Ik wil verder leven, ik wil het in ieder geval proberen. Maar ik kan nog niet terug naar...'

Ze drukte een hartelijke kus op mijn voorhoofd. 'Ik begrijp het wel,' zei ze nadrukkelijk. 'Ik zou precies hetzelfde doen. Maar denk eraan dat er voor jou altijd plaats is in de herberg.'

Ze sloeg haar armen om me heen en wiegde me een beetje heen en weer. Ze rook naar zoete parfum.

Tanny en Jesper reageerden enthousiast. Toen ik een beetje aarzelend vertelde dat ik geen ervaring had als serveerster wuifden zij dit weg. Geen enkel punt, alles was te leren, volgens hen. Ze waren ervan overtuigd dat ik handig genoeg was. Ik vroeg me af hoe ze in hemelsnaam op dat idee kwamen. Mijn hele lijf stond strak van de spanning, mijn handen trilden voortdurend. Ik zag mezelf al hele ladingen kop en schotels op de grond laten kletteren. Waar begon ik aan?

Boven de bar was een kamer met kitchenette, daar kon ik wonen. Door het open raam hoorde ik het ruisen van de zee. Dat geluid maakte me rustig.

Ik bleef de laatste dagen nog samen met zuster Meyer en op een avond kwam de gerant van het hotel vertellen dat er telefoon voor mij was uit Nederland. Ik verstijfde van schrik. Zuster Meyer duidde dat ik moest blijven zitten en ze liep met de gerant mee naar de balie.

Toen ze terugkwam had ze een verbaasde blik op haar gezicht. 'Dat was je schoonmoeder,' zei ze op een toon alsof ze het zelf niet kon geloven. 'Die begreep er niets van dat jij vakantie vierde terwijl je man net dood is.'

Ik staarde haar aan.

'Maak je er niet druk om,' adviseerde zuster Meyer. 'Ze is ook een beetje de kluts kwijt, moet je maar denken. Tenslotte was het haar zoon.'

Maar de volgende avond werd er opnieuw gebeld en dit keer kwam ze minder begripvol terug. 'Nu maakt ze het toch een beetje te bont,' zei ze, duidelijk geïrriteerd. 'Alsof jou iets te verwijten valt. Gelukkig kwam je schoonvader tussenbeide, anders had ik opgehangen.'

Toen mijn schoonmoeder de laatste avond van de vakantie weer bleek te bellen liet zuster Meyer zeggen dat we al vertrokken waren.

'Ik zal thuis eens ernstig met haar praten,' besloot ze. 'En ik vertel haar niet dat jij hier bent gebleven. Ik vertel het aan niemand anders dan je moeder, dan kan je niet worden lastiggevallen. Goed?' Ik stemde toe.

Zuster Meyer zat een tijdje bedachtzaam voor zich uit te kijken. 'Ik word er kwaad van,' zei ze. 'Ik word razend van zulke telefoonterreur.'

13

Jeroen heeft een narrige bui, hoor ik als ik hem aan de telefoon heb. Ik vraag me af of hij zijn medicijnen wel regelmatig neemt. Hij wordt daar in de woongroep in principe niet toe gedwongen en dat kan consequenties hebben voor zijn stemming en zijn gedrag. Zodra hij begint te sjoemelen met de medicijnen krijgt hij last van hallucinaties. Daar raakt hij door van slag en dat kun je merken aan zijn stemming. Hij wordt schichtig, achterdochtig, angstig en snel boos. Lodewijk heeft al vaak geprobeerd om de leiding van de groep ertoe te bewegen dat ze Jeroens medicijnen gewoon door de thee mengen als hij er moeilijk over doet maar daar valt niet over te praten. En van dwang kan al helemaal geen sprake zijn. Het is gelukkig nog nooit echt uit de hand gelopen. Ik weet dat Lodewijk er niet aan moet denken dat Jeroen, doordat hij zijn medicatie weigert, in een isoleercel belandt. Hij zegt vaak dat dit de ergste nachtmerrie is die hij zich kan voorstellen. Maar de val die hij zelf gemaakt heeft is in mijn ogen vele malen ernstiger. Soms overvalt me het geluid dat ik hoorde toen hij uit het trapgat viel. Het was een enorme klap, waarop een doodse stilte volgde. Ik stond het ene moment nog in de keuken eieren te bakken en het volgende moment lag ik op mijn knieën naast hem. Ik was ervan overtuigd dat hij dood was. Maar hij ademde. Oppervlakkig en nauwelijks merkbaar, maar hij leefde nog. Sinds die dag zal ik niet meer denken dat een eventuele psychische decompensatie van Jeroen het ergste is wat ons kan overkomen. Het ergste wat ons kan overkomen is dat we de ander kwijtraken.

'Hoe komt het dat je slechte zin hebt?' informeer ik. 'Mis je papa?'

'Ik heb geen slechte zin.'

Dat schiet niet op. 'Vertel me dan een nieuwe mop,' stel ik voor. 'Je hebt er vast nog wel eentje gehoord, de laatste tijd.'

Dat werkt. 'Even navragen hoe hij ook alweer was,' zegt Jeroen. 'Deze was moeilijk te onthouden. Ik heb hem nog niet opgeschreven.'

Ik hoor dat hij de kamer uit loopt en ergens in de gang op een deur bonst. Er zijn stemmen. Er klinkt gelach. Terwijl ik wacht loop ik naar het raam.

Er staat een rode auto vlak voor het begin van onze oprit geparkeerd. Er zit iemand in maar ik kan niet goed zien of het een man is of een vrouw. Donkere jas, iets zwarts op het hoofd. Ik tuur in de verte.

Waarom doe ik dat eigenlijk? Er staan wel vaker auto's op die plek, het is een goede plaats om even een sigaret op te steken, de route na te kijken, of de radio beter af te stellen. De figuur die in de auto zit beweegt niet. Ik knijp mijn ogen tot spleetjes. Zal ik gaan kijken wie daar staat?

'Er staat een witte kever voor de deur,' hoor ik ver in mijn herinnering iemand zeggen. Het was mijn collega Coby, weet ik weer. Wat vreemd, dat ik daar opeens aan denk.

'Ik weet hem weer,' hijgt Jeroen. 'Twee domme blondjes staan ieder aan een andere kant van het kanaal. Roept het eerste domme blondje tegen het tweede domme blondje: "Hoe kom ik aan de overkant?" Zegt het tweede domme blondje: "Daar ben je al." Snáp je hem?' Jeroen snikt het bijna uit om zijn nieuwe mop. 'Hij is goed, hè?'

'Hij is goed.'

De rode auto rijdt weg. Ik voel me opgelucht.

'Ik wilde gisteren mijn pillen niet innemen,' deelt Jeroen mee.

Ik ben direct alert. 'En vandaag?'

'Vandaag heb ik ze gewoon weer genomen. Ik moet daar niet zo moeilijk over doen.'

Ik hoor de begeleider van Jeroen nu bijna praten. 'Helemaal mee eens,' zeg ik luchtig. 'Het zijn maar pillen. Hap, slik, weg. Je bent verstandig geweest. Ik ben trots op je.'

'Er is een nieuwe jongen in de groep,' gaat Jeroen verder. Hij reageert niet op mijn laatste woorden. Daar kan hij ook niets mee, weet ik.

'Hij heet Onno.'

Stilte.

'Ben je er nog?' informeert Jeroen.

'Ja.'

'Je zegt opeens niets meer. Onno wil mijn vriend worden. Ik heb zijn naam opgeschreven, dan kan ik hem beter onthouden. Ik heb die naam nog nooit eerder gehoord. En jij? Heb jij wel eens gehoord dat iemand zo heette?'

'Nee, nooit.'

'Hij komt er net aan. Wil je met hem praten?'

'Later, Jeroen. Ik heb nu geen tijd meer. Later zie ik hem wel eens.'

Het is maar een naam. Er heten meer mensen zo. Als je het goed bekijkt had ik die naam al veel eerder weer ergens kunnen tegenkomen.

Onno.

Ik ga deze week niet naar de woongroep toe.

**

In de weekenden gingen we meestal dansen bij café Keizer, dat even buiten het centrum van Rhenen lag. Vooral op zaterdagavond was het daar een volle bak. Soms trad er een liveband op maar meestal draaide de barkeeper plaatjes. Hij was dol op Tom Jones en hij eindigde de avond altijd met: *Please, release me, let me go*. Tegen die tijd waren we allemaal helemaal los en zongen we – eigenlijk brulden we – de tekst mee, de armen om elkaar heen geslagen. Het maakte dan niet uit wie naast je stond, je greep gewoon degene die beschikbaar was.

We dronken cola of sinas. Een enkeling waagde zich aan wijn of pils.

'*Please, release me, lèèèèhhht me go, for I don't love youououhhhh any mo-ore.*'

Het was mei. De knoppen zaten weer aan de bomen, je kon al zonder jas naar buiten, de hele wereld werd vrolijk. Toen de barkeeper het laatste nummer had aangekondigd waren mijn collega's nergens te bekennen. Ik vermoedde dat ze ergens buiten een leuke jongen stonden te zoenen. Ik dacht in die tijd veel na over jongens en probeerde te ontdekken op welk type ik nu eigenlijk viel. Maar ik had nog niemand ontmoet van wie ik warm werd.

Naast me stond een jonge man die ik nooit eerder in de bar had gezien. Hij was me die avond niet opgevallen en ik vroeg me af of hij misschien net was binnengekomen. Later bleek dat hij de hele avond al naar me had zitten kijken maar dat ik niets in de gaten had gehad.

Hij was lang, ik kon met mijn geringe lengte van een meter zestig zonder mijn hoofd te stoten onder zijn oksels door lopen. Hij was slank, bijna mager te noemen. Zijn sluike donkere haar moest nodig geknipt worden, het viel steeds voor zijn ogen. Het was absoluut geen opvallende figuur maar toch kon ik niet ophouden met naar hem te staren. Dat kwam door zijn stem. Hij had een heel zware basstem, die eigenlijk totaal niet bij zijn tengere gestalte paste. Een zware, sonore en warme stem.

'Ik heet Onno,' stelde hij zich voor en ik werd een beetje verlegen van de manier waarop hij me aankeek. 'Onno van Waalwijk.'

'*Please, release me, let me go*,' zong de hele meute uit volle borst. Wij zongen niet mee maar keken elkaar onophoudelijk aan.

'Ik hoop van niet,' zei Onno.

Het café sloot altijd om één uur en we moesten van zuster Meyer uiterlijk om halftwee binnen zijn. Ze wachtte dan met een pot thee op ons in de keuken. Het was een kwartier lopen en ik zag dat mijn andere collega's ook een jongen bij zich hadden. Toen we het café verlieten had Onno mijn hand vastgegrepen en hij scheen niet van plan te zijn hem los te laten. 'Vertel eens iets over jezelf,' nodigde hij uit.

'Jee,' antwoordde ik een beetje overdonderd, 'er valt niet zo veel te vertellen. Ik ben bejaardenhulp in de villa van zuster Meyer en in september ga ik naar Amsterdam. Ik wil verpleegster worden.'

'Echt?' vroeg hij verrast. 'Naar Amsterdam?' Ik knikte en vroeg me af wat daar zo bijzonder aan was.

'Daar studeer ik ook,' zei hij glimlachend. 'Ik doe rechten.'

Hij was twintig en zou in september aan zijn derde studiejaar beginnen. 'Als alles goed gaat ben ik op mijn drieëntwintigste klaar,' vertelde hij. 'Maar daarna moet ik nog anderhalf jaar in dienst. Da's minder leuk. Maar ja, je weet nooit hoe de zaken er tegen die tijd voor staan,' zei hij en ik vond die woorden een beetje mysterieus. Opwindend mysterieus, dat wel. Ik vond alles aan Onno opwindend, merkte ik. Als hij maar bleef praten met die mooie zware en beetje vaderlijke stem.

'Je hebt een prachtige stem,' zei ik.

Hij stond stil. 'Vind je?'

'Ja, dat vind ik.'

Zijn ogen stonden opeens ernstig. 'Wat lief dat je dat zegt,' zei hij zacht. 'Dat je daarop let.'

Ik was me niet bewust van enige aardige actie van mijn kant en zijn ontroering verbaasde me een beetje. 'Ik ben bijna thuis,' zei ik, en ik had er een lieve duit voor overgehad als we nog een uur hadden kunnen wandelen. 'We moeten om halftwee binnen zijn.'

'Anders zwaait er wat?'

'Dat weet ik niet. Iedereen is altijd op tijd binnen.'

'Die directrice heeft er dus goed de wind onder,' grinnikte Onno.

'Dat valt wel mee,' haastte ik zuster Meyer te verdedigen. 'Ze is heel aardig. Ik mag haar erg graag.'

Hij streek even met een vingertop over mijn wang. 'Rustig maar,' suste hij, 'ik plaagde alleen een beetje. Wanneer zie ik je weer?'

'Ik ben donderdag en vrijdag vrij, het weekend moet ik werken.'

'Vrijdagavond is er een openluchtconcert in Arnhem. Ik kan de auto van mijn moeder vragen, dat zal wel lukken. Wil je mee?'

Ik vroeg me af wie die moeder die een eigen auto had dan wel was. En ik bedacht dat Onno dus zelf al een rijbewijs moest hebben. Ik wilde ook een rijbewijs halen maar ik wist niet waar ik het geld voor rijlessen vandaan moest halen.

'Hallo, hallo, ben je er nog?' Onno zwaaide naar me en boog zich dichter naar me toe. Ik werd weer wakker. Zijn mond was opeens heel dicht bij die van mij en terwijl ik me dit realiseerde voelde ik zijn lippen. Hij kuste me een paar keer licht en ik kuste aarzelend terug.

'Ik moet naar binnen,' zei ik en ik had opeens haast.

'Maar ga je dan mee?' lachte hij. Ik knikte.

'Ik sta vrijdagavond om zeven uur bij de poort, met een witte Volkswagen. Een kever,' riep hij me na toen ik er als een haas vandoor ging. Ik zwaaide ten teken dat ik het gehoord had.

Ik was de laatste, zag ik toen ik binnenkwam. Iedereen zat al aan de keukentafel.

'Marijke heeft volgens mij een vriendje,' zei een van mijn collega's lachend. 'En weet u wie het is, zuster Meyer?' Ik wachtte even nieuwsgierig als de anderen op het antwoord.

'De zoon van de burgemeester,' verklapte ze.

Ik staarde haar met grote ogen aan.

'Dat vinden wij een geschikte partij,' zei zuster Meyer droogjes. 'Marijke heeft smaak.'

**

Ik werd verliefd. Verliefd van de toppen van mijn tenen tot in mijn kruin. Ik herinnerde me dat ik in het verleden wel eens ge-irriteerd was geraakt door het gedrag van verliefde collega's. Vooral het voortdurende gepraat over en het ophemelen van het onderwerp van hun obsessie vond ik altijd hinderlijk. Ik vroeg me af hoe het mogelijk was dat een normale jonge vrouw van het ene op het andere moment verzeild kon raken in een totale verstandsverbijstering.

En toen gebeurde het mij.

Ik denk dat ik alles wat ik die eerste afspraak met Onno mee-maakte wel duizend keer aan mijn collega's heb verteld. Ik vond steeds een nieuwe gelegenheid om erover te beginnen. Maar dat had ik zelf nauwelijks in de gaten. Na drie dagen riep Coby op-eens: 'Nu stoppen. Ik kan de naam Onno even niet meer horen.' Ik schrok en was een beetje beledigd. Zó veel had ik het toch niet over hem gehad?

Ik was verliefd. Mijn maag zat op slot en ik viel binnen veer-tien dagen drie kilo af. De sombere levensverhalen die sommige gasten al ontelbare keren aan me verteld hadden kwamen op-eens in een heel ander daglicht te staan. Ze raakten me en ik moest erom huilen. Alles wat ik zelf deed of wat anderen deden had een emotionele lading. Ik zag overal de diepere zin van in en als ik die niet zag verzon ik hem ter plekke.

Onno had direct na ons eerste afspraakje een drukke tenta-mentijd en hij verscheen daardoor vier weken niet in Rhenen. Maar hij stuurde me drie keer per week kaarten en briefjes. Daarin vertelde hij dat hij me miste en bij me wilde zijn. Hij werd ziek van heimwee naar mij en had last van allerlei kwalen, schreef hij. Daar werd ik ongerust door. Er zou toch niets ern-stigs met hem aan de hand zijn? Ik werkte hard en pakte alle klussen die gedaan moesten worden voortvarend aan. Hoe meer ik werkte, des te minder tijd en energie ik had om me zorgen te maken. Ik verstopte de post in mijn kledingkast op de zolder en benutte elke gelegenheid die zich voordeed om even naar die kast te glippen en te lezen wat hij had geschreven.

Ik was verliefd maar ik was niet echt blij. De vlinders in mijn buik veroorzaakten een uitputtend gevoel dat me al vanaf het moment dat ik de dag begon lastigviel. Er gebeurden allerlei dingen met mij die ik niet zelf in de hand had en daar werd ik onrustig van. Diep in mijn hart hoopte ik dat de verliefdheid snel weer overging, ik had het gevoel dat ik knettergek werd. Ik veronderstelde dat Onno binnenkort wel een ander leuk meisje zou tegenkomen, het stikte waarschijnlijk van de leuke meisjes op de universiteit. Meisjes die ervaring hadden met mannen, niet zulke onbenullige en onervaren maagdelijke onderdeurtjes als ik. Ik verwachtte elk moment een briefje waarin hij me vertelde dat hij afzag van verder contact. Maar in plaats daarvan werden de teksten die hij schreef vuriger van toon. De vier weken die ik moest wachten tot ik hem weer zag leken wel vier maanden.

We zaten aan het avondeten in de keuken. Tante Truus had gebakken vis, worteltjes en puree met botersaus gemaakt, zoals gewoonlijk als het vrijdag was.

Mijn collega Coby kwam de keuken binnen en glimlachte nadrukkelijk in mijn richting. 'Er staat een witte kever voor de poort,' zei ze geheimzinnig. Ik vloog van tafel en rende naar de voordeur. Door het ronde raampje, waar ik precies doorheen kon kijken als ik op het uiterste puntje van mijn tenen ging staan, zag ik hem. Hij kwam op de voordeur af gelopen. Ik opende de deur. Het volgende moment lag ik in zijn armen en kreeg mijn eerste echte kus.

'Wil die Onno misschien ook een gebakken visje?' hoorde ik tante Truus uit de keuken roepen. 'Er is genoeg!'

Zuster Meyer nam me even apart. 'Het heeft je helemaal te pakken, die verliefdheid, is het niet? Geniet er maar van. Maar kijk je wel uit? Ik zou het jammer vinden als je jezelf in de nesten werkt. Het is gebeurd eer je er erg in hebt. Vóór je het weet ligt je hele toekomst aan gruzelementen. Je wilt toch nog steeds naar de opleiding in Amsterdam?' Ik knikte vol overtuiging.

Zuster Meyer leek even te aarzelen. 'Gebruik je al anticonceptie? De pil?'

Ik schudde verschrikt mijn hoofd en voelde dat ik bloosde. De pil! Het idee alleen al! Ik voelde me nogal ongemakkelijk met dit gesprek. Ik was niet gewend om hardop over verliefdheid te praten, laat staan over voorbehoedmiddelen. Ik wist amper dat ze bestonden.

'Het is wel een beetje een intiem onderwerp maar ik wil het toch even met je bespreken. Je bent nu misschien nog niet zover maar de zaken kunnen snel veranderen als je gek op iemand bent. Lijkt het je niet verstandig om even langs de huisarts te gaan en met hem te overleggen?' Ik beloofde haar dat ik dat zou doen. Ik was bereid om alles te beloven als we het maar snel over iets anders konden hebben.

Maar ik trok toch een paar dagen later de stoute schoenen aan en ging naar de huisarts die verderop in het dorp zijn praktijk had. Het was een oude man, die me over zijn leesbrilletje vorsend aankeek. 'Vinden je ouders het goed?' wilde hij weten.

Ik knikte zo overtuigend mogelijk. 'Ja, hoor,' zei ik snel.

Vijf weken later besefte ik dat zuster Meyer mij een erg goede raad had gegeven. Onno en ik hadden het café waar we gingen dansen al geruime tijd voordat het '*Please, release me*' klonk verlaten en waren in het bos dat aan de rand van het dorp lag verzeild geraakt. Op een stille plek achter de dichte struiken, een behoorlijk eind van het voetpad vandaan, werden onze kussen steeds intenser en raakten onze armen en benen geleidelijk aan meer in elkaar verstrengeld. Hij streelde mijn borsten en ik voelde zijn hand onder mijn rok komen. We zwegen en bleven elkaar onophoudelijk aankijken toen Onno eerst mij en daarna zichzelf uitkleedde. Ik had van mijn collega's allerlei wilde verhalen gehoord over snijdende pijnen en bloederige taferelen en ik voelde mijn hart in mijn keel kloppen. Maar Onno was teder en voorzichtig. Ik voelde heel even een scherpe prik.

Onno hijgde zwaar.

Ik hield mijn adem in. Ik keek naar de sterren.

'We moeten ophouden,' hoorde ik hem opgewonden in mijn oor fluisteren. 'Anders word je zwanger.'

'Ik gebruik de pil,' fluisterde ik terug en ik voelde me supervolwassen, een echte vrouw van de wereld.

14

Annie heeft vandaag de keuken tot haar persoonlijk slagveld gemaakt. Alle kasten zijn uitgeruimd en de kruidenpotjes, Tupperwaredozen, potten, pannen en serviesgoed worden stuk voor stuk grondig afgewassen. Daarna gaat ze de kasten aan de binnenkant en de buitenkant met veel sop te lijf. Ik ben naar de zolder gestuurd om daar eens goed op te ruimen.

Ik zou nu verder kunnen gaan met het karwei waar ik een week geleden mee begonnen ben. Ik heb al drie dozen die op de zolder staan uitgemest. Vandaag zou ik er weer een paar onder handen kunnen nemen. Het is misschien verstandig om na te gaan of de foto die iemand mij stuurde werkelijk uit een van de dozen op zolder is gehaald, hoewel ik het ook een eng idee vind. Want dat zou dan betekenen dat er is ingebroken en dat de foto is gestolen. Wat is er eventueel nog meer meegenomen? Wanneer ga je dingen missen? Ik krijg er een onbehaaglijk gevoel door. Maar ik blaas het idee af. Redelijk blijven nadenken, heb ik tegen mezelf gezegd. Nergens beren en tijgers gaan zien. Er lijkt iemand bezig te zijn met mijn verleden op te rakelen. Daar zit ik niet op te wachten. Maar ik kijk er ook niet van op. Vroeg of laat kon het gebeuren, weet ik. Ik heb er diep in mijn hart altijd rekening mee gehouden. Het voelt niet prettig maar toch merk ik dat ik er ook niet van ondersteboven raak. Verstand op nul en blik op oneindig is een houding die ik stevig heb gerepeteerd. Zie me maar eens van de wijs te brengen.

Tegen wie heb ik het? Tegen Mathilde, waarschijnlijk. Mathilde heeft gezworen dat ze de misdaad die ik volgens haar gepleegd heb, zou wreken. Ze heeft het luidkeels van de daken geschreeuwd. Ze heeft het in de krant laten zetten. Ze achtervolgde me ermee tot ze mijn spoor bijster raakte.

Maar Mathilde is al veertien jaar dood. Of vijftien jaar, ik weet het niet meer precies. Het gebeurde korte tijd nadat ik haar en Janine ontmoette op een terras in Maastricht. Ik herinner me mijn gevoel van afgrijzen toen ik de enveloppe in mijn postvak vond. Ik wist direct dat het iets met mijn verleden te maken had. En ik was ervan overtuigd dat Janine erachter zat. Dad zou zoiets niet in zijn hoofd halen. Die geschifte tweelingzus vond het nodig om mij te laten weten dat Mathilde dood was. Er viel een last van mijn schouders, toen het tot me doordrong.

Ik word nooit meer achtervolgd door mijn ex-schoonmoeder, heb ik bedacht. Ze is niet oud geworden. Dat is goed. Zulke monsters kunnen beter maar zo vroeg mogelijk sterven. Dat mag ik eigenlijk niet denken van mezelf maar voor Mathilde maak ik graag een uitzondering.

Mathilde is allang klaar met wraak nemen. Zou Janine me nu lastigvallen? Zou die überhaupt nog ergens toe in staat zijn? Janine was net als Mathilde altijd ziek of onderweg om iets te krijgen. En ook net als Onno. Maar krakende wagens lopen natuurlijk altijd het langst. Janine zou wel eens een typische taaie donder kunnen zijn. Niet stuk te krijgen.

De foto en het krantenknipsel komen van een verknipte geest. Ik sluit me af voor wat die foto en het krantenknipsel met mij kunnen doen. Als ik die acties negeer, houden ze vanzelf op. Ooit konden die twee vrouwen me de rillingen over mijn rug laten lopen. Ik kreeg nachtmerries van hun streken, hun steken onder water, de manier waarop ze me met hun minzame glimlachjes de grond in probeerden te boren. Ooit leek er geen erger leed te bestaan dan hun getreiter. Ik ben erachter gekomen dat dit getreiter volkomen in het niet viel bij wat er later gebeurde. Ik schiet niet erg op, als ik mijn tijd blijf verdoen met aan het verleden denken. De dozen staan me aan te staren. Ze zien er niet erg uitnodigend uit. Laat ons maar dicht, lijken ze te zeggen. Het heeft geen zin om in ons te gaan graaien.

Annie vertelde me gisteren dat ze tegenwoordig op internet vaak een weblog bezoekt. Het heet 'Doe normaal'. Er worden allerlei nieuwsberichten uit de krant besproken en de snedige opmerkingen vliegen je vaak om de oren. Het is verboden om scheldwoorden te gebruiken maar er is wél één gezamenlijke krachtterm toegestaan en die is: ongezien de racekak. Dat wordt regelmatig aan politici of grote jongens uit het bedrijfsleven toegewenst. Ongezien de racekak. Hoe komen ze erop? Ik moet er opeens om lachen. 'Nou, spook dat mij lastigvalt,' zeg ik hardop tegen de rest van de zolder, 'krijg jij eens ongezien de racekak, alsjeblieft.'

Beneden rinkelt de telefoon. Ik schiet overeind. Geschuifel, gestommel, Annie neemt aan. Ik kan niet horen wat ze zegt. Is het nu wéér iemand die zijn naam niet zegt? Als ik merk dat het nog een keer gebeurt, ga ik het aanpakken. Krantenknipsels en foto's sturen is in de hand te houden. Ik kan de enveloppen weggooien zonder ze te openen. Maar telefonisch lastigvallen is andere koek. Daar ga ik een stokje voor steken. Ik merk dat ik geïrriteerd ben.

Annie roept iets onder aan de trap. Ik versta het niet. 'Is het die hijger weer?' roep ik.

Annie komt al naar boven. Lodewijk, flitst het door me heen. Er is iets met Lodewijk gebeurd. Ik sta opeens te trillen op mijn benen.

'Kom gauw beneden. Dat was iemand van het revalidatiecentrum. Het gaat niet goed met Lodewijk.'

Ik wist het.

Ik negeer alle verkeersvoorschriften en race in recordtempo naar de buitenwijk van Sittard waar het revalidatiecentrum staat. Voordat ik in de auto stapte heb ik Annie nog gevraagd om Petra te bellen en te zeggen dat ze ook moet komen. Ze staat al voor de deur op me te wachten, zie ik, als ik de parkeerplaats op rij.

Lodewijk is door een van de verzorgsters in een diepe slaap aangetroffen, hoor ik zodra we binnen zijn. Een vreemde diepe slaap. Hij was niet te wekken en de verzorgster heeft direct Kees Jan laten bellen.

Als Petra en ik tegelijkertijd de kamer in komen, zie ik dat Kees Jan over Lodewijk heen gebogen staat. 'Hoort u mij?' roept hij tegen Lodewijk. 'Bent u weer wakker? Doe uw ogen eens open.' Lodewijk doet heel langzaam zijn ogen open maar ze vallen meteen weer dicht. Kees Jan kijkt zorgelijk. 'Hij reageert wél weer,' zegt hij, 'maar hij is erg ver weg. Ik heb al bloedsuiker laten prikken, in ieder geval is er geen sprake van afwijkingen. We doen voor de zekerheid nog een paar andere testen.'

'Kan het een terugval zijn?' wil ik weten. 'Of een TIA?'

'Mogelijk,' antwoordt Kees Jan. 'Maar dat denk ik toch niet. Het lijkt wel of hij een heel zware dosis slaaptabletten heeft gehad. Maar hij gebruikt geen slaapmedicatie.' Ik sta hem aan te staren.

Ik voel dat ik helemaal koud word.

Er staat een schaaltje op het nachtkastje. Ik kijk naar het schaaltje. Gele resten. Lodewijk eet 's avonds graag een schaaltje vanillevla. Het liefst met een klodder aardbeienjam erdoorheen. Naast het schaaltje ligt een lepel.

'Zeg eens iets, Marijke,' dringt Petra aan. 'Dit voelt helemaal niet goed voor mij. Denk je dat iemand hem met opzet slaaptabletten heeft gegeven?' vraagt ze aan Kees Jan.

Die kijkt peinzend naar Lodewijk. 'We moeten eerst maar eens gaan uitzoeken wie gisteravond dienst hadden. Ik sluit niet uit dat iemand een medicatiefout heeft gemaakt,' zegt hij.

Ik heb het koud. Petra ziet me rillen. Ze kijkt me aan met een vragende blik in haar ogen. Lodewijk begint te snurken. Zijn mond staat open.

Ik voel me opeens te veel in de kamer. 'Kom,' zeg ik tegen Petra, 'laat hem maar slapen. Is dat niet het beste op dit moment?' vraag ik aan Kees Jan.

Die knikt. 'Ik laat hem ieder halfuur controleren,' zegt hij. 'Volgens mij heeft hij gisteren per ongeluk de slaaptabletten gekregen die voor een ander waren bestemd.' Hij is daar duidelijk van overtuigd. Ik wil me graag gerustgesteld voelen.

Petra buigt zich naar het hoofd van Lodewijk toe. Ze streelt hem over zijn voorhoofd. 'Nou, broer,' zegt ze glimlachend, 'ik zou als ik jou was voortaan een beetje beter opletten wat je slikt. Niet zomaar alles wat ze je aanbieden naar binnen schuiven, hè? Daar komen maar rare dingen van. Je ligt hier om béter te worden, niet zíéker, man. Het wordt echt tijd dat je weer eens tevoorschijn komt. Je bent de enige familie die ik heb.'

15

'Ik heb maar weinig familie,' vertelde Lodewijk me in de eerste weken dat we samen waren. 'Een zus, Petra, die vier jaar jonger is dan ik. Eén kind: Jeroen. Hij is uit mijn eerste huwelijk. Mijn eerste vrouw was een Duitse. Is een Duitse, moet ik zeggen, want ze leeft nog. Maar we hebben geen contact.'

'En je ouders?' vroeg ik. 'Ooms, tantes, neven, nichten?'

'Mijn ouders zijn dood. En er leven nog wel ooms en tantes en andere familieleden, denk ik. Maar wij waren thuis niet familieziek. Ik zag de broers en zussen van mijn ouders bijna nooit, eigenlijk alleen op begrafenissen. Ze wonen ook geen van allen in Limburg. En jij?'

'Ik heb alleen nog contact met een zus, Suus. Ze heeft twee kinderen en woont in Australië. Ik heb haar al heel lang niet gezien. Je blijft niet erg goed van elkaars leven op de hoogte als het contact bestaat uit een kaart met Kerstmis en de verjaardagen.'

'Is Suus je enige zus?'

'We waren thuis met vier kinderen, drie meisjes en een jongen. Ik ben het derde meisje. Mijn andere broer en zus zie ik niet meer. Mijn moeder woont in Amersfoort. Mijn ouders zijn gescheiden.'

Lodewijk wachtte af wat ik verder ging zeggen.

'Mijn vader zie ik ook niet meer. Ik weet niet eens waar hij woont,' voegde ik nog toe.

'Is er ruzie geweest?'

Ik haalde mijn schouders op. 'Ach, ruzie. Nee, niet eens. Mijn vader vertrok en mijn broer en een na oudste zus kozen partij voor hem. Ze willen mijn moeder nooit meer zien, omdat zij wilde scheiden. Het is te stompzinnig voor woorden, vind ik.'

Gelukkig vroeg hij niet verder.

Toen Lodewijk en Petra nog kinderen waren verliet hun moeder hen. Lodewijk was zeven, Petra drie. Zij heeft geen herinneringen aan die moeder, heeft ze me verteld. Maar Lodewijk wel.

We hebben er veel over gepraat. Vrijwel vanaf het begin van onze relatie heeft Lodewijk me verteld dat het vertrek van zijn moeder een bijna desastreus effect heeft gehad op zijn mogelijkheden om vrouwen te vertrouwen. 'Ze bracht me naar bed en las nog een verhaaltje voor,' vertelde hij me op een avond. We waren toen bijna een maand samen en we zaten op de tuinbank bij de voordeur. 'Niemand schijnt iets in de gaten te hebben gehad van wat er met haar aan de hand was. Ze heeft een brief achtergelaten die aan mijn vader was gericht. Ze was helemaal klaar met die man en wilde haar vrijheid terug. Petra en mij keurde ze geen woord waardig.'

'En heeft ze nooit meer iets van zich laten horen?' Ik was met stomheid geslagen. Ik kon me met geen mogelijkheid voorstellen dat je als moeder je eigen kinderen gewoon achterlaat en ergens anders opnieuw begint.

'Pas na achttien jaar, toen ze terug was in Nederland. Ze heeft al die jaren in Amerika gewoond en ze had daar een relatie met een Amerikaanse man. Ze kreeg borstkanker en die bleek uitgezaaid te zijn naar haar botten. Toen ze te horen kreeg dat ze haar zaken moest gaan regelen kwam ze naar Nederland om afscheid te nemen. Ik was nog getrouwd met mijn eerste vrouw en Jeroen was net drie geworden. Op een avond belde Petra om te vertellen dat ze met onze moeder had gesproken en wat er aan de hand was.'

'Heb je haar gezien?'

'Nee, ik wilde niet. Ik heb er oeverloos over lopen tobben en er met verschillende vrienden uitgebreid over gepraat. Petra kon het niet over haar hart verkrijgen om nee te zeggen, maar die was voornamelijk nieuwsgierig naar de vrouw die haar moeder was. Petra had geen last van herinneringen. Ik wel. Ik herinner me tot de dag van vandaag het gevoel dat ze me gaf door me zonder een woord te verlaten. Ik voelde me afgewezen als kind, ik was op de een of andere manier niet de moeite waard om bij te blijven. Dat heeft er heel diep ingehakt.' Lodewijk zat een tijdje diep voorovergebogen voor zich uit te staren.

'Het heeft er heel diep ingehakt,' herhaalde hij.

'Is je vader nooit hertrouwd?' vroeg ik.

'Nee. Mijn vader was de jaren na het vertrek van mijn moeder helemaal losgeslagen. Hij sleepte de meest onwaarschijnlijke vrouwen mee naar huis, de meesten bleven niet langer dan drie weken. Later heeft hij twee keer een langere relatie gehad. Er zaten heel leuke vrouwen tussen, die ik wel als nieuwe moeder wilde hebben. Liselotte, bijvoorbeeld, een zangeres. Ze had een prachtige stem, gaf concerten door het hele land. Haar relatie met mijn vader duurde langer dan we gewend waren en ik aanbad haar. Het was een schatje, hoewel ze totaal geen overwicht op ons had en absoluut geen kaas had gegeten van opvoeden. Binnen de kortste keren was ons huis een complete chaos maar dat hinderde niemand. Liselotte zong voor ons, ze speelde met ons, ze verzon de gekste dingen. Dat deed geen enkele moeder in onze omgeving.

Ik weet nog goed dat ik boodschappen voor haar moest doen bij de Vivo. Dan kreeg ik een rieten tas mee met een lang hengsel eraan en dat hengsel moest ik over mijn schouder hangen, anders kwam de tas op de grond terecht. "Goed op de centjes letten," waarschuwde Liselotte, "goed opletten dat je genoeg terugkrijgt." Als ik met de boodschappen naar buiten kwam ging ik eerst op de stoeprand bij de Vivo zitten om het wisselgeld na te tellen. Als ik ervoor zorgde dat het wisselgeld van de boodschappen altijd tot op de cent klopte, wilde Liselotte misschien wel mijn vaste moeder worden.'

Hij schudde zijn hoofd. 'Het moest niet mogen dat je je kinderen zoiets aandoet,' mompelde hij.

Ik zat mijn tranen weg te slikken. Mijn hart draaide om bij de gedachte dat Lodewijk als knulletje van een jaar of acht op de stoeprand bij de Vivo zat te hopen dat een van de vriendinnen van zijn vader zijn nieuwe moeder wilde worden.

Lodewijk keek me opmerkzaam aan. 'Het raakt je,' constateerde hij.

'Het is jarenlang een komen en gaan van allerlei vrouwen geweest bij ons thuis,' ging hij verder. 'Geen goed voorbeeld voor jonge kinderen, dunkt me. Het is dan ook niet verwonderlijk dat Petra en ik de verkeerde partnerkeuzes maakten. Aan wie moesten we ons spiegelen? Toen mijn eigen moeder zich uiteindelijk aandiende was het wat mij betrof te laat. Ik vond één keer afscheid nemen meer dan genoeg. Ze is teruggegaan naar Amerika en daar is ze overleden.'

Het was een paar minuten stil tussen ons.

'Ik lust wel een lekker glaasje wijn,' verbrak Lodewijk de stilte. 'Daar krijg ik altijd zin in als ik het over mijn moeder heb. Doe je mee?' Ik knikte instemmend.

Hij ging naar binnen en kwam even later terug met een fles rode wijn en twee glazen. 'Laten we het op een zuipen zetten,' stelde Lodewijk voor. 'Laten we elkaar een paar hartsgeheimen vertellen waar je alleen over praat als je genoeg drank op hebt.'

Ik verstarde.

'Wat kijk je nu opeens verschrikt, is het zó erg wat er gebeurd is?' vroeg hij zacht.

'Wat bedoel je?' Mijn gedachten werkten opeens razendsnel. Wat kon hij te weten zijn gekomen?

'Die familieruzie. Mis je je familie?'

'Ik zal het je vertellen,' beloofde ik. 'Ooit. Later, nu nog niet.'

We hebben afgesproken dat we aan het begin van de avond weer bij Lodewijk komen kijken. Kees Jan heeft me gerustgesteld. Er is niets ernstigs met Lodewijk aan de hand, volgens hem. Niets wijst erop dat dit iets te maken heeft met het coma dat Lodewijk heeft doorgemaakt. Ik hoef me niet bezorgd te maken. Het coma heeft drie weken geduurd en Lodewijk is er goed uit gekomen. Hij gaat met sprongen vooruit, iedereen ziet het. Kees Jan is ervan overtuigd dat iemand een medicatiefout heeft gemaakt. Hij wil het niet goedpraten maar zulke dingen kunnen gebeuren. Ze gaan het uitzoeken.

Ik wil hem geloven.

Ik wil niet gek worden van angst, niet opnieuw.

Ik wil me niet laten opjagen, niet nog eens.

Een van de verzorgenden heeft Lodewijk per ongeluk de medicijnen gegeven die voor iemand anders waren bestemd. Zulke fouten worden gemaakt. Ik weet er alles van. Sterker nog, ik heb zelf ook wel eens een medicatiefout gemaakt. Een stevige fout, zelfs. Die fout heeft me bijna mijn baan gekost. Het kan iedereen overkomen.

Petra gaat met me mee naar huis, ik moet Annie nog betalen. Als het goed is zit de schoonmaakklus erop en ik weet dat ze op het geld rekent.

Als we binnenkomen, snuift Petra diep. 'Hier is beestachtig grondig schoongemaakt, hoeveel flessen Ajax zijn erdoor gejast?'

'Er zijn bijna twee flessen van mijn zelfgemaakte schoonmaakmiddel gebruikt,' antwoordt Annie, die uit de keuken de gang in komt. 'En ook nog een halve pot groene zeep. Ik ben van de oude stempel. Ik geloof nog in groene zeep en in je eigen middelen. Niet in die spuitflessen waar ze je tegenwoordig mee doodgooien,' voegt ze er in mijn richting aan toe.

Ik grinnik. 'Annie heeft alle schoonmaakmiddelen die ik had ingeslagen afgekeurd,' leg ik Petra uit. 'Dus als je nog iets nodig hebt... neem maar mee.'

Annie kijkt me vragend aan.

'Ze denken dat hij gisteravond verkeerde medicijnen heeft gekregen,' leg ik uit.

'Daar ga je toch wel wat van zeggen?' informeert Annie. Haar ogen staan verontwaardigd. 'Zoiets ga je toch niet door de vingers zien? Dat komt natuurlijk door die bezuinigingen,' wendt ze zich tot Petra. 'Al die bezuinigingen gaan ten koste van het personeel. Ik heb een nichtje dat in zo'n tehuis werkt. Ze klaagt steen en been over het personeelstekort. Maar ze hebben wel drie dure managers in huis rondlopen. Snap jij het, snap ik het.'

'Ik heb het er nog wel over,' beloof ik als een gehoorzaam kind. Ik wil deze conversatie het liefst zo snel mogelijk beëindigen.

Mijn oog valt op de enveloppe die boven op het stapeltje post op het handschoenenkastje ligt. Ik pak de post en loop naar de kamer.

'Drinken we nog even samen koffie?' vraag ik aan Annie. Ze steekt haar duim in de lucht, haar bekende gebaar als ze het ergens mee eens is, en wenkt Petra mee naar de keuken.

In de woonkamer maak ik snel de enveloppe open. Er vallen vier stukken papier uit. Het zijn delen van een foto, zie ik. Dezelfde foto die ik al eerder kreeg toegestuurd. Ik zie twee paar ogen op de grond liggen, twee eigenwijze wipneusjes, twee lachende mondjes. Het is dit keer een kleinere afdruk. Snel schuif ik de stukken foto weer in de enveloppe. Ik heb het gevoel dat ik stik.

Annie heeft al koffie voor me ingeschonken. Ze kijkt me opmerkzaam aan. 'Is er iets, Marijke?' vraagt ze nadrukkelijk. 'Je ziet eruit alsof je een geest hebt gezien.'

Ik probeer luchtig te doen. 'Nee hoor, ik ben alleen geschrokken van dat paniektelefoontje. Ik was bang dat Lodewijk weer in coma was geraakt.'

Petra zit me oplettend aan te kijken. 'Kan het kloppen dat hij de verkeerde medicijnen heeft gekregen?' wil ze weten.

Ik haal mijn schouders op. 'Ik was er niet bij,' is het enige wat ik kan bedenken. Niet verder denken, zeg ik in gedachten tegen mezelf, niet nog méér paniek maken.

'Komt dat vaker voor in de verpleging?' dringt Petra aan. 'Dat moet jij toch weten? Jij bent hier tenslotte de verpleegster. Of is je kennis intussen in je tenen gezakt?' Ze richt zich op Annie. 'Het is dat ik weet dat ze in de verpleging heeft gewerkt, anders zou het niet eens in me opgekomen zijn. Ze wil er nooit over praten. Je denkt er waarschijnlijk ook nooit meer aan?' informeert ze.

Dat is me jaren gelukt. Toen ik na de dood van zuster Meyer haar enige erfgenaam bleek te zijn en een enorm geldbedrag op mijn rekening kreeg, stapte ik van het ene op het andere moment uit de verpleging. Ik had er genoeg van, beweerde ik. Ik had genoeg voor anderen gezorgd. Ik had mijn handen vol aan een groot huis, een enorme tuin en een man die graag aandacht kreeg. Lodewijk juichte mijn besluit alleen maar toe. Ik keerde het ziekenhuis en alles wat zich daar afspeelde zonder enige spijt van het ene op het andere moment de rug toe. Dit besluit veroorzaakte een enorm gevoel van opluchting. Ik sloot voor mijn gevoel iets af.

Maar sinds Lodewijk zomaar van de keldertrap stortte en iemand me belaagt met foto's die ik niet wil zien, denk ik veel aan het Wilhelmina Gasthuis en de Anna Reynvaanschool.

**

Het was een opwindende ervaring om in de hoofdstad van Nederland te wonen, een eigen kamer te hebben in de verpleegstersflat, allerlei mensen te leren kennen en er interessant uit te zien met stapels studieboeken onder mijn armen. Ik probeerde de twijfel die me van top tot teen beheerste zo veel mogelijk te negeren. Greep ik eigenlijk niet veel te hoog? vroeg een opdringerig stemmetje in mijn hoofd zich voortdurend af. Was ik wel slim genoeg om alles wat in de boeken stond te begrijpen en uit mijn hoofd te leren? Was ik niet veel te onhandig om al die verpleegkundige handelingen onder de knie te krijgen? Zouden ze niet merken dat ik maar uit een heel gewoon gezin kwam?

Ik liep op de toppen van mijn tenen. Maar ik hield mijn rug recht en probeerde zelfvertrouwen uit te stralen. Ik had een vriend, ik slikte de pil, ik was een volwassen vrouw, ik hoorde erbij. En over mijn familie hoefde ik het met niemand te hebben.

Onno woonde om de hoek, op een zolderkamer in de Jacob van Lennepstraat. Als ik vrij was, doken we daar uren achter elkaar onder.

Na de eerste studieperiode van drie maanden werd de opleiding pas écht, in mijn ogen. Ik ging in de praktijk werken en ontving een echt salaris. Een eerstejaars leerlingsalaris, ik voelde me stinkend rijk en zette iedere maand de helft op de spaarbank.

De leerlingen die in de verpleegstersflat woonden moesten iedere avond om uiterlijk twaalf uur thuis zijn, tenzij je schriftelijk toestemming had van je ouders om elders te overnachten. Ik zag mezelf niet aan mijn moeder een briefje vragen waarop stond dat ze toestemming gaf om bij Onno te slapen. Dus als ik vrij was zorgde ik ervoor dat ik tegen twaalven binnen was en klom dan een halfuurtje later langs de brandtrap weer naar beneden. Meestal klommen we met een paar meisjes tegelijk en een van de collega's die geen vriendje had sloot de deur achter ons en sprak een tijd met ons af waarop ze ons de volgende morgen weer zou binnenlaten. Mevrouw De Graaf, onze mentrix, had dat niet in de gaten. Dachten we.

Het was opwindend en vermoeiend. Op de dagen dat ik moest werken kon ik vaak tegen negen uur 's avonds mijn ogen nauwelijks meer openhouden en als ik eenmaal in bed lag sliep ik direct in. Ik droomde iedere nacht van Onno en van wat we samen allemaal deden. Het werd steeds spannender in bed. Onno liet me boekjes zien, waar ik lacherig op reageerde. Ik durfde nauwelijks naar de foto's die erin stonden te kijken. Maar hij kreeg me wel zover dat ik toestemde als hij voorstelde om de standjes na te doen. Maar als collega's het in de afdelingskeuken over seks met hun vriendjes hadden, hield ik mijn mond stijf op slot. Ik wilde daar niet over praten, ik droomde er liever in mijn eentje van. Soms werd ik wakker van mijn eigen gekerm en luisterde dan verschrikt of er toevallig iemand op de gang liep die mij had kunnen horen. Als ik niet te moe was ging ik na tien uur wel eens met enkele collega's mee naar café De Boemerang op de Overtoom. Daar kwam Onno ook en als ik hem daar trof kon mijn avond niet meer stuk. We glipten dan om even na elven naar buiten en renden naar zijn kamer om snel te vrijen.

De eerste negen maanden van mijn praktijkperiode kwam ik terecht op de afdeling Traumatologie van het Wilhelmina Gasthuis. Er heerste daar een strak regime waar de eerstejaarsleerlingen beschouwd werden als onmondige en vooral onbenullige randdebielen. Wie zich tegen de gevestigde orde verzette werd onvoldoende beoordeeld en kon zijn speld gaan inleveren.

De afdeling werd bestuurd door een leidinggevend team van vier personen, allemaal vrouwen. Alleenstaande vrouwen, die fanatiek aan de paardensport deden. Als de dienst erop zat, 's middags om vier uur, kwamen ze doorgaans in paardrijtenue uit de garderoberuimte voor stafleden tevoorschijn, compleet met rijlaarzen en pet. Ik had een ouderejaars collega, Josien, die daar de draak mee durfde te steken. Maar wel op een manier dat de dames niet konden verstaan wat ze zei.

'Allez... hóp!' siste ze tussen haar tanden als de hoofdverpleegkundige, zuster Daalman, in strakke rijbroek met op het zeil klikkende laarzen voorbijmarcheerde. 'Ttss, tsss, dráfff, gáááloppp.'

Als we po's en urinaals schoonmaakten in de spoelkeuken of samen bedden opmaakten, fantaseerden we over het liefdesleven van de stafleden. Toen Josien eens een pittige aanvaring had gehad met zuster Daalman, vertelde ze dat die stafleden het volgens haar met hun paard deden. We waren op dat moment met drie leerlingen bezig om de grote conversatiezaal op te ruimen en schoon te maken en mijn andere collega, Betty, proestte het uit terwijl ze even snel naar de deur keek of er niemand stond die het gehoord kon hebben. 'Jij komt zeker uit de stad,' zei ze tegen Josien, 'want je weet duidelijk niet wat voor een maat een paard heeft.'

'Jawel,' antwoordde Josien en aan de flikkering in haar ogen kon ik zien dat ze nog steeds razend op Daalman was. 'Maar dat soort vrouwen heeft geen kamertje maar een balzaal tussen de benen.'

Betty en ik keken haar met grote ogen aan. 'Nou zeg,' protesteerde Betty, 'dat vind ik wel een beetje te ver gaan.'

'Waar hebben jullie het over?' klonk op scherpe toon een stem uit de deuropening. An de Jong, het waarnemend afdelingshoofd, keek ons strak aan.

'O, over de prostituees die op de Wallen zitten,' antwoordde Josien opgewekt.

'Dat is geen taal voor leerling-verpleegsters,' berispte An ons. 'Laat ik zoiets niet meer horen.'

Toen ik mijn tussentijdse beoordeling kreeg stond daar apart op vermeld dat ik wel eens grof in de mond was als ik samen met collega's de conversatiezaal opruimde. Ik protesteerde en zei dat ik niet aan het gesprek had meegedaan. Niets mee te maken, ik was er toch bij? De praktijkopleidster raadde me aan om de volgende keer als zoiets voorkwam de ruimte te verlaten en de zaak door te geven aan haar. Ik moest de beoordeling voor akkoord tekenen. Het liefst had ik het hele document met één ruk doormidden gescheurd maar ik wist me te beheersen.

Beheersing was een sleutelwoord. Het werd erin gestampt. Beheersing had te maken met professionele deskundigheid. De patiënt was de centrale figuur, dáár draaide het om. De patiënt was degene die mocht schreeuwen, krijsen desnoods. De patiënt kon uitbarsten waarin hij wilde, al was het een gierende lach vanwege de zenuwen. Wij mochten dat niet en misschien kwam het wel daardoor dat ik op de meest ongelegen momenten de slappe lach kreeg. Ik was bang voor mijn eigen gehinnik en om te voorkomen dat ik me niet kon beheersen perste ik al bij voorbaat mijn lippen stijf op elkaar. Mijn groepsgenoten noemden me 'tuitmondje'.

Soms lukte het niet om de lach tegen te houden. Als we moesten meelopen met de grote ronde van de professor, die omringd door allerlei specialisten in opleiding als een vorst door de zalen schreed en die het klootjesvolk waartoe de verpleging behoorde geen blik waardig keurde, kon ieder verkeerd uitgesproken woord of iets anders onbenulligs me al in een stuip doen belanden. Als ik gewoon aan het werk was tussen de patiënten was er niets aan de hand maar zodra er een autoriteit tevoorschijn kwam of als er een spannende situatie ontstond, ging mijn mond met me op de loop en begon die voor zichzelf. Op ieder beoordelingsformulier werd het herhaald: leerling moet zichzelf beter leren beheersen. Ik maakte het in de ogen van mijn meerderen goed met hard werken en gehoorzaam zijn. Ik knikte 'ja', ook als ik inwendig kookte van woede en het liefst keihard 'nee' had willen gillen.

Beheersing, dáár ging het om. Het werd erin geramd.

Toen we elkaar bijna een jaar kenden vertelde Onno dat hij

zijn ouders had ingelicht over onze relatie en mij aan hen wilde voorstellen.

'O,' was het enige wat ik als reactie kon bedenken.

'Wil je dat niet? Ik zou ook wel eens kennis willen maken met jouw familie.'

'Ja.' Ik bleef onnozel doen en ergerde me aan mijn eigen onvermogen om een flitsende opmerking te maken. Onno keek me vragend aan.

Ik haalde diep adem. 'Ik denk dat het bij mij thuis heel anders in elkaar zit dan bij jou. Mijn vader werkt in een fabriek. Mijn moeder komt uit een volkswijk. Ze hebben weinig geld. Ze eten niet eens met mes en vork.' Ik zweeg over het geheim van mijn vader en over zijn sombere kijk op de wereld.

'Dat maakt wat mij betreft niets uit,' zei Onno. 'En ik weet zeker dat mijn vader daar ook helemaal niet op let. Het zijn jóúw ouders, dát is belangrijk.' Hij deed geen mededelingen over zijn moeder.

16

Mijn moeder lijkt tegenwoordig gelukkiger dan ooit. Ik kijk er soms verwonderd naar en vraag me af hoe het mogelijk is. Hoe kun je tevreden zijn als je in een afhankelijke positie bent beland? Ze laat het zich zonder problemen aanleunen: de zorg, de begeleiding, de totale verandering in haar leven. Ik vraag me af of het op deze manier werkt, als je oud bent en geveld wordt door een hersenbloeding. Grijp je dan alles wat nog over is aan om tevreden mee te zijn? Maakt het je op een bepaald moment niet meer uit dat je je vrijheid en je zelfstandigheid kwijt bent? Is het een kwestie van aanvaarden dat dit het is en niet meer? Ik kan het me niet voorstellen. Maar mijn moeder maakt geen ongelukkige of ontevreden indruk. Ze luistert graag naar muziek en ik kan haar geen groter plezier doen dan haar te verrassen met een nieuwe operette-cd. Ze zingt vaak zachtjes mee en ik heb geconstateerd dat ze haar mooie altstem gelukkig niet is kwijtgeraakt. Soms zingen we samen en dan straalt ze. Ze wil leven, heeft ze me duidelijk gemaakt. Dat was vlak nadat ze de hersenbloeding kreeg.

Ze wil leven. Ze vecht ervoor. Ze wil nog niet dood.
Voor mij.

Ik vraag me af of het verstandig was om haar te vertellen over de foto's die ik ontvang. Ik heb het bij die mededeling gelaten en niets verteld over de vreemde dingen die de laatste tijd ook gebeuren. Ik vertel zeker niets over de droom van Jeroen. Daar wil ik zelf ook niet meer over nadenken.

Ze stelde een opmerkelijke vraag, toen ik over de foto's vertelde. 'Komt het van Hetty?'

Ik dacht een moment dat ik haar niet goed had verstaan. 'Zeg je Hétty?'

'Ja.'

'Waarom zou Hétty hier iets mee te maken hebben?'

'Jaloezie.'

Mijn zus die jaloers is? Waarop? Op mij? Ik staarde mijn moeder verbijsterd aan. 'Hetty heeft haar hele gezin nog, voor zover ik weet. Het zal me niet verbazen als ze nog steeds getrouwd is met die dronkelap en als ze ook nog steeds steen en been over hem klaagt. Waarom zou Hetty mij lastigvallen met foto's van vroeger? Hoe moet ze aan die foto's komen?'

Mijn moeder haalde haar schouders op. 'Ze was altijd al anders,' hield ze vol. 'Onverwachte streken,' mompelde ze.

Dat is waar. Hetty was altijd dwars, wilde alles precies anders dan de anderen, kon dagen kwaad op je zijn zonder dat je ook maar het geringste besef had waarover haar woede ging. Onberekenbaar, dat was ze. Maar gemeen? Op die manier heb ik nooit naar haar gekeken en ik heb ook nooit iets in die richting ervaren. Toch houdt de suggestie die mijn moeder deed me bezig. Ik ben er direct van uitgegaan dat de gestoorde tweelingzus van Mathilde me lastigvalt. Ik denk dat ik verder geen vijanden heb op de wereld. Maar is dat ook zo?

Zodra ik de kamer van mijn moeder binnenkom wil ze weten of ik nog foto's heb ontvangen. Ik stel haar gerust. 'Alles rustig. Het stopt vanzelf als ik er geen aandacht aan schenk en vooral niet op reageer.' Ik hou mijn mond over de medicatiefout bij Lodewijk en de anonieme telefoontjes. Ik denk dat het klopt: als ik niet reageer houdt het op, zodra de maand mei voorbij is. Deze maand zit niet alleen voor mij vol negatieve herinneringen. Eenendertig dagen duren lang als je er middenin zit. Maar ze gaan voorbij. Ieder jaar opnieuw. Ik zit ze uit.

'Mijn tuin is weer zo mooi,' probeer ik mijn moeder af te leiden. 'Ik wil je vandaag meenemen. Ik heb al een rolstoel geregeld. En verse zoete bollen gekocht.' Mijn moeder is dol op zoete bollen. Zoete bollen met roomboter en rietsuiker. Ze heeft me eens verteld dat ze als kind al droomde dat ze later, als ze volwassen zou zijn, de hele dag zoete bollen met roomboter en rietsuiker ging eten. Ze lacht. 'Je bent lief,' zegt ze.

Afleidingstruc gelukt.

Als ik haar vastpak om haar te steunen bij het staan, slaat ze haar armen om mij heen en drukt een dikke kus op mijn wang.

Ik klem me aan haar vast.

17

Overal in het revalidatiecentrum staat de televisie aan en zijn muren en deuren oranje versierd. Ik kom vanaf de receptie tot de kamer van Lodewijk foto's van Beatrix en de rest van de koninklijke familie tegen. Sommige verzorgsters hebben oranje T-shirts aan. Het is Oranjeweek, lees ik op een groot aanplakbiljet. De week is op Koninginnedag begonnen. Ik vraag me af wat Lodewijk hiervan vindt. Of hij ook van mening is dat al die versierselen nogal infantiel zijn.

Ik ben tegen acht uur vanmorgen gebeld door Irma. 'Schrik niet,' zei ze direct toen ik opnam, 'het is juist een góéd bericht. Hij is weer helemaal wakker geworden. En hij maakte ondeugende opmerkingen, dus hij heeft er niets aan overgehouden.'

Waaraan? wilde ik vragen. Maar ik slikte de vraag in. Het is duidelijk. Lodewijk heeft de verkeerde medicijnen gekregen. Foutje. Kan gebeuren. Daar hou ik me ook aan. Ik ga me niet op de kast laten jagen.

Door niemand.

Ik heb me snel aangekleed en in de keuken de porseleinen theepot uit mijn handen laten vallen. Ik ben wel degelijk geschrokken, merkte ik, en nu vraag ik me af of dat van het geluid van de telefoon was of door de mededeling dat Lodewijk wakker is. Ik zou blij moeten zijn, denk ik. Blij en opgelucht. Maar dat ben ik niet. Ik pieker. Wat blijft er over van de krachtige, trotse en autonome man die hij altijd is geweest? Zal hij ooit écht helemaal wakker worden? Wordt hij weer de man die ik ken? De man van de verrassingen? De man van de passie op ongeplande momenten?

'Je zou beslist ook heel erg in de smaak gevallen zijn bij mijn vader, als hij nog geleefd had,' vertelde Lodewijk me. 'Die hield van kleine vrouwen.'

Ik glimlachte een beetje vertwijfeld.

'O jee, dat is toch óók geen verboden onderwerp, hoop ik? Je gaat me niet vertellen dat je die nachtmerries hebt doordat je nauwelijks bij de keukenkastjes kunt, hè?'

Ik zweeg en dacht snel na over de verschillende boodschappen uit zijn laatste zin. Was hij nu bezig me duidelijk te maken dat hij me een beetje te ingewikkeld vond en de relatie wilde stoppen?

Alsof hij gedachten kon lezen zei hij: 'Volgens mij zoek je veel te ver. Ik wil je alleen vertellen dat ik het heerlijk vind, een uk in mijn armen. Als ik je maar niet verpulver met mijn logge lijf.'

'Je bent helemaal niet log. Ik vind je zacht.'

We kusten hevig. Ik voelde zijn warme handen onder mijn trui komen en mijn rug strelen. We stonden in de keuken bij het aanrecht, Lodewijk was de broodjes aan het smeren die ik had opengesneden. We zouden een dagje op stap gaan met Jeroen. Zijn lippen kwamen in mijn hals en beten zachtjes in mijn vel.

'Hé mister, we hebben een afspraak, weet je nog? Jeroen zal er weinig van begrijpen als we te laat komen.'

'We komen niet te laat,' murmelde hij in mijn oor en verving zijn stem daar door het puntje van zijn tong. Ik raakte ongelooflijk opgewonden. Mijn handen begonnen zijn broek los te maken en hij tilde mijn rok op en ritste mijn slip naar beneden. Daarna trok hij me onder mijn oksels een stukje hoger en kwam in me. Hij stootte enkele keren diep en ik voelde de explosie naderen. Terwijl dat gebeurde begon Lodewijk opeens te snikken. 'O god,' zei hij, 'ik ben zo bang dat ik je kwijtraak.' Op dat moment besloot ik bij hem te blijven.

Irma is met me mee gelopen naar Lodewijks kamer. 'Hij is weer ingedut maar als je op zijn handen kietelt wordt hij direct weer wakker.'

'Hij kan niet tegen kietelen,' deel ik mee.

'Vertel mij wat,' zegt Irma glimlachend. 'Als je tijdens het wassen zijn taille aanraakt begint hij meteen te gillen.'

Ik wil dit niet horen, merk ik en ik ga zwijgend naast het bed zitten. Irma begrijpt de hint en laat ons alleen.

Hij slaapt, ik zie het. Zijn borstkas gaat rustig en regelmatig op en neer en soms trillen zijn oogleden. Droomt hij? Hij droomde vaak en zodra hij wakker werd begon hij daarover te vertellen. Het viel me op dat hij het dan voornamelijk over zijn jeugd had en dat zijn moeder een rol in de dromen speelde. 'Ze was er weer, ze was gewoon weer thuis. We speelden ganzenbord en ik kwam in de gevangenis. Maar zij schoof me er stiekem uit en mijn vader riep dat dat vals spel was. Idioot is dat toch, ik kan me niet herinneren dat ik ooit met mijn moeder ganzenbord heb gespeeld. Wel met Liselotte en met al die andere eventuele stiefmoeders die nooit lang bleven. Maar niet met mijn moeder. Mijn moeder las voor, dat kan ik me haarscherp herinneren. Maar daarover droom ik nooit.' Op een ochtend vroeg hij opeens: 'Droom jij wel eens over vroeger?'

'Soms,' antwoordde ik, nog een beetje slaperig, 'maar niet zo vaak als jij.'

'Wat droom je dan?'

'Dat ik op het mondelinge eindexamen voor de mulo bij geschiedenis iets over het tweede stadhouderloze tijdperk moet vertellen. Dat kreeg ik niet in mijn hoofd gestampt, er blokkeerde iets in mijn hersenen. Het gebeurde destijds niet, die vraag werd me niet gesteld. Ik word nog steeds met het zweet op mijn buik van angst wakker als ik het droom.'

Maar in dat eerste jaar dat we samen waren werd het al snel mei en toen ik enkele nachten achter elkaar de hele boel bij elkaar gilde kon ik niet meer volhouden dat het allemaal over het tweede stadhouderloze tijdperk ging. Ik zei dat de dromen met de verdwijning van mijn vader te maken hadden.

Ik had Lodewijk in de loop van de eerste maanden dat we samen waren al verschillende keren iets verteld over de onzekerheid die het geheim van mijn vader veroorzaakte. Maar ik kon er inmiddels achtergrondinformatie bij geven die ik tijdens mijn derde opleidingsjaar aan de Anna Reynvaanschool te weten kwam.

**

Als derdejaarsleerling droeg je een blauwe speld en die hield je tot je eindexamen deed. Ik werkte op de afdeling Neurologie en het viel me zwaar. Er lagen daar veel ongeneeslijk zieke mensen en als ze niet overleden, waren ze in ieder geval voor de rest van hun leven ernstig gehandicapt. Ik kon er niet aan wennen. De angst in hun ogen als ze werden opgenomen, de vertwijfelde wanhoop tijdens alle pijnlijke onderzoeken en de verlammende schrik als ze te horen kregen dat er niets aan te doen was.

Onno was afgestudeerd en zat in militaire dienst. Hij lag in Nijmegen en we zagen elkaar alleen als ik een weekend vrij was. Dat gebeurde hoogstens eens in de vier weken. Tegen de tijd dat ik mijn diploma haalde zou Onno uit dienst zijn en daarna konden we verdere plannen maken.

Ik was niet meer zo verlegen en afwachtend als in het begin van mijn opleiding. De ervaringen met geboorte en dood en alles wat zich daartussen afspeelde hadden me volwassener en alerter gemaakt. Ik correspondeerde uitgebreid met zuster Meyer, die me adviezen gaf en vragen stelde waardoor ze me aan het denken zette over mijn eigen acties en reacties. Soms sprak ze me in haar brieven ernstig toe, vooral als ik me de omstandigheden van een ernstig zieke patiënt te veel aantrok. 'Afstand is geen kwestie van onverschilligheid,' schreef ze, 'afstand heb je nodig om zelf overeind te blijven.'

Ze adviseerde me om zaken die me niet aanstonden te bespreken met de mensen die daarvoor in aanmerking kwamen en ik volgde die raad op. Het leverde me wel aantekeningen op mijn conduite op in de trant van: kritische leerling, niet altijd even genuanceerd. Maar ik had mijn blauwe speld nog steeds en was niet van plan die in te leveren.

Het was kerstavond en ik had dienst met Ans Vlaska, een gediplomeerde collega die sinds kort op de afdeling werkte. 'We maken er een gezellige avond van,' besliste zij voor ons samen. 'En als we klaar zijn gaan we lekker naar De Boemerang, die is de hele avond open.'

Ik had daar geen zin in maar dat zei ik niet. Tegen het einde van onze dienst zou ik wel een smoes verzinnen om niet mee te hoeven.

Tijdens de pauze, toen we in de keuken achter een opgewarmde portie macaroni zaten, vroeg ze opeens of mijn vader misschien uit Zeeland kwam. Ik wilde net een hap nemen en mijn vork bleef halverwege steken.

Ik staarde haar aan. 'Ja,' zei ik, 'hoe kom je daar zo op?'

'Woont hij nog steeds in Zaandam?'

'Ja.' Er begon iets te borrelen in mijn maag. Het voelde niet goed.

'Werkt hij bij Verkade?'

'Ja. Maar hoe weet je dat allemaal?'

'Ik kom ook uit Zeeland. Mijn ouders wonen daar nog, ik kon ontkomen door de verpleegopleiding in Amsterdam te gaan volgen. Ik moest daar weg. Ik stikte er bijna. Van de tien gesprekken die je met mijn vader voert gaan er ten minste acht over Piet van Ballegooij. Je hoort die naam niet zo veel. Ik had het je al eerder willen vragen. Heet je vader Piet?'

Ik knikte. Mijn hart begon onrustig te kloppen.

'Heeft je vader het nooit over Karel Vlaska gehad?'

'Mijn vader praat nooit over Zeeland. Laat staan over mensen die hij daar gekend heeft.'

'Ik wou dat die van mij dat ook had besloten,' zei Ans en haar stem klonk wrang.

De pauze was voorbij en er begonnen verschillende patiënten te bellen.

'We praten er straks wel verder over,' zei Ans.

Ik protesteerde niet. Het onderwerp smoezen verzinnen telde niet meer. Ik keek iedere tien minuten op de klok. Het wilde maar niet elf uur worden.

In De Boemerang gingen we aan een tafeltje achter in de zaak zitten waar we ongestoord konden praten.

'Wat wil je weten?' vroeg Ans.

'Alles.'

'Daar word je niet vrolijk van.'

'Ik waag het erop.'

Ze heeft uren achter elkaar gepraat en ik luisterde. Verbaasd, ongelovig en geschokt. Aanvankelijk waren de gebeurtenissen waar Ans over sprak onherkenbaar voor mij. Het ging over dingen waar ik niets van wist en waarbij ik me geen personen kon voorstellen. Maar naarmate de emoties toesloegen en de gebeurtenissen die ze beschreef verschrikkelijker werden, begonnen incidenten uit mijn jeugd door het verhaal heen te spelen en kwam mijn vader tevoorschijn.

Ik hoorde dat mijn vader en Karel Vlaska samen waren opgegroeid en samen bij de politie waren gegaan. Ze hadden allebei vaders en broers die ook bij de politie waren. Het was een vanzelfsprekendheid dat de jongens uit hun gezinnen agent werden en later hoofdagent. Niemand kwam op het idee om iets anders te gaan doen. Karel Vlaska was getuige bij het huwelijk van mijn ouders en mijn vader bij het huwelijk van Karel. Er kwamen kinderen, eerst bij Karel en later bij mijn ouders. Ans was het tweede kind, ze had een zusje dat anderhalf jaar ouder was dan zij. Lineke. Een mooi, blij meisje met blonde pijpenkrullen. Ze lachte de hele dag. Door Lineke moesten andere mensen ook lachen, haar vrolijkheid werkte aanstekelijk. Het was een blij gezin, vertelde Ans. Tot die verschrikkelijke dag in maart, de dag waarop Lineke acht werd.

Ze gaven een feestje en mijn ouders waren er ook met hun kinderen. Mijn vader dronk bier en mijn moeder schijnt nog gezegd te hebben dat hij moest ophouden met drinken, omdat ze met de auto waren en hij zijn gezin veilig thuis moest brengen. Mijn vader luisterde niet. Hij luisterde nooit als mijn moeder probeerde hem te laten matigen met drank. Daar reageerde hij juist tegenovergesteld op, hij nam er nog eentje extra.

Het was al donker toen ze opstapten. Mijn vader reed te hard achteruit de oprit af. Hij had niet in de gaten dat de jarige Lineke achter de auto stond te zwaaien.

Het meisje was op slag dood.

Ans was pas zesenhalf jaar oud toen het gebeurde. Maar ze kon zich alles herinneren. Ze kon nog steeds het gekrijs van haar moeder horen en ze wist nog precies dat mijn moeder met haar jongste kind op haar arm van buiten naar binnen en van binnen naar buiten rende, dat ze het uitschreeuwde en dat het kind op haar arm er bovenuit gilde.

Dat kind was ik.

Mijn vader bleef in de auto zitten, met zijn handen om het stuur geklemd.

Zwijgend.

Verstard.

Bevroren.

De andere mannen die aanwezig waren moesten Karel Vlaska in bedwang houden om te voorkomen dat hij zijn vriend te lijf ging.

'Mijn vader was vanaf die dag geobsedeerd door mijn veiligheid,' vertelde Ans. 'Hij volgde me op de voet en probeerde me overal tegen te beschermen. Hij heeft zijn angst op mij overgedragen. Hij verlamde me. Weet je dat ik bijna zes jaar over de opleiding heb gedaan? Ik heb een onvoorstelbaar grote examenvrees. Zodra ik moet laten zien wat ik kan en weet lopen mijn hersenen leeg en word ik volslagen handelingsonbekwaam. Ik heb het aan het hoofd van de opleiding te danken dat ik uiteindelijk toch mijn diploma heb gehaald. Zij heeft me aan het praten gekregen over vroeger. Over de angstterreur in ons gezin. Want dat was het. Verdriet dat werd omgezet in angst en woede. Iedere mogelijkheid om Piet van Ballegooij te verwensen aangrijpen.'

'Maar praat je vader er dan nog steeds over?' wilde ik weten. Ik kon het bijna niet geloven.

Ans zuchtte diep. 'Nog steeds. Niet meer iedere dag en bij alles wat hij meemaakt maar toch nog heel regelmatig. Je weet precies wanneer het komt, hij heeft een paar vaste openingszinnen: "Als ik die zatlap van Ballegooij nog eens in mijn handen krijg... Die leeft gewoon door, terwijl wij ons kind kwijt zijn... Hij heeft maar vier jaar gezeten." Hij heeft jarenlang zó intensief over het ongeluk gepraat dat ik zelfs een tijdje heb gedacht dat ik zelf ook door een auto ben aangereden. Ik ging hinken en kreeg pijn in mijn hele lijf. Ik kon de werkelijkheid niet meer van de geschiedenis onderscheiden.'

Ik werd duizelig. Ik herhaalde in gedachten een zin die heel sterk was binnengekomen. 'Hij heeft maar vier jaar gezeten.'

Ik stond weer bij de tuin van het buurmeisje. Ik was vijf. Mijn moeder kwam me halen. 'Kom bij papa.'

Ik moest mee naar vader. Hij zat in de kamer. Ik kende hem niet. Ik dacht dat hij me nooit eerder was opgevallen. Hij riep dat hij beter weg had kunnen blijven. Alles viel opeens op zijn plaats. Ik rilde. Ik dacht aan de sombere buien van mijn vader. Zijn zwartgallige manier van praten. Zijn weigering om in het goede van mensen te geloven. Zijn permanente waarschuwingen voor de onbetrouwbaarheid van de maatschappij. Ik dacht aan de keren dat ik hem zag huilen. Hij rende weer langs me, de tuin in, weg van mijn moeder. Mijn moeder zat ook te huilen, in de kamer. Ze schaamde zich voor haar tranen. Ik was acht.

Het meisje dat mijn vader doodreed was acht.

'Er werd acht jaar tegen hem geëist,' hoorde ik Ans zeggen. 'Maar hij kwam er met vier jaar en drie maanden vanaf.'

Eindelijk begreep ik de lading die het getal acht voor mijn vader had. En voor zijn gezin.

Ik vertelde Ans dat ik niets wist van deze geschiedenis en ik beschreef in het kort het gedrag van mijn vader. Ik zei ook dat het getal acht in ons gezin onbespreekbaar was. En ik voegde eraan toe dat ik eigenlijk ook was gevlucht uit mijn ouderlijk huis.

Ze begreep het. 'Mijn moeder heeft vaak tegen me gezegd dat jullie gezin net zo goed slachtoffer was als dat van ons. Je moeder werd verstoten en moest alles en iedereen achterlaten. Ik heb daar vaak aan gedacht. Jullie konden er niets aan doen. Wij evenmin. Ik probeer me nog steeds voor te stellen hoe het geweest zal zijn voor die twee vrienden, want ze waren elkaars beste maat. Het is hun overkomen. Het heeft hun leven definitief veranderd. Zeg maar rustig verwoest. Ik probeer me nog steeds voor te stellen hoe het komt dat mijn vader deze persoon geworden is. Deze angstige en onberekenbare man die alleen aan zichzelf denkt. Want dat is waar: hij heeft totaal geen oog voor anderen. Mijn moeder is zijn sloof die hem met alles wat hij wenst achternarent. Ze heeft haar hele leven aan de lopende band in een fabriek gewerkt om iets extra te verdienen. En om een aantal uren per dag van hem verlost te zijn. Mijn vader doet niets behalve praten over het ongeluk met Lineke. Hij is eerst langdurig ziek geweest en ten slotte in de WAO beland. En de verhalen die hij tot in den treuren aan ons heeft opgedrongen veroorzaken ook nog een schuldgevoel. Het lijkt wel of wij als gezin allemaal verantwoordelijk zijn voor het leed dat hem is aangedaan. Of wij er niets van te lijden hebben gehad. Of Lineke niet ook een moeder had. Niets wat wij meemaken is eigenlijk de moeite van het vermelden waard. Geen prestatie kan uitstijgen boven zijn verdriet. "Als ik die zatlap van Ballegooij nog eens in mijn handen krijg..." Geloof me, ik kóts ervan!'

Ze staarde een tijdje voor zich uit, ik zag tranen over haar wangen rollen. 'Wij zijn ook slachtoffers, vind je niet?' vroeg ze zacht. 'Als jouw vader er niet over sprak, hoe heeft hij het dan verwerkt?'

'Hij heeft niets verwerkt,' hoorde ik mezelf tot mijn eigen ontsteltenis zeggen. 'Hij heeft alleen doorgeleefd.'

'Had je het toch liever allemaal niet willen weten?' vroeg Ans. 'Toch wel. Het maakt veel duidelijk over het gedrag van mijn vader. En van mijn moeder. Hij heeft écht vier jaar gezeten?' We bleven praten en wijn drinken tot De Boemerang sloot. Toen we midden in de nacht behoorlijk dronken over de Overtoom liepen, realiseerde ik me dat de voordeur van de zusterflat op slot zou zitten. De mentrix zou ook al lang in bed liggen. 'Ga maar met mij mee,' zei Ans. 'Ik woon hier om de hoek. Je kunt wel op de bank slapen.'

Ik sliep heel onrustig, die nacht. Iedere keer als ik mijn ogen sloot, begon ik te dromen dat ik achter een auto huppelde en die auto opeens op me afkwam. Er reden vier wielen over mijn benen heen en toen ik opkeek zag ik mijn benen drie meter verderop liggen. Ik probeerde te gillen maar er kwam geen geluid uit mijn keel. O god, ik ben dood, dacht ik. De nachtmerrie bleef zich herhalen. Ten slotte besloot ik om wakker te blijven tot het tijd was om terug te gaan naar de zusterflat.

18

Ik heb mijn moeder de hele tuin door gereden en we staan nu al minutenlang stil bij het hortensiaperk. Mijn moeder is dol op hortensia's. Ze schudt vol bewondering haar hoofd, alsof ze niet kan geloven wat ze ziet. 'Je geeft ze mest,' constateert ze. 'Heel weinig maar,' verdedig ik me. 'Ze ontwikkelen zich voornamelijk uit zichzelf. Ze staan ook op een prima plaats. Alleen ochtendzon, schaduw vanaf het moment dat het heet wordt. En ik praat tegen ze. Dat helpt ook.'

'Heb je van mij,' zegt mijn moeder. Ik weet het. Ik weet nog goed hoe belachelijk ik het vond als ze in onze tuin in Zaandam de tulpen en de narcissen toesprak. 'Jullie zijn mooi, jullie bloeien mooi voor mij. Dank je wel.' Ik keek stiekem naar de tuin van de buren om te zien of er niemand was die dat idiote gebabbel van mijn moeder zou kunnen horen. Ik schaamde me rot. 'Jij vond het raar,' grinnikt mijn moeder opeens. 'Maar ik deed het tóch.'

Op die manier heeft ze overleefd, denk ik. Ze heeft gewoon gedaan wat ze zelf wilde doen. Ze schikte zich tot een bepaalde hoogte in haar lot maar ze heeft toch altijd in de gaten gehouden wat wel of niet goed voor haar was. Daardoor kon ze zichzelf toestaan om verliefd te worden op een andere man. Daardoor heeft ze de liefde van haar leven gevonden.

Ik duw de rolstoel terug naar het terras. 'Ik heb verse zoete bollen gehaald,' zeg ik. 'Heb je trek?' Ze kijkt langs me heen. Ik volg haar blik. Op straat rijdt heel langzaam een rode auto. Ik ga staan. De bestuurder geeft gas. Het is te ver weg om goed te kunnen zien wie er in de auto zit. Een vrouw, volgens mij. Een vrouw met een hoofddoek. Mijn hart slaat drie slagen over.

'Wat is er?' vraagt mijn moeder.

'Die vrouw in de auto,' zeg ik. Ik schud mijn hoofd. 'Nee, dat kan niet.'

'Wat is er toch?' Ik hoor aan de stem van mijn moeder dat ze bang is.

'Er was een paar maanden geleden een nieuwe verzorgster op de groep bij Jeroen. Ze droeg een hoofddoek. Ik merkte dat Jeroen daar angstig van werd. Hij had het steeds over een boze heks zonder haren. Ik probeerde hem duidelijk te maken dat het een gewone vrouw was en dat die hoofddoek iets met haar geloof te maken had. Maar hij bleef bang. Toen heb ik het aan de leiding van de woongroep verteld. Er bleken meer familieleden iets gezegd te hebben over angstige reacties van de mannen uit de groep. Het kwam door die hoofddoek. Voor een psychotische geest kan dat beangstigend zijn. Het is vreemd. Anders dan anders. Alles wat anders is kan gevaarlijk zijn.

Er werd met de vrouw gepraat. De manager probeerde haar ertoe te bewegen om tijdens haar werk de hoofddoek niet te dragen. Ze weigerde. Kort daarna was ze weg. In goed overleg, is ons verteld.'

Mijn moeder wijst naar de straat. 'Was dat die vrouw?'

'Waarom heeft die vrouw hem geduwd?' hoor ik Jeroen weer vragen. Ik begrijp er niets meer van. Mijn moeder trekt aan mijn arm. 'Zeg eens wat.'

'Ik weet niet of het die vrouw was. Het klopt niet. Niets klopt meer. Ik moet mezelf niet gek gaan maken. Het is toeval. Louter toeval.'

Mijn moeder kijkt me niet-begrijpend aan. Ik probeer haar gerust te stellen. 'Ik ben gewoon moe. Er is ook zo veel gebeurd. Maar volgens mij is er niets aan de hand. En als er iets gebeurt wat ik niet vertrouw, ga ik naar de politie. Goed?'

Ze geeft geen antwoord.

'Die vrouw reed hier toevallig langs. Het is niet de vrouw van de woongroep. Die was groter, volgens mij. Waarom zou ze hier rondrijden? Ik was niet de enige die opmerkingen maakte. En ze waren niet tegen haar persoonlijk gericht. Het ging mij om de gemoedsrust van Jeroen.' Ik hoor mezelf praten. Mijn moeder zit voor zich uit te staren. 'Waar denk je aan?' wil ik weten.

Ze glimlacht. 'Die hoofddoek. Albert Cuyp,' zegt ze.

Ze pikt het niet meer op, bedenk ik. Ze begrijpt niet meer precies waarover dit gesprek gaat.

'Albert Cuyp,' herhaalt ze. 'Weet je het niet meer?'

**

Ik was al jong het huis uit om in de villa in Rhenen te gaan werken en mijn zusjes trouwden met de eerste de beste vrijer die ze tegenkwamen. Wégwezen, was het motto. Desnoods met de foute man. Maar mijn moeder en mijn jongere broer bleven achter en ik wist dat vooral mijn moeder tegen de buien van mijn vader op liep. Het leek wel of hij in plaats van minder somber juist depressiever werd. Maar ik dacht destijds niet in dergelijke termen over hem. Niemand had het ook over een ziektebeeld, zeker mijn moeder niet. 'Hij heeft nu eenmaal weinig vertrouwen in de mensheid,' was een standaardopmerking van mijn moeder. 'Hij kan de zon slecht in het water zien schijnen. En die onregelmatige diensten doen hem ook geen goed. Slaaptekort. Eentonig werk. Dat zal je maar je hele leven moeten doen.'

Redenaties zonder emotie. Conclusies zonder oplossingen.

Nooit een opmerking over ander werk zoeken. Nooit een verwijzing naar de reden van dit troosteloze bestaan.

Toen ik in mijn tweede jaar van de opleiding zat, begon mijn moeder met enige regelmaat op een van mijn vrije dagen naar Amsterdam te komen. Ze troonde me mee naar de Albert Cuypmarkt, want daar was ze dol op. Geheel tegen haar normale zuinigheid in gaf ze dan geld uit aan koffie met gebak en ik trakteerde haar op een patatje of een gebakken visje. Mijn moeder keek haar ogen uit op de Cuyp. Als ze gesluierde vrouwen tegenkwam, keek ze hen uitgebreid na. In die tijd waren die vrouwen nog een onbekend verschijnsel voor veel mensen.

Tijdens die uitstapjes leerde ik mijn moeder beter kennen. Ze vertelde me over haar jeugd. Ze had één zus en twee broers maar die zag ze niet meer. Dat kwam door een familieruzie waarover ze niet wilde uitweiden. Met haar ouders had ze door die ruzie ook geen contact meer gehad tot hun dood. Als ze op dit punt kwam begon ze snel over iets anders te praten.

'En hoe zit het eigenlijk met de familie van vader?' wilde ik weten.

Ze haalde haar schouders op. 'Hetzelfde verhaal. Ruzie. Ze moeten hem niet, hij is een vreemde eend in de bijt.'

Ik vond het raar, zo veel ruzie in de familie.

Op een zonnige Albert Cuypdag in juni, toen we op een terras Wiener Melange dronken en smikkelden van nog lauwwarme verse appeltaart, stelde ik mijn moeder de vraag die al tijden op mijn lippen brandde. 'Waarom blijft u bij hem?'

Mijn moeder keek me fronsend aan. 'Waarom denk je? Omdat ik het prettig vind, soms?' Haar toon was hard, ik voelde me aangevallen.

Ik schudde mijn hoofd. Ik probeerde iets te bedenken om de spanning die plotseling tussen ons in stond te doorbreken.

'Had hij zichzelf dan iets moeten aandoen?' vroeg ze iets vriendelijker. Ze zuchtte diep en keek even langs me heen. Ze legde een hand op mijn arm. 'Sorry, ik bedoel het niet kwaad. Als ik boos klink klopt dat ook. Maar ik ben niet boos op jou, eerder op mezelf. Ik ben gebleven omdat ik het niet over mijn hart kon verkrijgen om hem in de steek te laten.' Ze zag er opeens oud en moe uit.

Ik schoot er helemaal vol van.

'Waarom bleef ik?' herhaalde mijn moeder mijn vraag aan zichzelf. 'Dat is een goede vraag. Waarom bleef ik? Is dat liefde? Ik heb het me zo vaak afgevraagd, al die jaren. Ik had me van de liefde iets heel anders voorgesteld. Geven, zeker, dat is belangrijk. Maar ook krijgen. Er samen voor gaan, maatjes zijn. Zo begon het in ieder geval wel ooit tussen ons. Je vader was in zijn jonge jaren een vrolijke frans. Het was altijd lachen met hem. Ik viel voor zijn humor. En voor zijn kracht. Hij was handig. Hij kon álles. Wat zijn ogen zagen maakten zijn handen.'

Ik hield mijn adem in en kon niet ophouden met naar mijn moeder kijken. Ik had het gevoel dat ik haar voor het eerst van mijn leven écht zag.

'Weet je, kind,' ging ze verder en haar stem klonk bijna teder, 'je trouwt voor goede en slechte tijden. Dat beloof je nu eenmaal en daar moet je je aan houden. Ze scheiden tegenwoordig steeds gemakkelijker van elkaar. De een aapt de ander na. Dat vind ik zwak. Hij slaat me niet. Het is geen gemakkelijke man, ik weet het. Er is iets gebeurd, vroeger. We zijn een tijdje uit elkaar geweest. Maar hij kwam terug. Hij was veranderd. Ik sloot mijn ogen voor zijn toestand, ik negeerde dat hij was veranderd. Ik was ervan overtuigd dat ik genoeg van hem hield en genoeg voor hem betekende om hem het te kunnen laten vergeten. Maar ik moet zelf óók vergeten. Het is nog altijd niet eenvoudig.'

Ik begreep niets van haar verhaal. Ze merkte het niet. Ze haalde diep adem. 'Ik heb heel serieus overwogen om weg te gaan en jullie mee te nemen. Ik heb er heel vaak mee gedreigd als hij weer eens niet te genieten was. Maar zijn spijt was dan zó oprecht, hij werd wanhopig bij de gedachte dat hij ons zou kwijtraken. En ik kon het gewoon niet over mijn hart verkrijgen om hem moederziel alleen te laten. Ik kón het niet.'

Ik sloeg mijn armen om mijn moeder heen en knuffelde haar. Ze bleef doodstil zitten.

Toen volgde de gedenkwaardige avond met Ans Vlaska. Zodra de gelegenheid zich voordeed, vertelde ik mijn moeder wat ik van mijn collega had gehoord. Mijn moeder luisterde zwijgend en toen ik was uitgepraat zat ze geruime tijd voor zich uit te staren.

'Dus nu weet je het,' mompelde ze. 'Ik had het je zelf moeten vertellen.'

'Kwam daar die ruzie tussen jullie en de familie vandaan?' wilde ik weten. Ik wilde opeens alles weten.

Ik wilde mijn vader begrijpen.

Ik wilde mijn moeder begrijpen. Haar familie. Zijn familie. Ik wilde alles weten van hun leven. Dat was de enige manier om mijn jeugd een plaats te kunnen geven.

'Ze wilden dat ik hem verliet,' zei mijn moeder zacht. 'Toen ik weigerde, zetten ze me letterlijk buiten de deur. Ik mocht er niet meer in. Ik was lucht voor hen. Zowel voor mijn eigen familie als voor die van je vader. De politie regelde een woning voor me in Zaandam. Ik kreeg steun, zo heette dat. Je liep in de steun. Ik naaide stiekem kleren voor rijke mensen. Anders was het me niet gelukt om jullie fatsoenlijk te eten te geven. Van de steun kon je niet leven maar je ging er ook net niet van dood. Het waren verschrikkelijke jaren. Ik vertelde tegen mijn nieuwe buren dat ik gescheiden was van je vader. Later zei ik dat hij was teruggekomen. Ach, je moest toch íéts zeggen.'

Ik realiseerde me dat ik waarschijnlijk nog geen fractie had gezien van wat er zich tussen mijn ouders had afgespeeld. En ik realiseerde me dat de kinderen geen vragen hadden gesteld. Suus niet, Hetty niet, ik niet. Of had ik dat óók niet gemerkt? Ik vroeg het aan mijn moeder. 'Nee, jullie stelden inderdaad geen vragen. Ik denk dat jullie begrepen dat ik dat liever niet had. Maar het was niet goed, dat zwijgen. Het was niet goed.'

'Maar waaróm hebben jullie er dan nooit iets over gezegd?'

'Schaamte. Ik schaamde me soms voor het feit dat ik vier gezonde kinderen had. Iedere keer als er eentje acht werd, kwam die klap weer naar boven van toen hij haar raakte. De hele dag. Ik voelde dat kind als het ware weer sterven. Hij ook. Hij werd er gek van. Ieder jaar denk ik op de achtste maart dat hij er een eind aan maakt. Je zou denken dat het minder werd maar ik heb de indruk dat het juist erger wordt.' Ze keek me aan en er lag een eindeloos verdriet in haar ogen. 'Hij was zo levenslustig toen hij jong was. Zo bruisend. Soms een beetje overmoedig. Het was een ondernemende man. Hij pakte alles aan. Hij was met hart en ziel agent, een goede. Geliefd bij zijn collega's. Gewaardeerd door zijn meerderen. Je had in het dorp waar wij toen woonden een bepaalde status als je bij de politie was. Zijn hele familie zat erbij. Je telde mee. Je hele vriendenkring was bij de politie. Dan verlies je soms de grenzen wel eens uit het oog. Je dekt elkaar als er even iets niet goed gaat. Zoals iets te veel drinken op een feestje en dan toch autorijden. We woonden drie straten verder. We hadden gewoon moeten gaan lopen. Maar ik vond het te veel gesjouw met drie kleine kinderen. Het was ook nog koud en jij was verkouden. Zo gaan die dingen.'

Ze bestelde nog een keer koffie en nam er een glas cognac bij. 'Ik heb drank nodig,' legde ze uit. 'Om weer een beetje warm te worden van binnen.' Toen ze eenmaal was begonnen, kon ze bijna niet meer ophouden met praten. Mijn vader werd dezelfde avond opgepakt en vastgezet. Het hele dorp was in rep en roer. Vanaf de dag dat het gebeurde is er op mijn moeder ingepraat om mijn vader te verlaten. Ze weigerde. Als één man keerde iedereen zich van haar af. Dat begreep ik niet.

Ze legde het me uit. 'Zo werkt dat in die gemeenschappen. Je hoort erbij, zolang je je gedraagt volgens de regels. Het zijn ongeschreven regels maar iedereen kent ze. Te veel drinken en toch achter het stuur gaan zitten wordt door de vingers gezien. Maar je moet niet met een dronken kop het kind van je collega doodrijden. Dat gaat te ver. Dat zal je nooit vergeven worden, al lig je jarenlang op je knieën van berouw. Ook al is het een ongeluk. En getrouwd blijven met iemand die dat doet is evenmin aan de orde. Ik moest kiezen. Ik koos voor je vader. Ik had beloofd dat ik er zou zijn in goede en slechte tijden. Dat meende ik. En daar ben ik trots op,' besloot ze.

19

De persoonlijke begeleider van Jeroen heeft me gevraagd of ik langs wil komen. Hij moet iets met me bespreken en hij wil het liever niet telefonisch doen. Jeroen is dit weekend met een paar groepsgenoten en begeleiders naar Euro Disney en als ik mijn moeder heb teruggebracht bedenk ik dat het misschien vandaag een goede gelegenheid zal zijn om even langs de woongroep te rijden.

Ik heb geluk. Harm, de begeleider van Jeroen, is vandaag in huis en zit samen met de achtergebleven groepsleden naar een videoband van de meest recente Koninginnedag te kijken. De koninklijke familie is net op de tweede bezoeklocatie gearriveerd. In de groep ontstaat een discussie over wanneer het precies Koninginnedag is. Ik heb de indruk dat sommige mannen in de war raken van een koningin die vandaag lijkt rond te rijden maar in werkelijkheid iets anders aan het doen is. Harm legt geduldig uit hoe de zaak in elkaar steekt. Hij verwelkomt me hartelijk en biedt me koffie aan.

Lars, een van de groepsleden, komt met een oranjetompouce aanzetten, die hij me glunderend aanbiedt. 'De laatste!' roept hij opgewekt. 'We hebben ze bewaard in de diepvries.'

Ik heb niet de moed om te weigeren of te zeggen dat ik niet van dat mierzoete gebak hou. Alle ogen zijn op me gericht als ik mijn gebaksvorkje in de oranje glazuurlaag zet en de gele pudding die aan weerskanten onder de korst vandaan puilt behendig opvang. Het zijn niet alleen nieuwsgierige maar ook een beetje begerige ogen die mijn acties volgen.

'De laatste,' herhaalt Lars. Misschien heb ik door mijn komst wel een probleem opgelost.

Harm neemt me mee naar de kamer van Jeroen, waar we even rustig kunnen praten. Ik ben nerveus, merk ik. Mijn hart bonkt in mijn borstkas en mijn handen trillen. Wat is er in hemelsnaam aan de hand? Is Jeroen ziek? Gaat hij dood? Er hangt iets heel onheilspellends in de lucht.

'Het is een vervelende kwestie,' begint Harm, 'en we hebben de uitzendkracht die de fout maakte stevig aangepakt. Ze mag hier niet meer terugkomen. Ach,' zucht hij diep, 'het zou verboden moeten zijn om uitzendkrachten in te zetten op een locatie als deze. Hier heeft goede zorg en begeleiding werkelijk álles te maken met bekendheid en vertrouwen. Maar goed, ik zal je niet met onze organisatorische problemen lastigvallen.'

Er werd opgebeld naar de groep, blijkt het verhaal te zijn. Door een vrouw. Ze was vriendelijk en vertelde dat ze een oude kennis was van de ouders van Jeroen. Hoe het met hem ging, wilde ze weten, of hij het in het huis waar hij nu woonde naar zijn zin had. Ze kende hem al vanaf de tijd dat hij nog een baby was, ze had hem in haar armen gehad toen hij net geboren was.

Ik zit stijf rechtop in mijn stoel te luisteren. O god, nee toch, schiet het door me heen, het zal toch niet wáár zijn? Zit dat krankzinnige wijf nu achter de zoon van Lodewijk aan?

'Heb je enig idee wie het was?' vraagt Harm.

'Ik denk het wel. Maar ga verder.'

'Jeroen was zwemmen en de uitzendkracht vroeg of de vrouw na achten terug kon bellen, dan zou hij er weer zijn. Die leek te aarzelen en ze vroeg toen of Jeroen misschien een eigen mobiele telefoon had. Ze moest die avond naar een verjaardag en ze wilde hem de volgende dag terugbellen maar ze wist nog niet hoe laat. Het zou gemakkelijker zijn als ze hem rechtstreeks aan de telefoon kon krijgen. En dat stuk onbenul van een uitzendkracht haalt het dus in haar kippige kop om het mobiele nummer van Jeroen door te geven, terwijl wij hierover heel strikte instructies hebben. Dat is namelijk absoluut verboden.'

De uitzendkracht vergat door te geven dat er voor Jeroen was gebeld en vertrok. De volgende avond ging opeens zijn mobieltje af.

'Hij dàcht dat jij het was en hij reageerde zoals altijd opgewonden blij. Hij rende naar zijn kamer om met je te praten en wij zaten hier in de woonkamer naar het journaal te kijken. Toen hij maar niet terugkwam ging ik kijken of er iets aan de hand was. Hij zat trillend en snikkend op de rand van zijn bed. Er belde een vrouw op die hij niet kende, vertelde hij. Ze zei dat Marijke iemand had vermoord en dat hij goed moest oppassen voor haar. Iemand die eenmaal gemoord heeft doet dat gemakkelijk nog een keer.'

Het verdomde serpent! Nu weet ik zeker dat Janine op oorlogspad is. Al begrijp ik niet wat haar plotseling bezielt. Maar zou er iemand bestaan die de acties van die gestoorde tweeling ooit heeft kunnen doorgronden? Ze moeten haar opsluiten en nooit meer loslaten. Waarom wordt zo'n vals creatuur eigenlijk zo oud? Ik word steeds woedender en moet mijn uiterste best doen om mijn gezicht enigszins in de plooi te houden.

'Weet jij wie die vrouw is?' vraagt Harm.

'Niet helemaal zeker,' zeg ik, en ik probeer neutraal te kijken. 'Het zou kunnen zijn dat het de vrouw is die een tijdje heel verliefd was op Jeroens vader en het niet kon verkroppen dat hij niet voor haar wilde scheiden.' Ik heb de neiging om me over mijn eigen verzinsel te verbazen. Ik heb me hier niet op kunnen voorbereiden maar de verklaring komt opeens uit het niets tevoorschijn.

'Is het iemand die jij persoonlijk kent?'

Ik schud mijn hoofd en denk koortsachtig na. Hoe blijven mijn woorden zo aannemelijk mogelijk en ga ik mezelf niet tegenspreken? Een leugen verzinnen is niet moeilijk maar het verhaal overeind houden wél. Dus hoe minder ik toevoeg, des te minder risico ik loop dat ik in mijn eigen verhaal verdwaald raak. Ik wil ook helemaal niet gaan zitten liegen. Ik wil dit gesprek beëindigen en zorgen dat Jeroen niet meer wordt lastiggevallen. 'Wat hebben jullie verder gedaan?'

'We hebben tegen Jeroen gezegd dat we zouden proberen erachter te komen wie die vrouw is en ik heb sinds die avond zijn toestel bij me. Maar tot nu toe heeft er niemand meer gebeld. Het lijkt me in ieder geval verstandig als hij een ander nummer krijgt en dat dit alleen bij het vaste personeel bekend is.'

Ik knik. 'Geef mij het toestel maar mee. Als ze weer belt wil ik haar zelf graag even spreken. Kan er als hij thuiskomt snel een nieuw nummer voor Jeroen worden geregeld?'

'Jawel,' zegt Harm, 'maar kijk jij wel uit? Ik heb het idee dat je met een type te maken hebt dat tot alles in staat is. Hoelang is het geleden dat deze dame werd afgewezen?'

'Een jaar of drie, denk ik, misschien vier jaar. Ik weet het niet meer precies.'

'Kijk maar uit,' herhaalt Harm. 'Ik vind dat echt niet gezond: na zo lange tijd nog wraak willen nemen via een zoon. Als ze nog eens belt zou ik de zaak in handen van de politie geven, als ik jou was.'

'Zal ik doen,' beloof ik.

We lopen terug naar de huiskamer. 'Hoe is het nu met Jeroen?' informeer ik.

'Hij was weer rustiger toen ze vertrokken. Dat reisje Disneyland is natuurlijk een sublieme manier om hem af te leiden. Ik hou hem goed in de gaten.'

Als ik naar huis rij moet ik plotseling huilen. Ik parkeer de auto langs de kant van de weg en zoek in mijn tas naar een zakdoek. Alles loopt door elkaar in mijn gedachten. Ik voel een strijdlustige woede in me opkomen maar heb direct daarna het idee dat ik reddeloos verloren ben. Wat moet ik in hemelsnaam doen? Iemand in vertrouwen nemen? Wie? Ik zou met Petra kunnen praten en haar nadrukkelijk verzoeken om mijn woorden als strikt vertrouwelijk te beschouwen. Maar wat zou ik zelf doen als iemand me vertelde dat een aangetrouwde tante uit een vorig leven acties onderneemt die je misschien wel als een serieuze dreiging moet beschouwen? Ik zou de onderste steen boven halen om de zaak uit te pluizen en die tante was om te beginnen voor mij.

Ik ken Petra goed genoeg om zeker te weten dat ze actie zal ondernemen. En dat is precies wat de oude Janine wil. Ze was altijd al net zo'n aandachtjunk als haar tweelingzus. Het zal me niet verbazen als ze Mathilde op haar sterfbed heeft beloofd om wraak op mij te nemen. En opeens weet ik zeker dat we thuis geen insluiper hebben gehad. Janine is fotografe. Ze heeft ooit zelf de foto van de meisjes gemaakt, die ze nu aan mij wil opdringen. Ze weet dat ze me enorm te grazen kan nemen door die foto te sturen. Welke moeder zal niet van slag raken als ze het portret onder ogen krijgt van de kinderen die ze is kwijtgeraakt? Wie weet hoeveel afdrukken ze nog heeft klaarliggen om aan mij te sturen. Maar ik laat me niet gek maken. Ik blijf bij de les. '*Keep it cool*,' zegt Lodewijk altijd als hij merkt dat ik ergens tegen opzie. Dat ga ik mezelf goed voorhouden. Ik wacht gewoon de gelegenheid af om haar duidelijk te maken dat ze niets zal bereiken met haar waanzinnige wraakideeën. Ik hou mijn ogen en oren wijd open. De volgende enveloppen die ik krijg, gaan linea recta de vuilnisbak in. Ik maak ze niet meer open. En ik ga ook niet opnemen als er gebeld wordt op de mobiele telefoon van Jeroen. Negéren, dat is volgens mij de beste methode om dat secreet de mond te snoeren. Ik weet immers dat het geen enkel nut heeft om te reageren? Het gaat volgens mij ook niet om een reactie krijgen. Het gaat om lastig te kunnen vallen. Kwetsen. Aan mijn gevoel te peuteren. Ze moet me niet en haar mening over mij zal nooit veranderen, hoe oud ze ook wordt. Maar daar kan ik niet mee zitten. Ze denkt maar wat ze denken wil, ze mag van mij verzinnen wat ze met haar venijnige fantasie bedenken kan. Als het maar in haar eigen huis gebeurt. Als ik maar niet aan de conversatie hoef deel te nemen. Als ik maar niet over mijn kinderen hoef te praten. Ik heb kunnen overleven door er nooit meer over te praten. En dat moet zo blijven.

Volgens mij word ik gevolgd door een rode auto. Hij rijdt niet pal achter me, er zitten twee auto's tussen die van mij en de rode. Ik probeer in de achteruitkijkspiegel te zien wie er achter het stuur van die rode auto zit. Zal ik bij het volgende stoplicht de auto gewoon stilzetten en naar achteren lopen? Waarom twijfel ik nu? Waarom zou ik het heft gewoon niet even in eigen handen nemen en laten zien dat er met mij niet te spotten valt?

Rode auto. Gesluierde vrouw. Is dit dezelfde auto als die langs mijn huis reed? Vergis ik me? Is dit tóch die werkneemster die moest vertrekken uit de woongroep? Word ik lastiggevallen door meer dan één vrouw? Is het een complot?

Ik moet stoppen met deze paniek. Het stoplicht staat op rood. Ik trap op de rem, trek de handrem aan en stap uit. Ik heb er genoeg van. Niemand gaat mij opjagen in rode auto's. Dat zal ik even voor eens en altijd duidelijk maken.

Ik stap kordaat uit en negeer de verbaasde blikken van de vrouw die achter me staat te wachten. Ik loop haar voorbij. Het was de derde auto achter mij. Ik maak een geruststellend gebaar naar de vrouw ten teken dat het niet lang zal duren. Ik moet alleen even iemand duidelijk gaan maken dat ik er genoeg van heb.

De rode auto is weg. Nergens te bekennen.

Er wordt driftig getoeterd. Ik kijk om. Het stoplicht staat op groen en men wil doorrijden. Ik ren terug.

De vrouw die achter me stond stapt uit. Ze is boos. 'Ik moet naar het station,' raast ze. 'Zo mis ik mijn trein. Wat is dit voor idioot gedoe?'

Ze draagt een zwierige cyclaamkleurige rok.

**

Onno nam me op een zondag voor het eerst mee naar zijn ouders. Mijn moeder had een cyclaamkleurig pakje voor me gemaakt.

'Je ziet er prachtig uit,' zei Onno trots toen hij me ophaal-
de uit de zusterflat. In de tram, op weg naar het station, zat
hij voortdurend aan me te plukken. 'We gaan wel op tijd weer
terug, hoor,' fluisterde hij hitsig in mijn oor. 'Dat we nog
even lekker kunnen...' Ik voelde dat ik bloosde en ik dacht dat
de hele tram in de gaten had waar Onno over zat te fluisteren.

'Zie ik er wel netjes genoeg uit?' vroeg ik nog eens toen we
bijna in Rhenen waren. Ik voelde me onzeker. Hoe moet je je
kleden als je voor de eerste keer op bezoek gaat bij een burgemeester en zijn vrouw? Ik had geen idee. En ik werd humeurig
door mijn eigen onzekerheid.

Onno streelde me over mijn wang. 'Ik vind je mooi en dat is
het voornaamste,' zei hij geruststellend. Maar dat klonk juist
helemaal niet geruststellend in mijn oren. Ik had het gevoel dat
ik in het hol van de leeuw moest verschijnen.

De moeder van Onno bekeek me van top tot teen en schonk
me toen een superieur glimlachje. 'Zo,' zei ze, 'jij bent dus dat
meisje waar mijn zoon helemaal wég van is.' Het klonk alsof ze
zich op geen enkele manier kon voorstellen hoe hij dat in zijn
hoofd haalde. 'Hoe zei je ook alweer dat je heette?'

Ik was op mijn hoede, gaf zorgvuldig antwoord op wat me
gevraagd werd en zei zonder blikken of blozen voor de tweede
en verderop in het gesprek voor de derde keer mijn naam.

'Sorry hoor,' bleef de moeder van Onno met haar gemaakte
glimlach beweren. 'Ik ben toch zó slecht in het onthouden van
namen.'

'Maar lieve,' onderbrak de vader van Onno haar, 'ze heeft toch
een heel Hollandse naam? Denk maar aan de naam die onze

jongste prinses bij haar geboorte kreeg, dat kan een mooi ezelsbruggetje zijn.'

'O ja, natuurlijk,' antwoordde Onno's moeder en ze keek even fronsend in de richting van haar man. Ik had de indruk dat het helemaal niet haar bedoeling was om het probleem op te lossen. 'Dat is waar. Eigenlijk is het heel gemakkelijk.'

De rest van de dag bleef ze me hardnekkig 'meisje' noemen.

De vader van Onno was een schat. Ik had me een heel andere figuur voorgesteld bij een burgemeester. Een statige man in een maatkostuum en een beetje stijfjes. Maar hij was een gemoedelijke teddybeer die gewoon een lichte linnen broek met een ruitjeshemd en een sportief vest droeg. Hij probeerde me op alle mogelijke manieren op mijn gemak te stellen en vroeg me van alles over mijn werk als leerling-verpleegkundige.

'Je leert voor een mooi vak,' zei hij goedkeurend. 'Een mooi maar moeilijk vak. Ik heb veel respect voor mensen die dat werk kunnen doen. Je moet hard werken en veel incasseren. Mij zou het niet liggen. Ik zou niet kunnen slapen van al die ellende.'

Ik vond het heerlijk om over mijn beroep te kunnen vertellen en ik kwam een beetje los. Midden in een verhaal over een jonge vrouw van mijn eigen leeftijd die ik verpleegde, onderbrak Onno's moeder me.

'Laten we het over vrolijker dingen hebben,' stelde ze voor. 'Ik kan niet tegen zulke trieste verhalen. Daar krijg ik nachtmerries van.'

'Vinden jullie ook niet dat Marijke er prachtig uitziet?' bracht Onno het gesprek nogal nadrukkelijk enthousiast op een ander onderwerp. 'Dat pakje heeft haar moeder zelf gemaakt!'

'Knap, knap,' prees zijn vader. Hij bekeek me goedkeurend. 'Je zou zeggen dat het zó uit de winkel kwam.'

'Ik vind toch dat je meestal kunt zien dat het zelfgemaakt is,' was zijn vrouw van mening.

Dat stak me.

Ze hadden erop gerekend dat we mee-aten en tegen vieren

werden we uitgenodigd aan de zorgvuldig gedekte tafel, waarop verschillende salades en een schaal geroosterde boterhammen stonden.

'We eten zondags nooit uitgebreid warm,' vertelde Onno's vader. 'Zondag is eigenlijk de enige vrije dag van Mathilde, mijn vrouw. Ze moet de hele week al aan allerlei verplichtingen tegemoetkomen. Dat hoort erbij als je de vrouw van de burgemeester bent, hè lieve?'

Ik begon me af te vragen waar de moeder van Onno die lieverd aan verdiend had.

Onno's moeder glimlachte welwillend. 'Ik doe het met liefde,' zei ze en ze besmeerde behoedzaam een stuk geroosterd brood met roomboter. De boter werd op een nauwkeurige manier precies gelijk over de boterham verdeeld. 'Ik beschouw het gewoon als een baan. Niet dat het altijd meevalt, met mijn zwakke gezondheid,' deed ze vaag.

Ik vroeg me af wat ze bedoelde met die zwakke gezondheid. Leed ze aan een of andere chronische ziekte? Of aan iets ergers? Ik vroeg me af of er van mij verwacht werd dat ik zou informeren naar meer details over de eventuele kwalen van Mathilde. Ik zocht de blik van Onno maar die hield zijn ogen strak op het eten gevestigd.

Ik kreeg met grote moeite enkele happen door mijn keel. De ogen van Onno's moeder waren voortdurend op mij gericht, zelfs toen ze het dessert uit de keuken ging halen voelde ik dat ze me in de gaten hield. Hoe ik de chocoladepudding naar binnen heb gekregen is me altijd een raadsel gebleven.

'Je helpt me toch wel even met de afwas?' vroeg Onno's moeder liefjes toen we eindelijk klaar waren met eten.

Onno's vader streek vergenoegd met zijn handen over zijn buik. 'Zo, zo,' zei hij, 'dat was allemaal heel erg lekker. Je hebt ons weer verwend, Mathilde. Zullen wij even een straatje om lopen?' wendde hij zich tot Onno, terwijl hij opstond. 'De dames kunnen ons wel missen als ze gezellig in de keuken bezig zijn.'

Ik hoopte dat ze snel weer terug zouden komen, want ik voelde me totaal niet op mijn gemak bij Onno's moeder. Hoe kon de burgemeester in hemelsnaam denken dat er iets gezelligs was aan samen afwassen met een ijskonijn?

'Laat de schone borden maar gewoon op de keukentafel staan,' adviseerde ze toen ze me zag dralen met de borden. 'Ik zet ze liever zelf in de servieskast. Het is echt porselein, ik ben er erg zuinig op.'

Ik knikte strak en voelde me beledigd.

'Onno vertelde me dat je uit een eenvoudig gezin komt,' ging ze verder. 'Het klopt toch dat je vader fabrieksarbeider is?'

'Hij is tegenwoordig ploegbaas,' haastte ik me mijn vader te verdedigen.

'O. Maar hij werkt gewoon in een fabriek.' Er viel een nare stilte na de laatste woorden van Mathilde.

Ik zweeg. Wat wilde ze me in vredesnaam duidelijk maken? Het antwoord op de vraag die ik mezelf in gedachten stelde liet niet lang op zich wachten.

'Onno heeft al eens eerder een meisje gehad dat uit een arbeidersmilieu kwam en dat werd ook niets. Je loopt toch tegen een standverschil aan, denk je ook niet? Een te groot verschil in achtergrond gaat nooit goed. Ik heb dat in mijn leven al heel vaak gezien. In het begin merk je er niets van maar later wordt het duidelijk. Nu is hij nog verliefd en jij natuurlijk ook. Dan heb je het gevoel dat je de hele wereld aankunt. Maar je blijft niet verliefd en jij bent volgens mij verstandig genoeg om dat te begrijpen.'

Ze keek me aan met een minzame blik in haar ogen. Ze keek alsof ik er eigenlijk niet was.

Toen we afscheid namen schudde Onno's vader me hartelijk de hand en hij legde zijn andere hand op mijn schouder. 'Ik vond het heel fijn om kennis met je te maken en ik hoop je gauw weer te zien,' zei hij en zijn woorden klonken oprecht. 'Jij toch ook, Mathilde?' keerde hij zich tot zijn vrouw.

'Zeker,' zei Onno's moeder met een uitdrukkingsloos gezicht. Ze perste een glimlach tevoorschijn. 'Zeker. Tot gauw dan maar.' Op de terugweg naar Amsterdam zaten we in een stampvolle trein en konden we nauwelijks een persoonlijk woord met elkaar wisselen. Maar toen we het Centraal Station in Amsterdam uit liepen stelde ik voor om niet de tram te nemen naar huis, maar te lopen. 'Ik moet frisse lucht hebben,' verklaarde ik, en ik trok Onno mee, in de richting van de Dam. Hij volgde me gelaten. Toen we bijna bij de Dam waren passeerde de tram die naar de Overtoom ging en Onno gebaarde uitnodigend in de richting van het rinkelende voertuig. 'Als we instappen, zijn we eerder thuis en kunnen we langer op mijn kamer blijven,' stelde hij voor. Maar ik negeerde zijn woorden en stapte dóór.

'Wat is er met je?' hoorde ik hem achter me geïrriteerd roepen. 'Loop eens niet zo hard, ik kan je nauwelijks bijhouden. Heb ik iets fout gedaan?'

Ik stond abrupt stil en keek hem woest aan. 'Je had me wel eens kunnen waarschuwen voor die draak van een moeder van je,' riep ik. Ik schrok van het enorme geluid dat ik veroorzaakte. Er keken mensen naar ons, zag ik. 'Denk maar niet dat ik ooit nog een keer met je meega naar je ouders. Tenzij je moeder met vakantie is,' gilde ik verontwaardigd.

Onno staarde me aan en greep mijn arm vast. 'Zeg dat niet,' zei hij en ik hoorde zijn stem trillen. 'Zeg dat alsjeblieft niet. Mijn moeder heeft heel eigen ideeën over met wie ik zou moeten trouwen en ik weet dat ze wil dat ik met een meisje van stand thuiskom. Je vader zou minstens minister moeten zijn om door haar ballotage te komen. Ik weet het wel, ik weet het wel. Ze deed hetzelfde met mijn vorige vriendin, die was in haar ogen ook niet goed genoeg. Ik laat niet nog eens mijn verkering verzieken en ik beloof je dat ik je in het vervolg zo veel mogelijk zal beschermen. Maar ik wil je niet verliezen. Ik hou van je.'

Het was de eerste keer dat hij die woorden uitsprak. 'Ik hou van je.'

Ik staarde hem aan. 'Ik hou ook van jou,' zei ik. Ik realiseerde me dat dit ook de eerste keer was dat ík dat zei. 'Maar hoe moet dat dan met je moeder?'

Onno glimlachte. 'Mijn moeder kan de pot op,' zei hij spottend. 'Mijn moeder zoekt het maar lekker zelf uit. Je trouwt met mij, niet met mijn moeder. Toch?'

'Ben ik nu gevraagd?' vroeg ik ad rem.

Hij boog galant. 'Later doe ik het nog een keer officieel. Op mijn knieën, zo hoort dat toch? Maar wat is voor vandaag uw antwoord?' voegde hij daar op een plechtige toon aan toe. 'Zeg ja, zeg ja,' jutte hij me op.

'Ja,' zei ik ferm, 'JA! En je moeder kan inderdaad de pot op.'

Er kwam weer een tram aan en we stapten in. Zodra we in Onno's kamer waren grepen we elkaar vast en we rukten de kleren bijna van ons lijf. We vreeën intenser dan we ooit eerder gedaan hadden en toen we later nog nahijgend stevig omstrengeld op het smalle eenpersoonsbed lagen wist ik het zeker: met deze man wilde ik trouwen en ik zou niemand toestaan ons een strobreed in de weg te leggen.

**

Vanaf die zondag gingen we ongeveer een keer in de zes weken naar de ouders van Onno en iedere keer was het raak. De aanvallen van zijn moeder waren nooit rechtstreeks, ze had een heel subtiele manier van kritiek geven. Ze stelde vragen waarin ik een veroordeling proefde maar ik keek wel uit om daar iets van te zeggen. Ik voelde feilloos aan dat ik Mathilde beter niet kon tegenspreken en zeker niet moest bekritiseren. Onno probeerde zo veel mogelijk te doen wat hij me beloofd had en bracht de gesprekken behendig op een ander onderwerp als zijn moeder onaangenaam dreigde te worden. En als Onno dat niet deed hielp zijn vader me wel. Maar toch konden ze niet voorkomen dat de 'lieve Mathilde' zoals haar man haar consequent noemde mij regelmatig het bloed onder mijn nagels vandaan treiterde door mijn woorden per definitie verkeerd te interpreteren en door te blijven weigeren om mijn naam te onthouden. Ik was 'meisje', 'dingetje', 'kindje' of 'liefje'. Als ze me liefje noemde moest ik oppassen, dat was doorgaans een voorbode voor zwaar weer.

Ik vroeg aan Onno hoe het precies zat met de zwakke gezondheid van zijn moeder, omdat ze daar regelmatig het gesprek op bracht. Ze deed dat vooral als de burgemeester nadrukkelijk aandacht aan mij besteedde, merkte ik.

Onno trok een beetje vertwijfeld zijn schouders op. 'Ze is niet sterk,' was het ontwijkende antwoord. 'Ik trouwens ook niet.'

Ik keek hem verbaasd aan. 'Jij bent toch nooit ziek?'

'Je bedoelt dat ik er niet vaak over praat.'

De schrik sloeg in mijn benen. 'Heb je een ziekte? Wat heb je precies?' Er schoten allerlei rampenscenario's door mijn hoofd. Ik bedacht in snel tempo enkele erfelijke ziektes die me bekend waren en probeerde me te herinneren of ik eventuele verschijnselen over het hoofd had gezien.

'Doe niet zo paniekerig. Ik heb geen ziekte. Ik ben alleen niet sterk.'

Er bekroop me een onbehaaglijk gevoel. Zijn mededeling over niet sterk zijn kwam als donderslag bij heldere hemel. Ik begreep niet hoe het mogelijk was dat ik niets in de gaten had gehad en besloot beter op te letten. Heel diep in mijn achterhoofd zat een vervelende gedachte, die ik niet naar boven wilde laten komen en waar ik geen aandacht aan wilde schenken. Maar later, toen ik weer alleen op mijn kamer was, ontkwam ik er niet aan. De gedachte was eigenlijk een vraag. Wilde ik een man trouwen die een zwakke gezondheid had?

Het maakt niet uit, bestreed ik mijn eigen twijfel. Het valt wel mee. Hij overdrijft. Hij was een beetje in de war toen hij dit zei. Hij raakt in paniek door het gedrag van zijn moeder.

Ik suste mezelf. Maar het voelde niet goed.

Het feit dat mijn ouders eenvoudige mensen waren en mijn twee zusjes al heel jong trouwden, zonder eerst een opleiding te hebben afgerond, was voor Mathilde koren op de molen. Ze kon niet stoppen met er oeverloos vragen over te stellen. 'Je vader zal toch niet zijn hele leven in een fabriek aan het werk willen blijven, kindje? De kansen liggen tegenwoordig, nu de economie zich zo snel verbetert, voor het oprapen.'

'Welke opleidingen hebben je zusjes ook alweer gevolgd? Geen? O, ik dacht dat ze iets gestudeerd hadden. Wij kennen geen mensen die niet hebben gestudeerd, vandaar.' Haar vragen waren altijd een inleiding voor wat ze eigenlijk wilde zeggen.

'Onno doet familierecht. Hij wil notaris worden. Een notaris moet heel integer zijn. De vrouw van een notaris moet ook heel integer zijn, anders blijft hij altijd kandidaat en krijgt hij nooit een eigen benoeming.'

Ik vroeg me af waar de laatste opmerking op sloeg. Ze kraamde hem uit op een zondag, toen we in de grote achtertuin van het huis van Onno's ouders zaten. Onno liep met zijn vader door de tuin en liet zich allerlei nieuwe planten aanwijzen die zijn vader aan het kweken was. Ze hadden dezelfde manier van lopen, zag ik. Een beetje voorovergebogen, de handen op de rug.

Ze waren even groot, alleen was Onno tenger en had zijn vader meer ronde vormen. Die was ook al helemaal grijs maar zijn haar was waarschijnlijk vroeger even donker geweest als dat van Onno. Ik kon me zonder al te veel moeite voorstellen hoe Onno er later als oudere man zou gaan uitzien.

'Kijk het mooie er maar niet af,' riep Onno en hij wierp me een kushandje toe. 'Ik zie je wel gluren!'

Ik werd er vrolijk van. 'Wat lijkt hij toch op zijn vader,' peinsde ik hardop. 'Het valt me steeds meer op.'

'Wat een onzin,' beet Mathilde me toe. 'Hij lijkt precies op mij. Iedereen ziet dat en zegt dat tegen me. En jij ziet het níét? Dat valt me nu van je tegen, ik had je slimmer ingeschat.'

Ik zweeg. En ik betrapte mezelf op een wraakzuchtige gedachte.

20

De dromen zijn er weer elke nacht. Toen ik de avond nadat ik van Harm hoorde dat Jeroen telefonisch was lastiggevallen thuiskwam, heb ik twee slaappillen genomen in de hoop dat ik zou kunnen slapen zonder te dromen. Maar het lukte niet.

Die nacht droomde ik dat ze belde. 'Je weet wie ik ben,' kraakte haar stem. Ze klonk alsof ze minstens honderdvijftig jaar oud was. 'Denk je nog steeds dat je ermee wegkomt?'

'Hou toch eindelijk eens op met die verdachtmakingen,' schreeuwde ik tegen haar. Ik was woest.

'Het zijn geen verdachtmakingen,' treiterde Janine. 'Dat weet jij zelf het beste. Het is de waarheid.' In mijn droom verbrak ik de verbinding en ik schakelde de telefoon daarna uit. Maar het toestel begon toch opnieuw te rinkelen. Ik werd bang en voelde mijn hart een paar slagen overslaan. Daarna werd ik wakker van mijn eigen gegil.

Ik heb zitten nadenken over wat ik zou kunnen doen maar ook over wat ik zou willen doen. Is het wijs om niemand op de hoogte te stellen van wat er de laatste tijd allemaal gebeurt? Heeft Harm gelijk, moet ik oppassen voor degene die mij en mensen in mijn omgeving lastigvalt? Het ene moment denk ik van wel, het volgende moment weer van niet. Ik ben er nog steeds niet zeker van dat het Janine is. Ik kan het me ook nauwelijks voorstellen. Ze is volgens mij al veel te oud om nog zo actief bezig te zijn. Zij en Mathilde waren 29 toen Onno werd geboren en Onno zou dit jaar 56 geworden zijn. Dan is Janine dus 85. Dat is oud. Als je zo oud bent, word je volgens mij minder mobiel en maak je geen lange autotochten meer. Je zou toch kunnen verwachten dat Janine haar dagen slijt met zaken die oude dames zoal doen: lezen, een beetje in huis rommelen, over vroeger praten. Maar Janine was nooit een normale jonge dame, dus ze zal ongetwijfeld ook geen normale óúde dame zijn. Maar betekent dit dat ze haar dagen vult met het uitpluizen van zaken die met míj te maken hebben? Weet ze dat ik weer getrouwd ben, bijvoorbeeld? Dat ik in Sittard woon? Hoe weet ze dat eigenlijk? vraag ik me af. Wie heeft ze benaderd zonder dat ik daar erg in had? En heeft ze misschien al lang mensen die mij kennen achter mijn rug om zitten bestoken? Ik kan me niet voorstellen dat degenen die ik als vrienden beschouw me dan niet direct zouden hebben ingelicht. Petra zou me zeker op de hoogte hebben gesteld, dus daar is ze niet geweest. Zou ze gemeentehuizen hebben gebeld om uit te zoeken of mijn naam ergens voorkwam? Daar moet ze dan een aantal jaren zoet mee zijn geweest. Opeens herinner ik me wat mijn schoonvader eens zogenaamd gekscherend opmerkte. 'Mijn lieve Mathilde en haar tweelingzusje hebben een ijzeren willetje. Wat ze in hun hoofd hebben zit niet in hun je-weet-wel. Ik kan je aanraden hen te vriend te houden.'

Mathilde en haar tweelingzusje. Een hypochondere draak in tweevoud. Twee keer zesenveertig chromosomen van het ergste soort. Een dubbele compositie van foute genen. Gelukkig heeft alleen Mathilde het genetisch materiaal doorgegeven. Hoewel dat op zich misschien wel het meest kwalijke is wat ze ooit heeft gedaan.

**

Ik werd tijdens mijn derde bezoek aan de ouders van Onno volkomen onverwacht geconfronteerd met een kopie van mijn toekomstige schoonmoeder.

De vader van Onno liet ons binnen en hij vertelde dat tante Janine er was. 'Ze is de tweelingzus van mijn vrouw,' legde hij uit. 'Je hebt haar nog niet ontmoet. Wij raken hier altijd een beetje in de war als ze er is, hè, Onno? Vreemd hoor, twee dezelfde gezichten in huis. Gelukkig heeft ze een heel andere stijl van kleden, anders zou ik 's avonds nog de verkeerde mee naar boven nemen.' Hij bloosde om zijn eigen gewaagde grapje.

Onno had me wel verteld dat zijn moeder een tweelingzus had maar verder was hij tot dat moment niet erg mededeelzaam geweest over zijn tante. En ik had ook niets gevraagd.

Ik wist niet wat ik zag. Ze waren even groot, even mager, op het knokige af. Ze leken identiek. Maar Janine droeg inderdaad heel andere kleding dan Mathilde. Ik heb haar nooit in een rok gezien, alleen in broeken. Broeken met truien, soms met een colbert. Dan was het precies een kerel.

'Heeft ze geen man?' vroeg ik aan Onno.

Die moest hartelijk lachen om mijn vraag. 'Tante Janine met een man?' grinnikte hij. 'Arme man. Dat zou je toch niemand gunnen. Ze heeft alleen vriendinnen, als je begrijpt wat ik bedoel.'

Ik begreep het niet direct.

Toen lachte Onno nóg harder. 'Hebben ze jou thuis eigenlijk ooit iets verteld?' vroeg hij. 'Je weet toch wel dat vrouwen soms alleen op vróuwen vallen? Tante Janine is lesbisch. Maar daar praten we niet over in de familie. Dat is allemaal een beetje te afwijkend. Mondje dicht, dus.'

Ik wist in die tijd amper dat homoseksualiteit tussen mánnen bestond en ik dacht absoluut niet zelfstandig na over liefde tussen vrouwen. Onno lachte geamuseerd om de vertwijfelde blik in mijn ogen. 'Wat ben je soms toch heerlijk naïef,' zei hij terwijl hij met een vingertop over mijn wang streek.

Ik mepte die vinger weg. 'Ik ben niet naïef,' snauwde ik. 'Behandel me niet als een kleuter, alsjeblieft.' Ik voelde me een ontzettende burgertrut.

Hij keek me verwonderd aan. 'Sorry hoor, ik bedoelde er niets onaardigs mee.' Daarna hadden we het nooit meer over de lesbische neigingen van zijn tante.

Ze leken niet alleen fysiek precies op elkaar, ze hadden ook allebei hetzelfde onaangename karakter. Het leken twee papegaaien. De een herhaalde constant wat de ander zei. Als Mathilde haar neus optrok volgde Janine onmiddellijk en ze hadden precies dezelfde geringschattende blik in hun ogen als ze mij in het vizier kregen.

Na de derde ontmoeting met tante Janine zei ik tegen Onno dat ik het genoeg vond. 'Je moeder alléén is al een straf voor me,' brieste ik. 'Ik krijg al drie dagen voordat we bij je ouders op bezoek gaan pijn in mijn maag. Maar dat kan ik nog hebben. Twéé van die exemplaren trek ik niet.' Ik was ongekend fel, die dag.

Onno stond me een beetje onbeholpen aan te staren. 'Ze is zoals ze is,' verdedigde hij zijn tante. 'Je moet gewoon een beetje door haar heen kijken, het meeste wat ze zegt is bluf. Diep in haar hart is ze niet zo kwaad als ze lijkt te zijn.'

'Dat is dan toch wel héél diep in haar hart,' antwoordde ik venijnig. 'In mij haalt ze in ieder geval moordneigingen naar boven.'

21

Petra is nogal stil, merk ik. Ze is zomaar komen binnenvallen en wil wel blijven eten, heeft ze gemeld. Ik heb een quiche gemaakt en er op de gok allerlei restjes uit de koelkast in verwerkt. Hij smaakt heerlijk, zijn we allebei van mening.

'Hoe krijg je dit voor elkaar?' informeert Petra.

'Puur toeval,' spreek ik al te veel waardering voor mijn kookkunst tegen. Ik ben een onzekere kok, dat is Petra bekend. Ik kook voornamelijk uit boekjes en het is me nog nooit gelukt om een recept uit het hoofd te leren. Normaal gesproken waag ik me niet aan experimenten, dus deze poging met de quiche is meer geluk dan wijsheid.

We smikkelen.

'Lekker eten is een goede tegenhanger voor je te veel zorgen maken,' meent Petra.

'Waarover maak je je zorgen?' wil ik weten.

Petra kijkt langs me heen. Dit is serieus, denk ik. Opeens stokt mijn adem bijna in mijn keel. Zou Petra zijn lastiggevallen door die stokoude lesbo?

'Monique kwam me vorige week iets vertellen,' begint Petra.

Het gaat dus over Petra's dochter, niet over iets met Janine.

Ik voel me opgelucht maar het lijkt me beter dit niet te laten merken.

'Ze gaat scheiden.'

Ik hou direct op met eten. 'Wát zeg je?'

Monique en Freek zijn voor mijn gevoel voor elkaar geschapen. Het is een heerlijk stel samen en ze hebben twee kanjers van dochters. En die gaan schéíden? 'Waarom?' stamel ik. 'Je gaat me toch niet vertellen dat hij een ander heeft?'

'Hij niet. Zíj.'

'Monique met een andere man?' Het wil niet tot me doordringen.

'Nee.'

Er valt een vreemde stilte. Ik begrijp er even helemaal niets meer van.

'Ze heeft een vriendin,' zegt Petra. 'Ze vrijt met een vrouw. Opeens is ze erachter gekomen dat ze van vrouwen houdt. En ze verwacht van mij dat ik die vriendin hartelijk in mijn armen sluit en dat ik Freek niet meer zie.'

Petra veegt snel een traan weg, die over haar wang rolt. 'En dat is nu nét wat ik niet wil,' gaat ze verder. 'Ik wil in de eerste plaats niet zien dat mijn dochter met een vrouw zit te vozen en bovendien wil ik mijn schoonzoon niet kwijt.'

Ik sta op. 'Ik ga een nieuwe fles wijn openmaken,' deel ik mee. 'We gaan maar eens aan de drank. Volgens mij is dat hard nodig.'

Petra heeft besloten om te blijven slapen. Met zo veel alcohol in haar lijf kan ze niet meer met de auto naar huis. Ze drinkt het ene glas wijn na het andere, ze ligt intussen al vier glazen voor. Ze doet haar best om de kwestie met haar dochter te relativeren. 'Je houdt er geen rekening mee,' herhaalt ze steeds. 'Als je dochter eenmaal met een man getrouwd is ga je toch niet denken dat ze de volgende keer wel op een vrouw zal vallen? Ik sta er nooit bij stil, bij liefde tussen vrouwen. Daar kan ik me niets bij voorstellen. Ik ken persoonlijk geen lesbiennes. Jij?'

Ik verslik me bijna in een slok wijn.'Ik? Niet in het hier en nu. Ik ben er niet mee bezig. Nooit geweest. Ik kwam er pas tijdens mijn opleidingstijd achter dat de lesbische liefde bestond.'

'Hoe oud was je toen?' Ik hoor het ongeloof in Petra's stem.

'Achttien, negentien.' Het was een heel andere tijd dan nu, zou ik me willen verdedigen. Ik was niet het enige provinciaaltje in de groep.

'Dat méén je niet.'

'Dat meen ik wel. Bij ons thuis hadden we het überhaupt nooit over seks. Zaandam was heel dorps, al lag het onder de rook van Amsterdam. Wij werden niet eens voorgelicht. Je hoorde wel eens iets op straat of op het schoolplein. En ik had twee oudere zusjes, die vertelden me wat ze wisten.'

'Dan zal Amsterdam in jouw ogen wel een soort Sodom en Gomorra zijn geweest,' oppert Petra.

'Wat je zegt,' beaam ik. 'In Amsterdam kreeg ik zo'n beetje de hoge school. Ik was een oen, ik wist nergens iets vanaf. Weet je dat ze in Amsterdam "kip" zeggen tegen een politieagent? "Daar loopt een kip," zei een groepsgenoot tegen me. Dat was een rasechte Amsterdamse. Ik keek om me heen. Geen kip op straat te bekennen. Maar ik liet niet merken dat ik die kip niet zag. "Mooie kip," zei ik.

"Wat je maar mooi noemt," mopperde zij. "Je gaat wel anders praten als je je eerste bekeuring te pakken hebt voor fietsen zonder licht. Ze stellen zich verdekt op om je te kunnen grijpen." Toen begreep ik dat kip iets met de politie te maken had.'

Petra hikt van de lach. Of huilt ze?

'De tante van mijn eerste man was lesbisch,' ga ik verder. 'Toen hij me dat vertelde was ik er net een paar weken eerder achter gekomen dat homoseksualiteit ook voor vrouwen kon gelden. Ik dacht dat alleen mannen dat deden.'

Petra's mond valt open.'Dat verzín je!'

'Nee, hoor. Ik zal het je nog sterker vertellen. Toen ik in

Amsterdam kwam kende ik zelfs het woord homoseksualiteit niet eens. Mijn moeder zei er wel eens iets over. Twee mannen die in de buurt woonden waren het, volgens haar. Wij wilden natuurlijk weten wát dat "het" betekende en wát die mannen waren. Dan zei mijn moeder: "Die zijn van de klets-klets."'

Petra ligt nu echt dubbel.

Ik doe er nog een schepje bovenop. 'Op mijn eerste afdeling in het Wilhelmina Gasthuis lag een man die steeds bezoek kreeg van een andere man. Op een dag zei een van mijn collega's dat die andere man een echte nicht was. Wat denk je dat ik zei? Ik zei dat hij volgens mij alleen maar de neef van de patiënt kon zijn.'

Petra krijgt de hik. 'O,' snikt ze, 'jij moet toch écht vaker eens iets over vroeger gaan vertellen. Daar knap ik helemaal van op.'

Ik moet zelf ook om mijn idiote verhalen lachen. 'Wij waren echt zo groen als gras op de middelbare school en ook nog een tijd erna. Wat is er eigenlijk veel veranderd in de afgelopen vijfendertig jaar, vind je ook niet?'

'Zeker,' geeft Petra toe. 'Weet je wat mijn oudste kleinkind een paar weken geleden aan me vroeg? Ze vroeg: "Oma, zullen we weer eens een avondje lachen organiseren?" Mag jij raden wat ze zich daarbij voorstelde. Het leek haar een buitengewoon grappig idee om oma's trouwfoto's te gaan bekijken. Dat was voor haar dé manier om zich de kaken stijf te gillen. Ik ontkwam er niet aan. Ze wil me tegenwoordig ook bij mijn voornaam noemen. Dat schijnt heel normaal te zijn. Ze noemt haar ouders ook gewoon bij hun naam. Ik hou daar niet van. Ik zei zelf altijd 'u' tegen mijn vader. Het kwam niet eens in me op om hem te tutoyeren.'

'Dat was een andere tijd,' zeg ik. 'Niemand zei toen jij of jou tegen zijn ouders. Ik ben pas jij tegen mijn moeder gaan zeggen toen ze ging samenwonen met haar vriend. Die noemde ik gewoon Leo. En toen werd ik vanzelf wat losser ten opzichte van mijn moeder.'

Petra schenkt haar glas nog eens vol. 'En die tante?' wil ze weten. 'Hoe zat het precies met die tante van je eerste man? Kwam ze gewoon met haar vriendinnen tevoorschijn?'

Eén moment zie ik Janine in haar mannelijke kleren met een hele rij vrouwen achter zich aan de woonkamer van haar zuster binnenwandelen en ik grijns om de uitdrukking die ik op het gezicht van Mathilde fantaseer.

Petra kijkt me nieuwsgierig aan. 'Ja? Deed ze dat? En de hele familie in de stress, zeker.'

Ik wil niet meer aan Janine denken. De aandacht moet terug naar het onderwerp waar Petra het over had. 'We hadden het over Monique,' breng ik haar in herinnering.

'En over mijn afwerende reactie,' vult Petra aan. 'Ik herinner me vaag dat mijn vader een zus had die op vrouwen viel. Wat denk je: zou zoiets erfelijk zijn? Kwam het meer in jouw vorige schoonfamilie voor? Vertel er eens iets over.'

'Liever niet,' zeg ik en ik probeer niet kattig te klinken. Ik merk dat ik geïrriteerd raak. De irritatie komt plotseling tevoorschijn. Het komt doordat Petra iets zei over erfelijkheid. Er valt niets te zeggen over erfelijkheid in mijn vorige schoonfamilie. Die term is alleen van toepassing als er kinderen zijn. Kinderen die blijven leven.

Petra kijkt me strak aan. 'Ben je boos? Heb ik iets verkeerds gezegd?'

'Nee, let maar even niet op mij. Het komt doordat ik opeens over die supervalse lesbienne zit te praten. Daar kan ik nog steeds moordneigingen van krijgen. En we hadden het toch eigenlijk over jóú, vanavond? Over de schrik die jij te verwerken hebt?'

'Het hoeft echt niet alleen over mij te gaan,' antwoordt Petra. 'Maar ik ben wel blij dat ik er met iemand over kan praten. Ik ben te veel alleen, vind ik. Misschien ga ik eens daten via internet. Een leuke vent zoeken, dit keer eens de ware. Dat moet toch lukken? En waarom zou ik me druk maken om mijn dochter? Als ze maar gelukkig is.'

Ik pak haar vast en druk haar stevig tegen me aan. Ik wil niet geïrriteerd zijn.

22

Ik ga de acties van degene die me op stang probeert te jagen negeren, heb ik definitief besloten. Ik hou de mobiele telefoon van Jeroen bij me en als er gebeld wordt neem ik op en zeg niets. Al duurt het drie uur, ik zal blijven zwijgen tot de verbinding verbroken wordt. Als het Janine is die ons lastigvalt, weet ze dat die truc is mislukt. Ik zweeg vroeger rustig urenlang als zij in mijn nabijheid was. Ik zweeg en negeerde haar. Het zal duidelijk zijn dat ik haar in de gaten heb.

Ik blijf natuurlijk wel alert, ze moet het niet wagen om in de buurt te komen. Als ze in de buurt komt, stap ik erop af. Het moet afgelopen zijn met die spelletjes. Als praten niet helpt, maakt ze kennis met een andere kant van Marijke.

Eentje die niemand kent.

Als ik overdag actief ben en fysiek goed moe word, slaap ik meestal snel in en droom nauwelijks. Het risico op dromen en nachtmerries krijgen is het grootst als ik de hele dag rondlummel en niets afmaak waar ik aan begonnen ben. Ik heb dus een planning gemaakt voor de komende weken. Ik ga de hele zolder opruimen. Het wordt tijd dat ik de inhoud van de vele dozen uitzoek en sorteer en dat ik verwijder wat niet meer in mijn nieuwe leven past. Het is niet goed dat er ergens in huis dingen zijn die herinneringen oproepen waar ik niets mee kan. Die me de adem kunnen benemen. Die me verdrietig kunnen maken. Ik heb een streep gezet onder het verleden toen ik met Lodewijk trouwde. Het heeft geen enkel nut om er nog op terug te komen. Het is voorbij.

Petra heeft voorgesteld om enkele dagen te gaan fietsen in Drenthe. Ze heeft een goed betaalbaar arrangement gevonden dat vier dagen duurt. De bagage wordt van het ene naar het andere hotel vervoerd, daar heb je dus geen omkijken naar. Het zijn wel stevige fietstochten, gemiddeld veertig kilometer per dag. Prima, denk ik. Het had ook tachtig kilometer mogen zijn. Als ik maar gewoon 's avonds van moeheid bijna omval en diep en droomloos kan slapen. Vier dagen fietsen is een goede manier om de opruimklus in twee delen te splitsen.

Lodewijk knapt de laatste week zienderogen op. Hij slaapt nog wel regelmatig maar het zijn steeds korte slaapmomenten en als hij wakker is reageert hij adequater dan tot voor kort. Hij lijkt helderder te zijn dan voor het incident met de slaapmedicatie. Ik zal iedere dag dat we fietsen opbellen naar het revalidatiecentrum. En voor we vertrekken zal ik de afspraken over bezoek nog eens grondig controleren. Het lijkt me verstandig om niet zomaar iedereen bij hem toe te laten. Ik wil dat de verpleging toezicht houdt.

Ik heb hem verteld wat ik van plan ben. Ik had me voorgenomen om niet te gaan als ik zou merken dat hij het niet prettig vindt als ik een paar dagen weg zal zijn. Maar hij reageerde juist heel vrolijk.

'Leuk,' zei hij en ik zag dat hij het meende. 'Dat is goed voor je. Je ziet zo bleek. Je tobt veel te veel.'

Hij vroeg niet waarover ik tobde en ik heb er ook niets over gezegd. Hij moet niets in de gaten krijgen van wat er gaande is. Ik ben veel te bang dat dit zijn genezingsproces negatief beïnvloedt.

Lodewijk komt iedere dag een stukje meer terug uit de afstand die door het coma tussen hem en mij is ontstaan. Hij heeft meer aandacht voor zijn omgeving en hij kijkt niet alleen naar me maar zíét me ook. Toen hij zei dat ik te veel tobde, schoot ik helemaal vol. Ik voelde de eenzaamheid van de afgelopen maanden langs mijn ziel schuren. Ik knapte opeens van verlangen.

Ik wil hem weer thuis hebben.

Naar hem kijken als hij slaapt.

De witte donshaartjes op zijn armen aanraken.

Met hem vrijen.

Samen eten op het terras.

Ik verlang naar het doodgewone van prettig leven.

Als ik met Petra een paar dagen ga fietsen verdwijnt het gevoel dat er iets niet klopt vanzelf wel. Ik hou niet van dat gevoel. Het trekt mijn stemming de diepte in, ik sta er constant door op scherp. Het maakt me moedeloos. Het sleurt me terug naar een van de momenten die voor altijd in mijn geheugen gegrift staan. Er zijn momenten in de geschiedenis waarvan de meeste mensen kunnen zeggen waar ze zich bevonden toen ze het nieuws erover hoorden. Nieuws over een grote ramp, zoals de vliegtuigen in de Twin Towers. Over een politieke moord, zoals de moord op Kennedy in Dallas. Of dichter bij huis, de moorden op Pim Fortuyn en Theo van Gogh. Mensen weten vaak precies waar ze stonden of wat ze deden toen ze hoorden wat er was gebeurd.

Ik kan me nog altijd haarscherp herinneren waar ik was toen ik ontdekte dat er iets faliekant fout zat met Onno.

**

Onno raakte soms uit balans en dan struikelde hij of stootte zich onverwacht hard aan een tafelpoot. Ik dacht dat het te maken had met een kater. Hij hield slecht maat op feestjes, blééf pils halen en goot het naar binnen alsof het water was. Als hij dronken werd veranderde hij. De Onno die ik kende verdween bij die gelegenheden. De Onno die grappig was en gevat, zaken goed kon relativeren en niet gemakkelijk van zijn stuk was te brengen werd een snel beledigde, een beetje achterdochtige en labiele man. Sentimenteel, opdringerig en nogal ontremd. Ik wist niet waar ik moest kijken als hij onder invloed van alcohol aan het tongzoenen sloeg met andere meisjes of mijn borsten betastte waar iedereen bij was.

We kregen er ruzie over en hij beloofde daarna beter te zullen opletten. 'Ik voel het zelf niet goed aankomen,' verklaarde hij. 'Het overkomt me gewoon. Opeens ben ik dronken. En de ene keer kan ik tien pilsjes drinken voor het zover is maar de andere keer raak ik na het derde glas al de draad kwijt.'

'Ik zie het anders heel goed aankomen,' was mijn weerwoord. 'We kunnen afspreken dat ik een waarschuwend signaal geef en jij dan stopt met alcohol drinken.'

De afspraak werd gemaakt en het ging een tijdje goed. Maar steeds opnieuw kwam er weer een moment dat hij mijn signaal negeerde of niet serieus wilde nemen. En zijn irritante gedrag herhaalde zich. Het leek of zijn evenwicht in de dagen nadat hij te veel gedronken had verstoord was geraakt. Hij begon te wankelen en zich te stoten en reageerde daar meestal heel boos op. Onevenredig boos, vond ik. Alsof hij niet helemaal zichzelf was. Maar dat waren allemaal incidenten die waren terug te voeren op het gebruik van alcohol. Toen hij in één week tijd drie keer achter elkaar zijn voet bezeerde doordat die plotseling een kast of een tafelpoot raakte vond ik dat vreemd. Maar ik piekerde er niet lang over. Ik negeerde het liever, tot dat bewuste moment waarop ik me realiseerde dat er iets grondig mis was met Onno.

Bij toeval kwam ik erachter dat Onno al ruim twee weken ziek thuis was. Ik moest alle weekenden werken en daarom zagen we elkaar niet. Hij belde wel een paar keer, zoals dat zijn gewoonte was. Maar hij vertelde niet dat hij zich had ziekgemeld. Ik kreeg een uitnodiging voor het verlovingsfeest van een collega en ik belde naar de kazerne om te vragen of Onno mee wilde. Toen hoorde ik het. Ik begreep er niets van.

Gelukkig kreeg ik hem direct aan de lijn toen ik naar het huis van zijn ouders belde. Ik had me al helemaal voorbereid op een stekelige Mathilde maar ik trof het. Mijn ongerustheid viel niet in goede aarde bij Onno en werd vertaald als bemoeizucht en ontkenning van de ernst van zijn ziekte.

'Over welke ziekte heb je het?' wilde ik weten.

'Dat weet je best,' was het vage antwoord. Na deze woorden hing hij op. Ik zat met open mond naar de hoorn in mijn eigen hand te kijken. Later die dag besloot ik Onno's vader te bellen op het stadhuis. Ik kreeg hem snel aan de lijn en vertelde hem dat ik er niets van begreep. Ik hoorde hem zuchten. 'Maak je maar niet ongerust,' zei hij vriendelijk. 'Hij heeft volgens mij schoon genoeg van de militaire dienst maar wil dat niet toegeven. Ik denk dat hij dit ziek-zijn nodig heeft om even bij te komen.'

'Dus het is niet echt?'

'Het is nooit echt,' meende de burgemeester. 'Ze reageren altijd op deze manier als hen iets dwarszit.'

'Ze?'

'Zijn moeder heeft ook de neiging om snel te denken dat ze ziek is.' Ik hoorde dat hij onhoorbaar probeerde te zuchten.

Ik ken er nog een, had ik willen zeggen. Ik ken nog zo'n fantast. Maar ik zei niets.

Ik ging naar Rhenen, want ik wilde hem zien. En ik had me voorgenomen om te proberen hem over te halen om mee terug te gaan naar Amsterdam. Het beviel me niet dat hij de hele dag bij Mathilde in de buurt was.

We zaten in de tuin van zijn ouderlijk huis. Mathilde hield ons vanachter het keukenraam nauwlettend in de gaten. Ik had een moment de neiging om Onno onder haar ogen gretig te gaan zitten betasten. Maar ik hield me in.

Ik boog me naar Onno toe. 'Waar ben je bang voor?' vroeg ik.

'Dat ik een ziekte heb. Evenwichtsstoornis, of iets ergs in mijn hoofd. Vallende ziekte, zoiets.'

Ik had de neiging om te lachen. De term 'vallende ziekte' was echte lekentaal. Ik wilde hem corrigeren maar bedacht me. Het leek me op dat moment niet verstandig.

Hij had geen hoofdpijn of andere pijnen en kon alles onthouden wat hem verteld werd. Ik stelde dus vast dat er geen sprake kon zijn van een hersentumor.

Toen ik dat woord uitsprak sloeg Onno zijn handen tegen zijn oren. 'Hou op,' gilde hij, 'dat zég je toch niet? Daarmee roep je het noodlot over ons af.'

Ik was perplex. Wát Onno ook was, hij was niet bijgelovig. Of had ik dat mis?

Zijn reactie op mijn woorden vond ik op zijn zachtst gezegd overtrokken. Ik werd er ook een beetje bang van. Het klopte niet, vond ik, hoe hij deed. Ik was ongerust. Maar ik ergerde me ook en mijn ergernis richtte zich voornamelijk op Onno's moeder en op zijn tante. Die waren voortdurend bezig met bedenken welke ziektes ze eventueel onder de leden konden hebben. Die hadden ook vaak allerlei verschijnselen van wankel op de benen staan en zich overal aan stoten. Volgens mij was het allemaal aandachttrekkerij en zogen ze Onno mee in hun behoefte aan aandacht.

Toen zei Onno het. 'Ik word niet oud, daar moet je wel rekening mee houden.'

We zaten op de bank in de achtertuin. Het was zacht weer. De groene planten in de tuin waren keurig onderhouden. Ze stonden in een kaarsrechte rij. Ik keek naar die planten en probeerde te bedenken wat ik moest antwoorden. Maar er kwam niets in mij op.

'Jij begrijpt het niet,' hoorde ik Onno naast me zeggen. Hij staarde voor zich uit. Mijn aarzelende hand op zijn knie werd driftig afgeweerd. 'Jij zult ook nooit begrijpen wat het is om niet gezond te zijn.'

Op dat moment wist ik dat er iets niet goed zat in Onno's hoofd. Er vloog een adembenemende paniek door mijn hele lijf, ik kreeg het ijskoud en voelde mijn huid rillen. Mijn hart bonkte, ik probeerde mijn ademhaling weer onder controle te krijgen. Maar behalve paniek was er nog een ander gevoel.

Medelijden.

Ik wilde iets goeds zeggen. 'Misschien begrijp ik het inderdaad niet helemaal. Maar ik laat je niet in de steek. Op mij kun je altijd rekenen.'

'Echt waar?' vroeg Onno. Hij was verrast. Ik zag dat hij tranen in zijn ogen had.

Ik knikte. 'Natuurlijk. Ik ben toch je vrouw?'

Daar heb ik de kans om mijn eigen leven overeind te houden laten glippen.

**

Het onbehaaglijke gevoel dat in mijn hoofd had plaatsgenomen liet zich door geen enkele redenering wegsturen. Het achtervolgde me dag en nacht. Ik kon me slecht concentreren en maakte een fout die me een forse waarschuwing opleverde: ik verwisselde de medicijnen van twee patiënten, waardoor een van hen een ernstige allergische reactie kreeg.

Ik schrok me wild.

'Je bent er met je gedachten niet bij,' was het verwijt van de hoofdverpleegkundige, die me aansprak op de bijna fatale fout. 'Waar loop je eigenlijk de hele dag aan te denken?'

Ik wilde vluchten.

Later heb ik ergens gelezen dat een geest die in disbalans verkeert de lichaamsprocessen kan beïnvloeden. Dat kan de enige reden zijn waardoor ik zwanger werd terwijl ik de pil slikte.

Mijn moeder had me al verschillende keren verteld dat zij heel vreemd ging eten als ze zwanger was. 'Je hoort vaak dat vrouwen die in verwachting zijn trek krijgen in dingen waar ze voorheen juist helemaal niet gek op waren. En dat ze aan de andere kant een afkeer krijgen van eten waar ze vóór hun zwangerschap nooit genoeg van konden krijgen. Ik ben een ontzettende koffieleut maar als ik zwanger was kon ik zelfs de geur van koffie niet verdragen. En tegelijk wilde ik over alle groenten die ik kookte gebakken uien hebben, terwijl ik daar als ik niet zwanger was bijna van over mijn nek ging.'

Mijn borsten deden pijn. Ik was iedere ochtend draaierig. Mijn benen sleepten achter me aan. Ik wilde er niets van begrijpen maar toch maakte ik na een paar weken een afspraak bij mijn huisarts en leverde een paar dagen later bij zijn assistente een flesje ochtendurine in.

'Ga maar vast naar binnen,' nodigde ze me uit. 'Ik ga het direct nakijken.'

De huisarts was een beetje terughoudend toen ik zijn vraag of ik getrouwd was met 'nee' beantwoordde. Hij onderzocht me en voelde aan de stand van mijn baarmoeder direct dat ik zwanger was. Hij had de uitslag van de urinetest niet eens nodig, beweerde hij.

Ik belde Onno en zei dat ik hem iets moest vertellen.

'Vertel maar,' nodigde hij uit.

'Niet door de telefoon.'

Hij dacht dat ik was weggestuurd uit de opleiding en vertelde me direct dat ik dat juridisch kon gaan aanvechten. 'Dat kunnen ze niet maken, een paar weken voor je eindexamen,' beweerde hij.

'Ik ben niet weggestuurd. Ik ben zwanger.'

Mijn hart klopte rustig. Ik was kalm. Als hij het niet wil zorg ik alléén voor het kind, dacht ik.

Onno begon te huilen. Hij greep me vast en kuste me. 'Dan wil je vast wel met me trouwen,' zei hij.

Mijn moeder reageerde verrast en een beetje bezorgd.

'Had je niet liever eerst een tijdje van je vrijheid genoten?' vroeg ze. Ik schudde mijn hoofd. 'Het is welkom,' zei ik, 'bij ons beiden. Ik ben bijna klaar met mijn opleiding en Onno heeft een baan aangeboden gekregen als kandidaat-notaris in Arnhem. Zijn vader regelt een huis voor ons in Rhenen. Hij heeft genoeg connecties bij de woningbouwvereniging en later willen we een eigen huis kopen. Ik ben er blij mee.'

Ze omhelsde me hartelijk.

'Ik gun het je zo,' zei ze en ik hoorde dat ze geëmotioneerd was. 'Je hebt het verdiend. Ik heb het nog nooit tegen je gezegd maar het is echt waar: ik ben heel trots op je.'

Mijn vader keek wel even bedenkelijk. 'Had je niet gewoon kunnen wachten tot je getrouwd was?' mopperde hij. 'Tegenwoordig gaat iedereen maar met iedereen naar bed.'

Ik zag dat mijn moeder wilde protesteren maar ik sprong ertussen. 'Wij doen het echt alleen met elkaar, vader. En we hadden het niet verwacht, ik slikte de pil. Maar we wilden toch snel trouwen en aan kinderen beginnen. Het scheelt hoogstens een halfjaar in de planning.'

'Je grijpt veel te hoog met die jongen,' mokte mijn vader. 'Had een knul uit je eigen milieu gezocht. En bespaar me de intieme details.'

Mijn aanstaande schoonvader sloot me in zijn armen. Hij kuste me hartelijk op beide wangen en zei dat hij heel blij was met mij als schoondochter. 'Je bent vanaf nu voor mij mijn schone dochter,' zei hij met een trotse blik in zijn ogen. 'En ik wil graag dat je me niet langer met "úh" of met "meneer" aanspreekt. Je kunt me gewoon "Dad" noemen, zoals Onno doet. Of "vader" of "pa". Desnoods noem je me bij mijn voornaam, wat jij wilt.'

'Dan wordt het Dad,' zei ik blij en vanaf die dag noemde ik hem zo. Dad, of Daddy. Vaak was het Daddy. Eindelijk had ik een echte vader, voor mijn gevoel. Eentje die in balans was. Eentje die me toestond dat ik hem echt kénde.

Mijn aanstaande schoonmoeder was koel. 'Ik zou maar snel in stilte trouwen. Hoe sneller, hoe beter, dan heeft niemand iets in de gaten. Het kind kan altijd zogenaamd te vroeg geboren worden.'

Ik had de neiging om in lachen uit te barsten maar ik hield me in.

Mijn schoonvader kwam opeens tussenbeide. 'In stilte? Ben je nou helemaal betoeterd, Mathilde. Onno is ons enig kind. We zullen de enige gelegenheid in ons leven om de ouders van de bruidegom te zijn toch niet stilletjes voorbij laten gaan?' Hij wendde zich tot Onno en mij. 'We lopen straks even het gemeentehuis binnen en kijken of er over vier weken een mogelijkheid openstaat in de planning. Daarna gaan we direct langs hotel Buitenrust om een receptie en een diner te regelen. En ik bel Geert de Groot, van de drukkerij, of hij vanavond kan langskomen om samen met jullie een trouwaankondiging te ontwerpen. Even actie ondernemen, denk ik, het is een kwestie van strak organiseren.'

Opeens zag ik de man die behalve mijn aanstaande schoonvader ook nog de baas van de stad was. Ik kon niet ophouden met naar hem te kijken, tot ik de blik van zijn vrouw opving.

Ik deinsde terug van de haat die ik erin las.

**

We kwamen terecht in een van de betere nieuwbouwwijken in Rhenen. Drie huizen onder een kap, een kleine voortuin en een grote achtertuin. Ons huis had als enige in de rij aan de achterkant ook nog een serre. Na ons huis hield de straat op en vanuit de achtertuin konden we rechtstreeks het aangrenzende bos in lopen. Ik vond het heerlijk in dat bos. Overal trof ik struiken die in bloei stonden, de een nog voller en kleurrijker dan de ander. Ik keek mijn ogen uit.

Het bos gaf rust. Rust die ik nodig had na de vermoeiende periode die achter me lag. Ik moest nog wennen aan een ander leven, waarop ik me niet goed had kunnen voorbereiden. Ik had erop gerekend dat ik een tijdje als verpleegkundige in Amsterdam zou blijven werken en Onno na zijn diensttijd ergens in de buurt van Amsterdam een baan als kandidaat-notaris zou zoeken. Het krijgen van kinderen stond in eerste instantie niet op mijn verlanglijstje.

Toen ik opnieuw in Rhenen woonde kreeg ik weer meer contact met zuster Meyer. Ze kwam regelmatig even langs om koffie te drinken en ze bracht iedere keer iets mee voor in de luiermand. Minuscule hemdjes, luierbroekjes, sokjes. Een bijtring, een rammelaar, een pluchen teddybeer.

Ik vond dat ze niet steeds iets mee hoefde te brengen maar ze wilde van geen protest weten. 'Laat me nu, ik geniet er zelf nog het meest van,' zei ze als ik aanstalten maakte om te zeggen dat al die cadeautjes niet nodig waren. 'Ik mag me toch wel een beetje oma voelen?' Haar woorden klonken eenzaam en daar raakte ik geëmotioneerd van. Maar er was dan ook weinig nodig om bij mij de tranen te laten stromen. Zuster Meyer verklaarde mij plagend 'emotioneel incontinent'.

Ik probeerde me te beheersen. Maar dat had juist een tegengesteld effect.

'Maak je niet druk om je emoties, ze horen erbij,' zei zuster

Meyer op een middag. 'Kind,' ik hoorde een trillinkje in háár stem, 'het staat je zó mooi, die zwangerschap.'

Toen ik veertien weken zwanger was ging ik voor de eerste keer naar de verloskundige. Ze heette Anja van Geffen en was een vriendin van zuster Meyer. Het was een hartelijke vrouw, die me bij mijn eerste bezoek al glunderend vertelde dat ze al meer dan vierhonderd baby's ter wereld had geholpen. Zuster Meyer was op mijn verzoek met me meegegaan. De vrouwen begroetten elkaar hartelijk en zuster Meyer wees trots naar mijn al erg bollende buik. 'Daar zit een stevig nieuw wereldwonder in, denk je ook niet?' vroeg ze aan Anja. 'Als je het mij vraagt wordt dat een negenponder.'

Ik schrok. 'Dat meent u toch niet?' vroeg ik. 'Ik hoop dat het veel vruchtwater is en een beetje kind.'

'We zullen eens kijken wat we ervan kunnen zeggen,' zei Anja bedaard en ze nam me mee naar de onderzoekkamer. Ze betastte en beklopte mijn buik en deed daarna een inwendig onderzoek.

'Hoelang ben je zwanger, denk je?' wilde ze weten.

'Iets meer dan drie maanden.'

Ze schudde vertwijfeld haar hoofd. 'Dat vraag ik me af,' zei ze. 'Je baarmoeder lijkt me een ander verhaal te vertellen.'

Ze vroeg naar de datum van de laatste menstruatie en we rekenden uit hoe lang ik zwanger kon zijn.

'Mijn conclusie klopt toch?' vroeg ik. 'Misschien is het inderdaad een groot kind. Mijn moeder kreeg ook altijd grote baby's.'

'Dat zegt niet alles,' antwoordde Anja. 'Ik wil je graag over vier weken terugzien.'

Ergens in mijn achterhoofd sloop vanaf dat eerste bezoek aan Anja al een vermoeden rond maar ik negeerde het. Ik had voor mezelf vastgesteld dat ik een groot kind ging krijgen en daar hield ik het bij.

Toen ik voor de tweede keer naar Anja ging, herhaalde zich

het gesprek van het eerste bezoek. De omvang van mijn baarmoeder deed vermoeden dat ik langer zwanger was dan ik dacht. Anja vroeg me dringend of ik per ongeluk niet een keer vergeten was de pil te nemen. Ik begon te twijfelen.

'Laten we het er voorlopig maar op houden dat je toch iets langer zwanger bent dan je denkt,' concludeerde Anja.

Bij het derde bezoek, weer vier weken later, zette Anja de bekende houten toeter op mijn buik. Ik hield mijn adem in toen ik voor de eerste keer het hartje van mijn baby hoorde. Het was een oorverdovend geluid, dat de hele ruimte vulde.

Zuster Meyer was weer met me meegegaan en ik hoorde haar juichen in de spreekkamer. Ik riep haar de onderzoekkamer binnen. Ze huilde van ontroering en ik huilde mee. Anja stond de situatie glimlachend te bekijken en begon toen nog eens aan mijn buik te voelen.

'Het is een erg volle buik, als je het mij vraagt,' zei ze. Toen ze me nogmaals helemaal beklopt en betast had keek ze me aarzelend aan.

'Tja,' zei ze en ze schudde een beetje vertwijfeld haar hoofd. 'Tja, wat zal ik ervan zeggen? Ik denk dat je een tweeling draagt.'

Ik lag haar helemaal perplex aan te kijken.

Ze knikte me geruststellend toe. 'Komen er tweelingen in de familie voor?'

'De moeder van mijn moeder was de helft van een tweeling.'

'En vergeet je schoonmoeder niet,' zei zuster Meyer. 'Die heeft toch ook een tweelingzus?'

Anja begon te lachen. 'Als je het mij vraagt valt er niet aan een tweeling te ontkomen,' zei ze. 'Ik ga een afspraak voor je maken bij de gynaecoloog.'

Toen zuster Meyer en ik weer buiten stonden keken we elkaar nog steeds verbaasd aan.

'Hoe voel je je?' vroeg zuster Meyer.

'Vreemd,' antwoordde ik, geheel naar waarheid. 'Driedubbel

of zoiets,' voegde ik eraan toe. Ik wist niet wat ik precies voelde bij de mogelijkheid dat Onno en ik eind december de ouders van twee kinderen zouden zijn.

23

De mobiele telefoon van Jeroen blijft stil. De batterij is nu bijna leeg.

Gisteravond ben ik een uurtje naar de woongroep geweest. Zodra Jeroen me zag binnenkomen begon hij te glunderen. Hij was nog helemaal vol van Euro Disney en struikelde in zijn enthousiasme over zijn eigen woorden. 'In september gaan we nog een keer,' riep hij en ik zag Harm op de achtergrond instemmend knikken. 'Gaan jullie dan ook mee?'

'Misschien wel,' zei ik. 'Eerst kijken hoe het tegen die tijd met je vader is. We zien nog wel.'

Hij is vandaag helemaal niet bezig met de dommeblondjesmoppen, dacht ik. Normaal gesproken starten onze ontmoetingen altijd met een mop. Maar ik had te vroeg gejuicht.

'Marijke, ik ken nog een nieuwe,' schreeuwde Jeroen bijna. Ik hield mijn handen tegen mijn oren. Maar hij was veel te veel op dreef om daar iets van te merken.

'Waarom drinkt een dom blondje een pak melk altijd al in de winkel leeg?'

Ik keek ernstig vertwijfeld. Jeroen wipte van zijn ene op zijn andere been. 'Omdat erop staat: hier openen.' Hij sloeg me zo hard op mijn schouder dat ik bijna omviel.

'Jeróén!' waarschuwde Harm. 'Je slaat haar bijna doormidden, man. Doe eens even rustig.'

'Ja,' zei Jeroen en hij ging zitten. Hij keek me nog naglimmend aan.

'Hij is goed, hè?' was de laatste vraag volgens het ritueel.

'Hij is goed.'

Ik knuffelde hem en kreeg een hele serie natte klapzoenen.

Er is niet meer gebeld naar de groep, heeft Harm me verteld. Ze hebben er allemaal heel goed op gelet maar de vrouw heeft niets meer van zich laten horen. Jeroen praat ook niet meer over het gesprek, hij lijkt het vergeten te zijn. Inmiddels heeft hij een ander nummer, dat behalve bij het personeel, alleen aan Petra en mij bekend is gemaakt.

'Ik denk dat hij niet meer met dat telefoongesprek bezig is,' vertelde Harm. 'Maar hij heeft wél regelmatig nachtmerries. Eergisteren kon de slaapwacht hem maar met grote moeite rustig krijgen. Jeroen was ervan overtuigd dat iemand jou enge foto's stuurt. Dat droomde hij steeds, vertelde hij. Het was hem niet uit zijn hoofd te praten.'

Hij keek me nieuwsgierig aan. 'Je gaat me toch niet vertellen dat het waar is wat hij droomt?'

'Waarom vraag je dat?' probeerde ik Harm af te leiden.

Zijn blik werd peinzend. 'Hij droomde vorig jaar dat ik een aanrijding kreeg en twee dagen later reed een dronken tor mijn auto total loss. En hij heeft ook gedroomd dat er hier werd ingebroken. We hebben het genegeerd maar het is een feit dat daarna een groot deel van het huis is leeggehaald toen we met de hele groep op stap waren. Zou dat allemaal toeval zijn, wat denk jij?'

Ik kreeg het opeens benauwd. 'Ik moet weg,' zei ik. 'Ik heb beloofd om nog langs Lodewijk te gaan.'

24

Toen ik met Lodewijk op een feestje bij mijn collega Frikke Lammers was uitgenodigd, vertelde hij me spontaan over zijn zoon die niet thuis woonde. Het was in de tijd dat ik voor hem poseerde en er al van alles tussen ons aan het gloeien was. Hij begon er zonder aanleiding over.

'Jeroen is helemaal gezond geboren, het was een beer van een baby. Te groot om op de normale manier ter wereld te komen, hij werd gehaald met een keizersnee. Toen hij vijf maanden oud was hoorde ik Trude, mijn eerste vrouw, op een avond opeens hard gillen. Ik stond boven voordat ik er erg in had en zag dat Jeroen helemaal slap in haar armen lag. Ik heb hem van haar overgenomen en op de achterbank van de auto gelegd. Toen we in het ziekenhuis aankwamen was hij weer bij kennis en bewoog hij weer. Hij bleek een stuip gehad te hebben. We hebben aanvankelijk gedacht dat hij daardoor vaak traag reageerde. Hij was met alles later dan normaal. Maar hij was niet zwakbegaafd, of zoiets.'

Er kwamen allerlei mensen binnen die begroet moesten worden en ons gesprek werd daardoor regelmatig onderbroken. Maar toch wisten we op de een of andere manier steeds de draad weer op te pakken.

'Waar zijn we gebleven?' begon Lodewijk iedere nieuwe start van ons gesprek. Ik vertelde het hem.

'Je let goed op,' constateerde hij droog. 'Ik ben dat niet gewend: vrouwen die kunnen luisteren. Maar ze bestaan dus toch.' Toen Jeroen vier jaar was scheidde Lodewijk van Trude. Het was vanaf het moment dat dit besluit viel duidelijk dat het kind bij hem zou blijven. Trude kon geen kant op met wat zij een merkwaardig jongetje noemde.

'Ze vond haar eigen kind een merkwaardig jongetje,' zei Lodewijk hoofdschuddend. 'Ze kon hem niet in haar eentje opvoeden, zei ze.'

'En jij? Wat vond jij ervan?' wilde ik weten.

Hij glimlachte. 'Nou, eerlijk gezegd wist ik ook niet altijd wat ik van mijn eigen kind moest denken. Maar dat gevoel stamde al uit de tijd voordat hij die stuip kreeg. Eigenlijk was dat er al toen hij nog een baby was. Hij kon je soms zo indringend aankijken, met van die fixerende ogen. Alsof hij dwars door je heen keek. Een beetje eng vond ik dat. Maar meer ook niet.'

Lodewijk hertrouwde en zijn tweede vrouw was dol op Jeroen. Maar ze was dol op iedere man die in de buurt kwam, bleek al gauw. Oud of jong, het maakte niet uit. Binnen een jaar waren ze weer gescheiden.

Tegen de tijd dat Jeroen een jaar of zeven was werd het duidelijk dat er met hem het een en ander aan de hand was. Hij zag en hoorde dingen die er niet waren. Hij associeerde woorden en gebaren van anderen met wat zich afspeelde in zijn hoofd en daardoor reageerde hij vaak op een extreme manier. Zijn reacties waren onvoorspelbaar en meestal niet te volgen. Als hij werd tegengesproken werd hij boos en niet zelden zelfs woedend. Het was allemaal net iets te veel buiten proportie. Lodewijk bezocht verschillende psychiaters met hem en iedereen had een andere mening. Het varieerde van groeistuipen tot autisme maar niemand kreeg er echt een vinger achter. Het beeld was nog niet compleet genoeg om een sluitende diagnose te stellen, werd Lodewijk duidelijk. Het enige waar iedereen het over eens bleek te zijn, was dat Jeroen hallucineerde. Hij zag regelmatig heel leuke dingen. Van het ene op het andere moment kon hij schaterlachend over de grond rollen. Of hij begon opgewonden te praten tegen iets wat hij hoorde en wat hem klaarblijkelijk ook wel beviel. Maar soms werd hij angstig door wat hij waarnam. Lodewijk heeft hem regelmatig nergens in huis kunnen vinden, omdat hij zich had verstopt voor kwade stemmen of mannen die hem belaagden. Het waren altijd mannen, ze waren altijd reusachtig groot en hij zag er altijd een paar tegelijk.

'Heb je daarom niet nog meer kinderen gekregen?' vroeg ik.

'Omdat Jeroen ziek was? Durfde je het niet meer aan?'

'Nee, dat speelde niet voor mij. Ik wilde graag meer kinderen maar mijn echtgenotes niet. Mijn derde vrouw heeft het wel overwogen maar ze bleef de boot afhouden. Ze was bang voor een bevalling. Eigenlijk was ze overal bang voor. Behalve voor andere mannen, voor andere mannen maakte ze een uitzondering. Ik ben veel te lang bij haar gebleven,' besloot hij bitter.

Ik had niet veel zin in uitweidingen over de huwelijken van Lodewijk en hij leek het te merken. 'Laat ik je niet vermoeien met verhalen over mijn mislukte relaties,' zei hij. 'We hadden het over mijn zoon. Heb je ervaring met mensen die geestelijk niet in orde zijn?'

Ik was ter plekke bijna in lachen uitgebarsten. Dat was nu nét een vraag om aan mij te stellen. Ik voelde me een expert in de omgang met gestoorde mensen. Je moest eens weten, zou ik het liefst hebben geantwoord. Hoeveel gevallen wil je horen? Ik heb ze in allerlei soorten en maten in de aanbieding. Een getraumatiseerde vader, een volslagen geschoffelde schoonmoeder in tweevoud en een hypochondere depressieve echtgenoot. Allemaal zonder enig ziektebesef. Kies maar uit.

Maar dat zei ik niet. Ik hield de boot af. 'Niet echt,' murmelde ik. 'Je komt in het ziekenhuis wel eens vreemde figuren tegen.'

Ik bracht het gesprek weer terug op het onderwerp Jeroen.
'Weet je nu wat er precies met hem aan de hand is?'
'Jawel,' antwoordde Lodewijk. 'Via Frikke kwam ik in contact met een psychiater die veel ervaring had met dit soort kinderen. Hij was er snel achter. Jeroen lijdt aan schizofrenie. Zonder medicijnen zou hij voortdurend psychotisch zijn. Tegenwoordig krijgt hij elke week een tablet, die de psychoses tegenhoudt. Het luistert heel nauw dat hij die pil slikt. Jeroen is snel misselijk en spuugt dan meteen. Daarom hebben we geprobeerd om het medicijn per injectie te geven. Maar hij is ontzettend bang voor een prik, dat levert een onbeschrijflijk theater op. Behalve de depotpil slikt hij dagelijks pillen waardoor hij zich rustig blijft voelen. Verder functioneert hij het best als er rust en regelmaat in zijn leven is. Daarom is hij toen hij in de puberteit kwam uit huis gegaan en in een woongroep terechtgekomen. Ik gaf thuis les en Jeroen raakte de kluts kwijt van al die mensen die maar in- en uitliepen. Hij woont nu gewoon in een huis, samen met nog zeven andere jonge mannen. Er is vierentwintig uur per dag toezicht. Het project valt onder een psychiatrische instelling.'

Er fladderde een vlinder door de kamer en een van de gasten probeerde hem met een zakdoek in de richting van het raam te bewegen.

Lodewijk keek toe. 'Vlinders zijn zijn grote favorieten,' ging hij verder. 'Jeroen is altijd heel erg bezig met de natuur. Alles wat beweegt moet beschermd worden, in zijn ogen. Hij kan er niet tegen als het gras wordt gemaaid, want dan komen de insecten die ertussen zitten in de maaimachine. Ik maai het gras dan ook nooit als hij thuis is. Ik moet ook uitkijken dat ik geen mug of vlieg doodsla waar hij bij is. Daar kan hij buiten zinnen door raken. Zelfs het opruimen van een mierennest is een probleem, al weet hij dat zoiets heel veel ellende veroorzaakt. En alle groenten die we eten moeten onbespoten zijn en regelrecht uit de natuur komen. Hij is soms uren bezig met zoeken naar kruidenplanten in mijn tuin of in het bos dat even verderop ligt. Hij kent de namen van al die planten.'

Hij keek me nadenkend aan. 'Het klinkt zwaar, hè? Schizofrenie. Veel mensen denken dat zo iemand gevaarlijk gek is. Er zijn heel wat vrienden afgehaakt toen bekend werd dat Jeroen eraan lijdt.'

Ik aarzelde. 'Eerlijk gezegd weet ik niet veel van schizofrenie af. Ik heb de A-verpleging gedaan, daar leer je er niets over.'

'Het is een defect in de psyche van een mens. Mensen die eraan lijden kunnen zich niet binden. Ze hebben ook een zwak sociaal kader, om niet te zeggen helemaal geen. Dat was bij Jeroen al op jonge leeftijd heel duidelijk. Hij speelde altijd alleen en kon er niet goed tegen om samen met andere kinderen te zijn. Hij heeft nog steeds geen diepe contacten met anderen. Ook niet met mij. In de woongroep leeft hij zijn eigen leven maar hij laat zich wel door de begeleiders uitnodigen om iedere avond ten minste een uur samen met de anderen in de woonkamer te zitten. Hij weet dat het scoort als je iemand netjes begroet, dus dat doet hij. Hij kan heel goed sociaal aanvaardbare antwoorden geven. Maar het komt niet uit hemzelf. Hij zou niet weten hoe hij het moet verzinnen.'

Hij grinnikte in zichzelf.

'Waar denk je aan?' vroeg ik nieuwsgierig.

'Hij moet niets hebben van lichamelijk contact. Maar mijn derde vrouw heeft geprobeerd hem te leren dat je vrienden en familie met een kus begroet. Als je niet oppast, grijpt hij je en loop je het risico te worden bedolven onder kletsnatte zoenen. Hij denkt dat het zo hoort.'

'En verdere affectie? Knuffelt hij ook niet met meisjes?'

Lodewijk zuchtte diep. 'Knuffelen heeft te maken met sociaal contact. Hij laat zich wel eens knuffelen door mensen die heel bekend zijn maar hij heeft het zelf niet in de aanbieding.'

'Wat doet hij de hele dag?'

'Hij werkt bij een tuincentrum. Dat gaat goed. Er zitten daar nog een paar andere mannen uit zijn groep. Ze hebben een vaste begeleider. Hij verdient er een redelijke hoeveelheid zakgeld maar als hij iets nodig heeft komt hij het rustig aan míj vragen. Hij spaart alles op. Ik vind hem een echte krent. Gierig als de neten. Hij valt dood op een cent.'

We moesten allebei lachen om Lodewijks laatste woorden.

'Wat is er nog meer zo merkwaardig aan hem?' wilde ik weten. Ik had het gevoel dat Lodewijk nog niet alles had verteld.

'Hij droomt over dingen die dan later toevallig gebeuren.'

'Hoe bedoel je: toevallig?'

'Wat ik zeg. Hij droomt en er gebeurt wat hij droomde. Maar volgens mij heeft hij in die gevallen eerder iets gehoord en daar blijft hij dan mee bezig. Ik droom ook vaak over dingen die me geraakt hebben. Jij niet?'

Ik gaf geen antwoord.

Er kwamen verschillende mensen op Lodewijk af die een praatje met hem begonnen. Hij seinde achter hun ruggen om dat hij weer terug zou komen om verder met mij te praten. Het duurde een paar uur voor het zover was. Ik stond op het punt om aan te kondigen dat ik wilde vertrekken.

'Vind je het een vreemd verhaal, over Jeroen?' hoorde ik opeens naast me.

'Ook goedenavond,' glimlachte ik. 'Begrijp ik het goed: praten we weer verder?'

'Nog even afronden. Ik rond altijd graag een gesprek goed af,' stelde hij voor.

'We hadden het over het eventuele merkwaardige aspect van Jeroen. Zijn voorspellende dromen,' gaf ik een voorzetje.

'Ik denk toch meer in de richting van toeval,' besliste Lodewijk. 'Hij droomde eens een keer dat onze schildpad doodging en een paar dagen later bleek het dier dood onder een struik te liggen. Maar toen zei hij zelf dat hij al langer wist dat het beestje ziek was. Hij heeft een heel zuiver gevoel voor dieren. Logisch dat hij droomt dat een ziek dier doodgaat.'

'Kan zijn,' peinsde ik. 'Maar toch sluit het voor mij niet uit dat hij een sterk intuïtief gevoel zou kunnen hebben voor dingen die gaan gebeuren.'

'Geloof jij in die onzin? Ik niet,' antwoordde Lodewijk. 'Ik heb nooit aandacht aan zijn dromen besteed. En ik heb hem al tijden niet meer over enge dromen horen praten. In de woongroep hebben ze volgens mij ook nog nooit iets aan Jeroen gemerkt.'

'Zie je hem vaak?'

'Regelmatig. Ik help in ieder geval altijd mee als er in het huis iets wordt georganiseerd en Jeroen komt eens in de drie, vier weken een weekend naar huis. Dan tekent hij uren achtereen bomen of bloemen en planten die in de tuin staan. Hij heeft talent voor schilderen, mijn talent. Maar hij kan er niets mee. Alleen het talent is niet genoeg. Je hebt er ook gezond verstand bij nodig.'

'Dat klinkt een beetje wrang,' zei ik.

'Het is ook wrang. Krijg je maar één kind, is het zijn hele leven afhankelijk van medicijnen en zit er een steekje los.' Hij zuchtte. 'Heb jij kinderen?' vroeg hij.

'Nee,' antwoordde ik, 'zal ik nog iets te drinken halen?'

25

Een paar maanden geleden las ik in een tijdschrift een interview met een bekende Nederlander. Hij was vader van drie kinderen, vertelde hij. Twee leefden er, de jongste was dood. Maar hij zou het nooit in zijn hoofd halen om te zeggen dat hij maar twee kinderen heeft. De derde zal er altijd bij blijven horen.

Ik zeg nooit dat ik twee kinderen heb. Of heb gehad. Ik noem nooit hun namen. Slechts enkele mensen uit mijn omgeving weten dat mijn meisjes hebben geleefd. Dat ze Claire en Roos heetten.

Ze liggen op het kerkhof in Rhenen, waar ook hun vader is begraven. Ze liggen daar nu al achtentwintig jaar. Mijn schoonvader heeft hun grafje jarenlang verzorgd maar sinds hij dood is zal niemand er waarschijnlijk meer naar omkijken. Ik zal dat moeten gaan regelen, ik kan ze daar niet aan hun lot overlaten. Of moet ik het zelf gaan doen? Zou het werkelijk waar zijn, dat je een onverteerbaar groot verdriet pas kunt verwerken als je het regelmatig naar buiten laat komen? Als je erover praat? Als je het deelt met mensen die erbij waren?

Ik heb nog maar weinig mensen over om mee te delen. Nog maar weinig mensen die ik ken weten wat er destijds in mei is gebeurd. Mijn aangetrouwde ex-tante Janine weet het maar zij is zo verknipt als maar mogelijk is. Ze trok zich, net als haar zuster, weinig van mijn tweeling aan toen de meisjes nog leefden, laat staan toen ze waren overleden. Zuster Meyer wist het maar die is er ook niet meer. Mijn zusje Suus weet het maar zij woont in Australië. Ik heb haar al jaren niet gezien en hoor heel weinig van haar. Ik neem aan dat Hetty en Piet junior het weten maar die hebben nooit meer iets van zich laten horen toen ik weigerde om ook met mijn moeder te breken. Mijn moeder weet het. Ik heb haar gevraagd of ze het er nooit meer over wil hebben, tot ik er eventueel zelf over begin. Ik weet dat ze er nog aan denkt, soms zie ik vragen in haar ogen. Maar ze spreekt ze niet uit.

Mensen die in Rhenen wonen of gewoond hebben weten het maar ik ken hen niet of heb geen contact meer met hen. Ik ben vertrokken. Eerst een tijdje naar Spanje, daarna naar het zuiden van het land. Verdwenen zonder een adres achter te laten. Ik heb alle schepen achter me verbrand.

Lodewijk, Petra en enkele intieme vrienden weten dat ik eerder getrouwd ben geweest en kinderen heb gehad. Er viel niet aan te ontkomen er iets aan hen over te vertellen. Maar echt mededeelzaam ben ik niet geweest, dat kan ik niet.

De herinnering aan het verlies van mijn kinderen is een mijnenveld. Het zit in iedere porie van mijn huid, in al mijn botten, in mijn spieren, mijn ledematen, mijn organen.

In mijn hoofd.

In mijn hart.

In mijn ziel.

Ik kan niet praten over wat er toen daadwerkelijk gebeurd is. Ik heb kunnen overleven door het nooit aan iemand te vertellen. Door de woede binnen te houden. Een deel van mijn woede heb ik verborgen in het uiterste puntje van mijn wezen en het ligt zó diep dat ik er zelf niet meer bij kan. Het andere deel ligt op het kerkhof in Rhenen.

26

De laatste tijd geeft het grote huis me een onbehaaglijk gevoel. Dat heb ik nooit eerder gehad. Ik zeg wel eens gekscherend tegen Lodewijk dat wij asociaal veel ruimte hebben maar daar blijft het bij. Lodewijk is erg verknocht aan het huis en hij moet er niet aan denken om het te verkopen. Dat begrijp ik wel, want hij heeft het destijds heel bewust gekocht om het te gebruiken voor zijn schilderactiviteiten. Hij heeft jarenlang lesgegeven aan kleine groepen jonge getalenteerde schilders die uit alle delen van de wereld kwamen. De grote schuur op het erf is omgebouwd tot lesruimte en ook voorzien van een kleine keuken, een eetkamer en enkele toiletten. De groepen zorgden zelf voor hun maaltijden en de deelnemers sliepen in de zes logeerkamers die het huis bezit. Toen ik hier kwam wonen heeft Lodewijk een aparte toegangsdeur voor de logeerkamers gemaakt, zodat wij onze privacy konden hebben. En later heeft hij ook nog een tussendeur geplaatst, waardoor het huis een volledig gescheiden logeergedeelte heeft.

Ik merk dat ik iedere avond voor ik ga slapen het slot op de voordeur van de logeerkamers extra controleer. En ik kijk ook nog een keer of de tussendeur in het huis goed dicht zit. Misschien is het verstandig om er nog een paar grendels op te zetten.

Ik kan de dromen van Jeroen niet uit mijn hoofd krijgen. Hoe weet hij dat ik brieven ontvang? Heeft hij iets gezien toen hij thuis was? Heb ik een opmerking gemaakt waardoor hij gealarmeerd werd? Ik pieker erover en ik kom er niet uit. Voor zover ik weet is er geen enkele aanleiding geweest waardoor Jeroen zoiets zou kunnen dromen. Ik moet iets te doen hebben om te voorkomen dat mijn gedachten te veel op hol slaan, denk ik. Dat fietsen zal me goed doen. Als ik terug ben ga ik met de behandelend arts van Lodewijk praten over de mogelijkheid om Lodewijk verder thuis te laten revalideren. Ik weet dat hij naar huis wil, hij heeft het er steeds vaker over. Hij kan weer traplopen en we kunnen de fysiotherapeut aan huis laten komen. Ik kan zelf ook oefeningen met hem doen. Als Lodewijk thuis is, gaat het huis weer leven, denk ik. Ga ik zélf weer leven. Ik mis hier niet alleen mijn maat. Ik verlang niet alleen naar zijn lijf. Ik ben zélf niet meer compleet. Er is een stuk van mijn leven weg. Het stuk dat me houvast gaf. Waardoor mijn voeten de grond raakten en mijn ogen de realiteit vasthielden.

Ik sta niet meer stevig en ik zie niet meer goed. Dat is één deel van het vreemde gevoel in mij.

Het andere deel maakt me pas echt onrustig. Ik realiseer me iedere dag meer dat ik al jaren heb zitten wachten op het moment dat mijn geluk me opnieuw door de vingers ging glippen. Ik weet steeds zekerder dat ik al duizenden keren achterom heb gekeken of ik niet gevolgd werd. Dat ik altijd vaker dan één keer de sloten op de deuren controleerde. Dat ik post zonder afzender wantrouwde.

Er is altijd al iets geweest wat mij wilde inhalen.

Ik voelde het.

Ik hoorde het.
Het was in mijn buurt.

Ik moet het tegenhouden.

27

Het is de nadrukkelijke stilte in het huis, die me steeds meer gaat tegenstaan. Het huis lijkt er drie keer zo groot door. Ik heb geen overzicht meer. De eenzaamheid slokt mij op.

Ik mis het om voor iemand te zorgen.

We zorgen voor elkaar. Ik heb dat vanaf het moment dat ik in dit huis ben komen wonen als een vanzelfsprekendheid beschouwd.

Lodewijk heeft een gloeiende hekel aan kleding kopen en ik verras hem vaak met iets nieuws. Een lekker warm vest voor koele avonden, sportieve broeken met op de meest onwaarschijnlijke plaatsen opgestikte zakken, alle kleuren sokken waar berenfiguurtjes zijn ingeweven. Hij is gek op beertjes. In onze slaapkamer zit al jaren een enorme bruine teddybeer die hij als kind op de kermis heeft gewonnen. Die beer mag nooit weg, heeft hij me verteld. Die beer hoort bij hem. Misschien moet hij uiteindelijk wel mee met Lodewijk het graf in. Tegen die tijd hebben we het er nog wel eens over, heb ik altijd gedacht.

Hij komt vaak met een nieuw kettinkje voor me thuis, of met een aparte armband. Lodewijk houdt niet van gewone sieraden, wat hij meebrengt moet speciaal zijn. Soms zegt hij opeens tegen vier uur in de middag dat hij met me wil dineren en daarna naar de schouwburg gaan. Meestal heeft hij al kaartjes voor een voorstelling waarvan hij weet dat ik die wil zien.

Minstens eens in de drie weken ontdekken we zomaar dat we opnieuw willen trouwen en dat doen we dan.

'Geef me je rechterhand,' is het vaste ritueel dat Lodewijk daarbij uitvoert. Hij zegt dat ernstig en plechtig. 'En zeg me na: Ik, Marijke, neem jou, Lodewijk, tot mijn wettige *husband*. *For better and for worse*.' Ik herhaal iedere keer even plechtig zijn woorden.

'Dan mag je nu de bruidegom kussen,' is daarna steevast zijn vergenoegde uitnodiging.

Ik mis de vanzelfsprekendheid van onze rituelen. Ik raakte er eindelijk aan gewend dat het leven er goed uitzag.

De eerste jaren van ons huwelijk kregen we maar om één ding ruzie: de achterdochtige vragen die Lodewijk mij stelde over mijn mogelijke belangstelling voor andere mannen. De eerste keren dat het gebeurde staarde ik hem verbaasd aan. Ik begreep niet hoe hij erop kwam dat ik een oude bekende uit Sittard, die intussen al jaren stralend gelukkig getrouwd was met een vroegere collega, eventueel gevaarlijk leuk kon vinden.

'Heb je iets met hem gehad?' vroeg Lodewijk.

'Wat doet het ertoe?' reageerde ik nors. 'Waar gaat dit over?' Een dergelijk antwoord was voor hem het bewijs dat ik iets te verbergen had en zijn conclusie stond direct vast. Ik had iets met de bewuste man gehad en was stiekem nog een beetje verliefd.

Ik wist dat Lodewijk veel verdriet had gehad over de ontrouw van zijn vorige echtgenotes en dat die weggelopen moeder ook niet bepaald bevorderend was geweest voor zijn vermogen om vrouwen te vertrouwen, maar ik wilde zijn angst voor herhaling niet op mij geprojecteerd hebben. Er ontstonden spanningen en venijnige gesprekken. Meestal trok Lodewijk zich daarna mokkend in zijn atelier terug en kwam dan later nog namopperend weer tevoorschijn. We spraken het uit en kusten het af. Naarmate we langer samen waren nam zijn angst af en lukte het hem zelfs zijn eigen achterdocht belachelijk te maken.

We hadden een druk sociaal leven. Behalve de schildergroepen was er altijd wel iemand die even tot rust moest komen en zijn of haar intrek nam in een van de logeerkamers. Maar dat ging nooit ten koste van de aandacht die Lodewijk en ik aan elkaar wilden geven. We raakten gewoon nooit uitgepraat en ik herinner me dat ik eens een keer tegen hem zei dat ik heel bewust genoot van wat wij samen hadden.

'Hoe bedoel je dat?' vroeg hij.

'Precies zoals ik het zeg. Ik lees vaak in de krant dat mensen van onze leeftijd plotseling overleden zijn en dan denk ik: stel je voor dat zoiets ons overkomt. Ik wil in dat geval mezelf niet moeten verwijten dat ik mijn geluk zomaar langs me heen heb laten gaan.'

Hij keek me ernstig aan. 'Later nooit hoeven zeggen dat je niet besefte hoe goed het was?' informeerde hij.

'Precies. Kijk om je heen, het kan zomaar voorbij zijn.'

'Niet bij ons, schat, zeker niet bij jou. Jij bent al een keer te veel aan de beurt geweest.'

Diep in mijn hart was en ben ik het nog steeds met hem eens. Ik zou wel eens willen weten op grond waarvan ik nog een keer moet verliezen wat ik liefheb.

Nadenken over het heden is altijd beter dan me bezighouden met het verleden, ook al is het heden door de klap die Lodewijk maakte op losse schroeven komen staan. Petra vroeg me een paar dagen geleden waar ik me zorgen over maakte. Was er iets met Lodewijk wat ik niet wilde vertellen?

Er zijn geen geheimen, heb ik uitgelegd. Wat ze ziet is de schrik die kamerbreed over me heen is gedenderd. Die schrik zit diep. Ik heb tijd nodig om me eroverheen te zetten.

Het is de halve waarheid. De foto's, het krantenbericht en de telefoontjes houden me bezig. Wat moet ik ermee? vraag ik me af. Hoe serieus moet ik het nemen? Ik zie overal in de buurt rode auto's rijden. Soms heb ik het gevoel dat er iemand van een heel grote afstand naar me zit te loeren. Ik moet een ander telefoonnummer aanvragen, een geheim nummer. Ik doe er verstandig aan om geen onbekende post meer te openen. En als er dan toch nog dingen gebeuren die me een onveilig gevoel geven, zal ik de stoute schoenen moeten aantrekken en aangifte doen van bedreiging.

Ik kan niet mijn hele leven blijven vluchten voor zaken die me van mijn stuk brengen. Het zou een verstandig besluit zijn om een definitieve streep te zetten onder de herinneringen aan mijn eerste leven. Maar hoe doe ik dat?

Ik denk de hele dag aan vrijwel niets anders.

Mijn handen liggen zonder dat ik ze daartoe opdracht heb gegeven regelmatig op mijn buik.

Ik zie overal moeders met meisjestweelingen lopen.

**

De gynaecoloog bij wie ik terechtkwam bevestigde het vermoeden van de verloskundige. Er werd een echoscopie gemaakt en daarop waren duidelijk de contouren van twee baby's te zien. Vanaf dat moment was ik officieel in verwachting van een tweeling. Behalve mijn nadrukkelijke afkeer van koffie en de lust in gebakken uien, had ik geen vreemde verschijnselen. Maar ik groeide wel heel hard. Toen ik vijf maanden zwanger was dacht menigeen dat ik elk ogenblik moest bevallen.

Het was een warme zomer en mijn bolle buik zat me danig in de weg als ik iets wilde ondernemen. Behalve het ongemak was ik ook steeds sneller moe. Mijn moeder kwam regelmatig een paar dagen naar Rhenen en ze trof daar enkele keren zuster Meyer, die veel van de huishoudelijke klussen van mij overnam. De dames bemoederden me en ik vond alles best. De pret was helemaal compleet als ook mijn schoonvader op het toneel verscheen. Dat gebeurde vaak na vier uur in de middag, als de vergaderingen op het stadhuis achter de rug waren en Dad post en bestuurlijke stukken moest lezen.

'Morgen begin ik wat vroeger,' deelde hij meestal mee. 'Morgen haal ik de schade van vanmiddag weer in.'

Hij beweerde dat zó vaak dat ik een enorme achterstand met zijn werk begon te vermoeden.

Mijn schoonvader was een handige man en hij repareerde alles wat kapotging in huis. Ik moest altijd lachen als ik hem zag aankomen in zijn keurige kostuum. De burgers moesten eens weten, dacht ik dan, dat hij binnen enkele minuten na binnenkomst zijn colbert over een stoel zou hebben geslingerd, de mouwen van zijn overhemd zou hebben opgestroopt en in zijn stofjas in het keukenkastje kroop om de afvoer te repareren. Terwijl hij bezig was vroeg hij me van alles. Hoe ik me voelde, of de kleintjes nog steeds goed bewogen, of we al namen hadden bedacht, of ik weer kon wennen in Rhenen en of ik gelukkig was.

'Zorgt die zoon van mij wel goed voor je?' vroeg hij soms. Ik antwoordde altijd dat alles in orde was. Ik vertelde er niet bij dat Onno regelmatig een dag thuisbleef omdat hij hoofdpijn had, of misselijk was of ergens anders over klaagde. Ik had het evenmin over hoe ik tegen die ziekmeldingen aan keek.

Ik bakte appeltaart voor Dad, omdat ik wist dat hij daar dol op was. Hij bracht beschuit met muisjes mee voor bij de thee en vertelde me dat hij die muisjes zo lekker vond. 'Je krijgt ze altijd alleen tijdens de kraamtijd en die duurt maar kort. Laten we gewoon de maanden die we nog moeten wachten al vóór-eten,' stelde hij op samenzweerderige toon voor.

Ik genoot van mijn schoonvader. Naarmate ik hem beter leerde kennen ging ik meer van hem houden. Ik vertrouwde hem. Op een middag zat ik hem peinzend te bekijken terwijl hij de draadbreuk in het snoer van mijn strijkijzer repareerde.

'Wat zit je te denken?' vroeg hij.

Ik aarzelde. 'Ik zit te denken dat u een vader bent zoals een vader hoort te zijn,' antwoordde ik.

'En hoe hoort een vader volgens jou te zijn?'

'Vriendelijk, behulpzaam, voorspelbaar.'

'Is je eigen vader dat ook?'

Ik schudde mijn hoofd.

'Ik dacht al zoiets,' zei hij. 'Wil je me erover vertellen?'

Ik vertelde hem over het ongeluk dat mijn vader had veroorzaakt en over de gevolgen daarvan. Dad luisterde zonder me in de rede te vallen. Toen ik was uitverteld zuchtte hij diep. 'Ik dacht al dat er iets ernstigs aan de hand was. Maar je vader zou hulp kunnen krijgen van een psychiater. Daar zijn die lui voor. Je moeder trouwens ook. Weten ze dat?'

Ik haalde mijn schouders op. 'Mijn vader wil geen hulp en mijn moeder omzeilt alles wat met het ongeluk te maken heeft,' zei ik. 'Mijn vader heeft altijd gezegd dat het beter voor hem is om er nooit meer over te praten.'

'Dat ligt natuurlijk voor iedereen verschillend,' antwoordde mijn schoonvader. De draadbreuk was gerepareerd en hij liep met het strijkijzer naar een stopcontact om te kijken of het ding het weer deed. 'Maar door praten verwerk je je geschiedenis volgens mij toch beter. Hoewel, dat kan ik natuurlijk gemakkelijk zeggen. Ik heb niet dronken achter het stuur gezeten en een kind doodgereden. Een kind verliezen, ik moet er niet aan denken.' Het was even stil tussen ons.

Ik zag hem bijna denken. 'Ik wil je nog meer vragen,' zei Dad, 'als je dat goedvindt.' Mijn hart begon te bonken.

'Heb je er last van gehad? Van wat je vader heeft gedaan?' Ik moest slikken.

'Ja, wij allemaal thuis. Maar mijn moeder vooral. Mijn moeder ving de meeste buien op. Hij kan nogal somber zijn en bepaalt daardoor voortdurend de sfeer in huis. Iedereen gaat ervan op zijn tenen lopen.'

Dad keek me ernstig aan. 'Ik dacht het al. Ik dacht het al.'

Vanaf die middag spraken we regelmatig over mijn vader en over mijn jeugd. Ik vertelde mijn schoonvader alles wat ik me herinnerde. Soms werd het me te veel, dan troostte hij me.

Ik vertelde ook tegen Onno wat er allemaal gebeurd was. Soms spraken we er met ons drieën over. Onno reageerde minder begripvol dan Dad. Hij werd boos op mijn vader en verweet hem dat hij zijn frustraties op zijn gezin had afgereageerd.

'Daar had hij het recht niet toe,' was Onno van mening. 'Moet je zien waar het toe heeft geleid. De kinderen zijn de deur uit gevlucht en missen een veilige basis. Ik heb pas een artikel gelezen over de impact van onverwerkte trauma's op kinderen en zelfs kleinkinderen. Daar moet je toch niet aan denken, dat onze kinderen later misschien ook nog last hebben van wat jouw vader heeft meegemaakt?'

'Dat zullen ze niet hebben,' beweerde ik stellig. 'Onze kinderen krijgen een warm nest. In ons huis is toch niets aan de hand? Daar kunnen wij toch zelf voor zorgen?' Ik sprak opeens met stemverheffing.

Mijn schoonvader keek naar me en ik meende een verwonderde blik in zijn ogen te zien. 'Ik denk dat Marijke gelijk heeft, de omstandigheden zijn niet te vergelijken,' zei hij. 'En jullie práten met elkaar, dat scheelt. Praten is altijd het beste wat je kunt doen.'

Hij bleef me aankijken.

We richtten de babykamer in en Onno's vader was gul met zijn financiële steun. Hij stond erop om twee wiegjes en een tweelingkinderwagen te mogen geven. Maar hij deed het aanbod wel toen Mathilde er niet bij was.

Ik zag mijn schoonmoeder weinig. Ze kwam nooit naar ons huis en ik ging weinig naar de burgemeesterswoning, tenzij er niet aan te ontkomen viel. Maar ik vond het geen ramp dat ik Onno's moeder weinig zag. Het was veel gezelliger als mijn schoonvader kwam, of mijn moeder en zuster Meyer. Die leefden hartelijk mee en verwenden me.

Ik was heel sloom, de maanden dat ik zwanger was. Sloom, traag, niet erg alert. Ik zat samen met mijn kindjes in een soort cocon broeds te zijn. Veel van wat er om me heen gebeurde ontging me. Later heeft zuster Meyer me verteld dat ze al veel eerder had willen voorstellen om Onno eens naar een neuroloog te laten doorverwijzen, omdat hij opvallend vaak viel of ergens tegenaan stootte. Ze vond het zorgelijk maar wilde mij er niet mee belasten.

Ik zag niets. Ik dacht nergens diep over na. Ik sliep een groot deel van de dag. Ik droomde van mijn kinderen. Ik staarde met verbazing naar mijn bolle strakke buik en voelde met mijn handen waar de baby's zich bewogen. De gynaecoloog vertelde me dat ik rekening moest houden met een te vroege bevalling. Maar dat wist ik al. Ik had in de tijd dat ik mijn stage gynaecologie en verloskunde liep al enkele keren de vroeggeboorte van tweelingen meegemaakt. Ik had ook meegemaakt dat de kinderen niet levensvatbaar bleken maar daar dacht ik niet meer aan. Mijn kinderen zouden waarschijnlijk te vroeg komen en dat was maar goed ook, want ik geloofde niet dat mijn huid op een bepaald moment nog voldoende rekbaarheid zou hebben om de groei te volgen.

Ik praatte tegen mijn buik. Ik sloeg mijn armen om mijn knieën, trok de enorme bolling naar me toe en ik vertelde de kleine mensjes die in mij zaten dat ik naar hen verlangde en hen nu al meer liefhad dan ik ooit enig ander levend wezen zou kunnen liefhebben. Ik zong slaapliedjes voor hen en suste hen als ik voelde dat ze onrustig waren. De wereld bestond uit ons drieën en de rest. Als ik met Onno in bed lag liet ik hem met zijn rug tegen mijn buik liggen, zodat hij de trappelende voetjes kon voelen. Hij moest ervan huilen.

**

Het was eind november en ik was acht maanden zwanger. De laatste vier weken groeide ik nauwelijks meer en de gynaecoloog had me verteld dat hij me iedere week wilde zien.

Ik was al twee dagen achter elkaar bezig geweest met schoonmaken en ik stond zelf verbaasd over alle energie die opeens tevoorschijn kwam. Het hele huis glom en blonk. Ik liep er tevreden naar te kijken.

Mijn schoonvader was bij me en plakte de voorband van mijn fiets. Die stond al een tijdje lek maar de klus had wat mij betrof geen haast. Ik zag mezelf voorlopig niet op een fiets zitten.

Ik was misselijk en had daardoor nog niet kunnen eten. Ik zette thee en toen ik de waterketel van het fornuis wilde halen kromp ik opeens in elkaar van een snijdende pijn in mijn onderbuik. Ik hapte naar lucht. Op dat moment kwam mijn schoonvader uit de bijkeuken tevoorschijn. Hij schrok toen hij me zag. 'Ga gauw zitten,' zei hij en hij trok een stoel onder de keukentafel vandaan. 'Wat is er gebeurd?' De pijn was weer weggetrokken.

'Ik weet het niet,' stamelde ik, nog een beetje verbijsterd door de pijnscheut. 'Misschien spelen mijn darmen een beetje op.' Ik kon nauwelijks praten, omdat ik begon te klappertanden.

'Diep ademhalen,' adviseerde Dad en ik deed gehoorzaam wat hij zei. Opeens golfde er een enorme lading vocht tussen mijn benen vandaan. Ik zat er met grote ogen naar te kijken.

'Je vliezen zijn gebroken,' constateerde Dad. Ik knikte wezenloos.

Mijn schoonvader liep naar de telefoon en belde direct een ambulance. Een halfuur later lag ik op de onderzoektafel in het ziekenhuis en zag ik mijn gynaecoloog binnenkomen. Hij glimlachte geruststellend naar me en onderzocht mijn buik. Ik had voortdurend krimpende pijnen en kon mijn ademhaling met moeite in bedwang houden. De gynaecoloog liet een hartfilmpje van de baby's maken.

Hij glimlachte opeens niet meer maar keek ernstig. 'We gaan de kinderen halen,' zei hij tegen me. 'Ze hebben het moeilijk.'

Ik werd weggereden en voelde hoe mijn schoonvader nog snel een kus op mijn voorhoofd drukte. 'Hou je taai, liefje,' zei hij schor. 'Het komt allemaal goed. Volhouden, hè? Je kúnt het.'

'Onno?' vroeg ik nog.

'Ik zorg dat hij snel komt,' hoorde ik Dad zeggen voordat de deuren achter mij dichtzwiepten.

Alles ging in een roes.

'Wanneer hebt u voor het laatst gegeten?' vroeg de vrouw die waarschijnlijk de anesthesiste was.

'Gisteravond,' antwoordde ik. 'Vanmorgen was ik te misselijk.'

'Goed,' zei ze tevreden. 'Algehele narcose.'

Ik voelde dat er een infuus in mijn arm werd aangebracht en de gynaecoloog kwam me nog even zeggen dat ik nergens bang voor hoefde te zijn.

Het volgende dat tot me doordrong was dat er een figuur naast mijn bed zat. Ik had moeite om mijn ogen te openen en vroeg me af waar ik was en hoe ik hier verzeild was geraakt. Toen ontdekte ik dat de figuur naast me Onno was.

Hij keek me lachend aan. 'Dag mooiste moeder van de hele wereld,' fluisterde hij. 'Ben je er eindelijk weer?'

Ik probeerde overeind te komen maar werd direct misselijk.

Onno streelde me over mijn voorhoofd. 'Blijf maar rustig liggen,' zei hij. 'Het werk zit erop. We hebben twee prachtige dochters, hoor je me? Twee prachtige dochters en ze zijn helemaal gezond. Alles erop en eraan. Twintig teentjes, twintig vingertjes, je weet niet wat je ziet. Ze moeten nog een poosje in de couveuse blijven maar volgens de dokter hebben ze een goede kans. Ze worden nog even geholpen met ademhalen maar ze kunnen het eigenlijk al zelfstandig. Twee dochters, je hebt het goed gehoord. Ik ben verschrikkelijk trots op je.'

Ik kon hem alleen maar aanstaren. Zijn woorden drongen

nauwelijks tot me door. Direct daarna viel ik opnieuw in een diepe, droomloze slaap.

Mijn ouders kwamen naar het ziekenhuis en mijn moeder duwde de rolstoel waarin ik zat naar de couveuseafdeling. Ze was helemaal ontroerd toen ze de twee kleine meisjes in die couveuse zag spartelen. De verpleegkundige die dienst had vertelde dat het echte druktemakers waren.

'Dat was zij ook,' wees mijn moeder op mij. 'Nooit stilliggen, altijd schreeuwen van de honger, hè Piet?'

Mijn vader knikte instemmend maar hij zei weinig. Ik zag hem bijna gebiologeerd naar de baby's kijken. Zijn ogen stonden zachter dan ik ooit eerder had gezien.

Mijn schoonmoeder kwam één keer tijdens de tien dagen die ik in het ziekenhuis lag. Ze presteerde het om te zeggen dat ik jammer genoeg niet wist wat een bevalling werkelijk inhield, omdat ik niets van de geboorte had gemerkt.

'Een operatiewond aan je buik is anders ook niet alles,' verdedigde Onno mij.

'Niet te vergelijken met een echte baring,' was zijn moeder van mening. 'Sommige mensen boffen werkelijk altijd.'

Ik had de neiging om te vragen over wie ze het precies had maar ik hield me in. Toen ze was vertrokken vertelde ik tegen Onno dat hij zijn moeder voorlopig bij me uit de buurt moest houden.

'Zal geen moeilijke opdracht zijn,' grapte hij.

Ik kreeg een ontsteking aan de operatiewond en moest opnieuw aan het infuus om een grote hoeveelheid antibioticum snel te laten inlopen. Daardoor was het direct gedaan met de borstvoeding. Ik voelde me totaal mislukt en huilde uren achtereen. Van pijn, van emotie, van angst.

'Waar ben je bang voor?' vroeg mijn schoonvader toen hij me in tranen aantrof.

'Dat ik het niet kan, kinderen opvoeden. Dat er iets met ze zal gebeuren als ik niet oplet.'

Hij streelde me over mijn wang. 'Ik geloof dat iedere moeder die net een bevalling achter de rug heeft zulke dingen denkt,' zei hij teder. 'Dat had Mathilde ook, als ik me goed herinner. Volgens mij zijn het de hormonen die je uit balans hebben gebracht. Maar ik ben ervan overtuigd, lieve schone dochter van me, dat jij de liefste en de beste moeder van de wereld wordt. Bént,' herstelde hij zijn woorden onmiddellijk, 'bént. Ik weet het zeker: jij bent een oermoeder.'

28

De radiostilte duurt nu al bijna twee weken. Er zijn geen anonieme telefoontjes meer geweest, ik heb geen brieven meer ontvangen. In het revalidatiecentrum wordt goed opgelet of eventueel een onbekende naar de toestand van Lodewijk informeert en wie er op bezoek komt. Ik heb daar uitgebreid met Irma over gesproken.

Ze keek wel een beetje vreemd op toen ik erover begon. 'Wat is er aan de hand?' wilde ze weten. 'Heeft het iets te maken met de foute medicatie die hij kreeg?'

Ik heb geaarzeld over wat ik precies zou zeggen. Irma heeft de verzorgenden die dienst hadden op de avond dat Lodewijk waarschijnlijk een forse dosis slaapmedicatie slikte aan een grondig verhoor onderworpen. Ze beweerden dat ze zich niet konden herinneren dat ze hem iets hadden gegeven maar een van hen leek daar toch niet helemaal van overtuigd. Het is een nieuwe verzorgster, heeft Irma me verteld. Het is een onzeker meisje dat regelmatig fouten maakt. Maar geen ernstige fouten. Ze vergeet bijvoorbeeld in het afsprakenschrift te kijken en daardoor lopen er zaken mis. Of ze belt niet op tijd een familielid, terwijl dit duidelijk is afgesproken. Tot nu toe heeft Irma nog nooit gemerkt dat ze een fout maakte bij de verzorging van de cliënten.

Ik heb besloten dat ik denk dat deze verzorgster tóch per ongeluk aan Lodewijk de slaappillen heeft gegeven die voor een ander waren bestemd. Dat is de enige manier om mezelf gerust te stellen. Maar ik ga er verder geen probleem van maken. Hij is gewoon weer wakker geworden en hij heeft er niets aan overgehouden.

'Dat avontuur met die slaappillen is goed afgelopen,' heb ik tegen Irma gezegd. 'Waar mensen werken, worden fouten gemaakt.'

'Maar wat is er dan nog meer?' wilde Irma weten.

'Vreemde voorgevoelens van een echtgenote die een beetje de kluts kwijt is, omdat haar man al zo lang van huis is,' probeerde ik een beetje gekscherend te doen. 'Let maar niet op mij. Ik zal wel spoken zien. Maar ik wil gewoon graag zeker weten dat er goed op hem wordt gelet.'

Irma begreep het wel, zei ze. Ze zou zelf ook zo reageren.

Iedere keer als ik bij Lodewijk ben, check ik de afspraken.

Het is goed mogelijk dat mijn besluit om het getreiter van Janine te negeren het gewenste resultaat heeft opgeleverd. Ik denk toch het meest in de richting van Janine, ook al let ik steeds goed op of ik gesluierde vrouwen zie opduiken. Als ik eerlijk ben kan ik me niet voorstellen dat ik van een oude, instabiele vrouw als zij iets te vrezen zou hebben. Net als bij haar zus was het altijd een hoop geschreeuw maar weinig wol. Als ze maar aandacht kregen, dáár ging het om. Ik moet alert blijven, die foto's en krantenknipsels heeft ze niet voor niets gestuurd. Ik ben er ook van overtuigd dat zij degene is die opbelt. Maar ik betwijfel of ze in de auto stapt en helemaal naar het zuiden van het land zal rijden. Dat doet ze niet, laat ik dat maar vaststellen. Janine heeft niets te maken met die slaappillen en ze surveilleert ook niet door de straat waar ik woon, laat staan dat ze me volgt. Ik zie spoken die er niet zijn. Ik moet er rekening mee houden dat het mei is. In mei ben ik nu eenmaal niet op mijn best.

Ze is gestoord, daar ben ik al jaren geleden achter gekomen, maar ze zal niet het risico lopen dat ze kan worden betrapt.

Ik ga dat lesbische misbaksel geen prominente plaats in mijn gedachten geven. Ze hoort niet in mijn leven, voor mij is ze dood. Ik check alleen met een bepaalde regelmaat de afspraken over wie er bij Lodewijk mag worden toegelaten. Dat voelt rustiger.

En ik roep mezelf direct een halt toe als ik merk dat ik naar gesluierde vrouwen loer.

Toen Petra voorstelde om er samen een paar dagen tussenuit te gaan om te fietsen in Drenthe, reageerde ik enthousiast maar met een dubbel gevoel. Aan de ene kant blijf ik liever in de buurt van Lodewijk en Jeroen maar aan de andere kant wil ik ook graag een paar dagen in een vreemde omgeving zijn. Diep in mijn hart hoop ik dat ik minder droom als ik een paar avonden goed moe en met stevige zadelpijn in mijn bed plof.

Lodewijk drong erop aan dat ik zou meegaan. 'Je ziet er moe uit,' zei hij gisteren tegen me. 'Je piekert. Niet tegenspreken. Ik zie het toch? Je ziet eruit zoals je er altijd uitziet als het mei is. Maar nu kan ik je niet afleiden. Laat Petra dat maar doen.' Lodewijk weet dat mei een maand is die ieder jaar voorbij moet zijn. Hij weet ook dat ik in mei mijn gezin ben kwijtgeraakt. Ik heb hem verteld dat ze een auto-ongeluk kregen.

Ik heb wel tegen Petra gezegd dat ik een eigen hotelkamer wil, omdat ik erg onrustig slaap. Ze heeft dat schouderophalend beloofd. Voor haar was het niet nodig, was de boodschap. Zij zou daar geen problemen mee hebben.

Maar ik wil 's nachts alleen zijn. Het is me te intiem, een kamer delen met iemand anders dan Lodewijk. En ik wil geen vragen krijgen over de nachtmerries die mogelijk tevoorschijn komen.

Petra heeft gevraagd of ze de avond voor we vertrekken bij mij kan komen slapen. Dat scheelt haar de dag van vertrek een extra reis vanuit het dorp waar ze woont. 'We kunnen dan weer eens een filmavondje houden,' stelde ze voor. 'Dat is al veel te lang geleden. Ik mis onze avondjes.'

Ik ook. We kijken al een paar jaar samen regelmatig naar mooie films. Lodewijk noemt het vrouwenfilms. Tranentrekkers, drama's voor huilebalken. Wij laten hem lekker kletsen. Een van Petra's zonen heeft een hele collectie films. Toen we een dvd-speler aanschaften, heb ik een van onze logeerkamers in beslag genomen als filmkamer. Er staan twee luie ligbanken en ik heb een breedbeeldtelevisie aangeschaft. Petra en ik beschouwen de kamer als onze eigen huisbioscoop.

We praten altijd nog uren na als we naar een film hebben gekeken. Dat zijn leuke gesprekken, op die manier hebben we elkaar heel goed leren kennen en zijn we veel over elkaar te weten gekomen. Petra weet dat ik liever niet kijk naar films waarin kinderen doodgaan. En ik hoef ook geen films te zien waarin iemand zelfmoord pleegt.

Petra is niet nieuwsgierig naar verhalen waar moeders hun kinderen verlaten.

Ze heeft een film meegekregen die ze al een hele tijd wil zien, vertelt ze, als ze binnenkomt. Ze heeft hem gemist toen hij in de bioscoop draaide. 'Kijk, deze bedoel ik,' zegt ze trots. Ze houdt een dvd in haar hand.

Ik kan de titel niet lezen en draai de voorkant in mijn richting. De Tweeling, lees ik. Ik aarzel.

'Niet goed?' vraagt Petra. 'Het moet een prachtige film zijn.' Ze klinkt verdedigend.

'Dat heb ik ook gehoord. Ik heb het boek gelezen. In één adem uitgelezen,' zeg ik zo vriendelijk mogelijk. Ik meld er niet bij dat ik me er dagenlang beroerd door heb gevoeld. De combinatie tweeling en elkaar verliezen was een beetje veel van het goede.

'Heeft het met vroeger te maken?' Petra's vraag is meer een constatering, hoor ik. 'Ja, ik zie het al.'

Ze zwijgt een moment nadenkend. 'Wat is er toch met je aan de hand?' vraagt ze.

'Niets,' zeg ik net iets te haastig.

Petra blijft me zwijgend aankijken.

'Ik kan momenteel niet goed tegen een film over een tweeling,' leg ik uit.

'Maar geen verdere mededelingen,' stelt Petra vast. Het klinkt stroef.

'Even niet.'

'Waarom niet?'

'Het is niet echt belangrijk. Denk ik.' Ik begrijp uit mijn eigen woorden dat ik niet wil dat het belangrijk is. Die eer ga ik Janine niet gunnen. 'Het heeft niets met jou te maken,' voeg ik eraan toe. 'Het is niet dat ik je niet vertrouw.'

'Zeg eens eerlijk,' nodigt Petra me bedachtzaam uit, 'wie jij wél vertrouwt.'

Ik schrik van haar vraag. Ik vertrouw Lodewijk, zou ik willen uitroepen. Ik vertrouw mijn goede vrienden Frikke en zijn vrouw Hester. Ik vertrouw jou. Maar er komt opeens geen woord over mijn lippen.

Petra legt een moment losjes een hand op mijn arm. Ze raakt me maar een paar seconden aan maar toch kan ik een rilling bijna niet onderdrukken. 'Je vertrouwen geven aan anderen is een besluit,' zegt ze ernstig. 'Het hoort niet als vanzelfsprekend bij een liefdesrelatie. Of bij een goede vriendschap. Het komt niet zomaar aanwaaien. Het heeft te maken met respect.'

Ik staar haar aan.

'Ik bedoel respect voor de betrouwbaarheid van de ander. Durven erkennen dat die ander jouw vertrouwen waard is.' Petra knikt bevestigend om haar eigen woorden. 'Dat is het vooral: die erkenning. Denk je ook niet?'

Ze heeft gelijk, ik weet het.

'Er is vanavond een aflevering van de nieuwe serie over inspecteur Linley,' zegt Petra. 'Op België één. Daar kunnen we ook naar kijken.'

Ik neem me voor om in de komende dagen iets aan Petra te vertellen over wat Janine aan het doen is.

Na Linley stel ik voor om nog een kleine wandeling te maken voor we gaan slapen. Het is zacht weer. Een aangenaam frisse lenteavond. Je ruikt bijna het speelse jonge groen dat overal om je heen al is losgebarsten. De nacht ziet er helder en wakker uit. De sterren glinsteren.

'Het wordt morgen prachtig weer, als je het mij vraagt,' zegt Petra. Ze heeft me direct toen we buiten kwamen vastgegrepen en nu lopen we stevig gearmd het tuinpad af. 'Moet je die sterren eens zien.' Ze wijst naar boven. 'En de bloemen slapen,' gaat ze verder. 'Kijk, die tulpen hier. Zo mooi dicht. Of ze willen zeggen: even niet storen.'

Ik volg haar blik. De tulpen staan inderdaad te slapen. Er hangt een vochtige, ontspannen waas over het grasveld. De aarde slaapt ook.

'Doe je dat altijd?' wil Petra weten. 'Loop je altijd 's avonds nog even buiten?'

'Vaak wel,' zeg ik. 'Tenzij het hoost van de regen.'

Ik tuur om me heen en zoek stilstaande rode auto's. Maar ik zie er geen.

'Zoek je iets?' vraagt Petra.

'Ik kijk even welke kant we op zullen gaan.' Heb ik de voordeur eigenlijk wel op het veiligheidsslot gedraaid? Ik kan het me niet herinneren. Maar dat is ook een automatisme. Ik draai de deur altijd op het veiligheidsslot. Geen paniek. Niets laten merken.

'Laten we maar een klein rondje maken,' stel ik voor. 'Ik merk dat ik erg moe ben.'

Het liefst zou ik ter plekke rechtsomkeert maken. Maar ik loop dapper door.

29

We gaan eerst met de trein naar Assen, de fietsen kunnen in een aparte wagon. In Roermond stappen twee mannen in die ook een fiets bij zich hebben.

Petra stoot me aan als ze hen op het perron ziet staan. 'Zie jij wat ik zie?' vraagt ze en ze duidt met een hoofdknik op de mannen. 'Vooral die links staat, goedemorgen zeg, wat een beauty.'

Ik kijk oplettend naar het onderwerp van Petra's enthousiasme en ik moet zeggen dat het inderdaad een aantrekkelijke man is. Hij is lang, slank, breed in de schouders en smaller op de heupen. Zijn kortgeknipte haar is gemêleerd zwartgrijs van kleur en als hij onze richting uit kijkt zie ik dat hij helblauwe ogen heeft. Onze blikken ontmoeten elkaar en ik kijk snel van hem weg maar zie toch nog dat hij even glimlacht.

'Zouden die ook vier dagen Drenthe doen op de fiets?' Petra kijkt me vragend aan.

'Dat zou wel érg toevallig zijn,' antwoord ik.

Petra kijkt opnieuw aandachtig naar de mannen. De andere man is kleiner en een beetje gedrongen. Maar ik vind dat hij een gemoedelijke uitstraling heeft.

'Nou ja, we merken het wel,' zegt Petra net iets te luchtig.

De heren hebben inderdaad ook vier dagen fietsen in Drenthe geboekt. Ze heten Hans en Herman en zijn al vanaf hun lagereschooltijd bevriend, vertellen ze ons als ze zich genoeglijk tegenover ons hebben genesteld. Ze hebben wel zin in een praatje en vinden het een leuk idee dat Petra en ik hetzelfde reisdoel hebben als zij.

'Ik hoop dat het genoegen wederzijds is,' zegt Hans, de mooie man, en hij kijkt ons om beurten uitnodigend lachend aan.

'Tja, zeg dáár nu eens nee op,' antwoordt Petra voor ons beiden.

In Assen wordt onze bagage in een gereedstaand busje geladen en beginnen wij aan het eerste deel van de tocht, dat in verband met de mogelijke reistijd minder kilometers dan de volgende dagen zal hebben. Het is zacht voorjaarsweer en er waait een matige wind. We besluiten eerst tien kilometer te fietsen en dan ergens een gelegenheid te zoeken om te lunchen.

'Eerst fietsen?' vraagt Herman met een bezwaard gezicht. 'Ik rammel nu al van de honger.'

'Dat doe jij altijd, kerel, dat zegt bij jou helemaal niets,' zegt Hans. Hij wendt zich tot ons. 'Weten jullie hoe wij Herman op kantoor noemen? Meneer Is Er Iets Te Eten.' Hij grinnikt. 'Daarom moeten we nu ook vier dagen fietsen, beetje vet verteren.'

'Jij hebt gemakkelijk praten,' moppert Herman. 'Jij met je adonislijf.'

Het is gezellig. Heel onverwacht gezellig. We wisselen tijdens de tocht steeds van fietspartner. Petra rijdt het eerste deel samen met Hans en ik met Herman. Ze zijn beiden advocaat, vertelt hij me, en ze hebben samen een praktijk. Ze trekken al vanaf de vierde klas van de lagere school met elkaar op en voelen zich meer broers dan vrienden. Ze zijn bijna gelijktijdig getrouwd en vlak na elkaar gescheiden. Herman heeft sinds vier jaar een nieuwe vriendin maar Hans kan de ware nog niet vinden. 'Hij zoekt te hard,' vindt Herman.

'Hoezo?' vraag ik.

'Hij doet er te veel zijn best voor en hij wordt veel te snel verliefd.'

'Zit je over me te kletsen?' roept Hans over zijn schouder. 'Geloof niet alles wat hij zegt, Marijke. Die kerel is een enorme fantast.'

Herman en ik grinniken. 'Hij vindt je aardig,' constateert Herman. Ik snap niet waar hij dat nu weer vandaan haalt. Volgens mij heeft mooie Hans alleen maar oog voor Petra. En dat is wat mij betreft het beste, ik ben niet gaan fietsen om een andere man te ontmoeten. Opeens wil ik dicht bij Lodewijk zijn. Ik probeer me voor te stellen hoe hij nu ergens in de huiskamer van het revalidatiecentrum in zijn rolstoel zit en oefeningen doet met de fysiotherapeut of de logopedist. Hij is de laatste weken verbazingwekkend goed vooruitgegaan. Een paar dagen geleden heb ik samen met hem een stukje gelopen en het viel me op hoe stevig hij op zijn benen stond. Hij vraagt sinds kort naar vrienden en kennissen en hij verlangt naar huis.

'Ik weet niet of ik direct een hek om het trapgat kan zetten,' zei hij toen we samen door de gang liepen.

'Dat is niet meer nodig, ik heb het al door een timmerman laten doen,' antwoordde ik. 'Herinner je je iets van de val?'

Hij schudde langzaam zijn hoofd. 'Helemaal niets, maar soms heb ik het gevoel dat ik heel dicht bij de herinnering in de buurt zit.'

'Jeroen heeft gedroomd dat iemand je duwde,' zei ik zo luchtig mogelijk.

Lodewijk keek me ernstig aan. 'Die droomt wel vaker rare dingen. Ik ben niet geduwd.'

Maar hij droomde ook van foto's die ik gekregen heb, had ik willen zeggen. Op dat moment realiseerde ik me dat de woorden van Harm over die droom van Jeroen nogal bij me waren binnengekomen. Maar ik zei niets. Ik had op dat moment ook geen gelegenheid om me verder druk te maken over de dromen van Jeroen, omdat Lodewijk me opeens heel intens begon te kussen. We waren in zijn kamer beland. 'Doe die deur eens op slot,' zei hij.

'Waar denk je aan?' vraagt Herman. Hij kijkt me oplettend aan.

'Aan van alles, niets speciaals,' zeg ik en ik probeer overtuigend te klinken.

Petra gebaart dat ze naast me wil komen rijden en Herman maakt plaats voor haar. 'Zat je aan Lodewijk te denken?' vraagt Petra zacht, zodat alleen ik haar vraag kan horen. Ik knik. Ik voel dat ik bloos.

Ze legt even een hand op mijn arm. 'Daar hoef je toch niet van te blozen.' Ze kijkt me aan met een vragende blik in haar ogen. 'Ach, ik begrijp het,' grinnikt ze. 'Spannende gedachten, zeker?'

Ik wrijf over mijn gezicht. 'Jij mag niet meer raden. Hij is weer helemaal beter aan het worden.'

'Zullen we even stoppen?' roept Hans. 'Jullie zien er moe uit, dames. Verderop zie ik iets wat op een wegrestaurantje lijkt. Laten we daar even wat gaan drinken.'

'Eten,' kermt Herman, 'ik wil éten!'

30

Ik heb het scenario zorgvuldig bedacht. Minstens vijfentwintig kilometer fietsen terwijl je niet getraind bent betekent zadelpijn en zwieberbenen. Als je dan op de plaats van bestemming de eerste moeheid van je af laat glijden onder een hete douche, daarna uitgebreid gaat eten en een paar stevige glazen wijn achteroverslaat, word je lekker los in het hoofd en kun je gemakkelijk in slaap komen en diep en droomloos slapen.

Het verloopt exact zoals ik gedacht had. Het eten is heerlijk, de wijn smaakt goed en de stemming is uitstekend. Hans en Herman zijn gezellige kerels, die met veel humor over hun ervaringen in hun advocatenpraktijk vertellen. Ze noemen geen namen van cliënten en ze hebben het vooral over de zaken die voor vreemde situaties zorgden tussen hen als partners. Die twee zijn duidelijk behoorlijk aan elkaar gewaagd.

Ik voel me rozig worden en krijg slaap. 'Het wordt bedtijd,' kondig ik aan. 'Voor mij, althans.' Ik sta op.

Petra wuift in mijn richting. 'Ik ga zo ook naar boven,' zegt ze. 'Als mijn glas leeg is.'

Ik groet de anderen en loop de trap op. Ik verlang naar mijn bed. Dit wordt heel lekker slapen, vannacht. Ik voel het. Slapen zodra mijn hoofd het kussen raakt. Diep en droomloos.

Het inslapen lukt, alleen het droomloze is niet vol te houden. De droom van deze nacht heb ik al vaker gehad. Ik droom het verhaal dat de buren me vertelden. Ik kijk door hun ogen naar mezelf en zie dat ik in de achtertuin van een van mijn buren verschijn.

Ik wankelde de tuin in, werd me later verteld. Ik wankelde en leek een geestverschijning door mijn lijkwitte verwrongen gezicht en holle, starende ogen. De buren hadden een tuinfeest met een barbecue georganiseerd omdat ze tien jaar getrouwd waren en samen zeventig werden. Iedereen uit de straat was er, behalve Onno en ik. Ik moest werken en had beloofd om na mijn werk nog even langs te komen.

Onno voelde zich niet goed. Hij was in die periode regelmatig heel erg somber. Hij was ervan overtuigd dat hij een ongeneeslijke ziekte had en kon niet accepteren dat het volgens onze huisarts alleen maar inbeelding was. Hij had het idee dat de hele wereld zich tegen hem keerde. De bewijzen waren zo duidelijk als ze maar konden zijn, was zijn stellige overtuiging. Hij viel vaak, struikelde steeds en verloor op de vreemdste momenten zijn evenwicht. En hij kwam van het ene op het andere moment in een totaal andere stemming terecht.

Zijn wisselende stemmingen maakten het onmogelijk om te blijven werken. Hij had concentratiestoornissen en werd woedend om de meest onbenullige zaken. Die woede trok dan meestal wel snel weer weg maar de notaris voor wie Onno werkte wilde niet dat de cliënten in zo'n ongewisse situatie verzeild raakten. Eerst liet hij Onno nog administratieve klussen afhandelen maar toen er een paar keer ernstige fouten in aktes waren geconstateerd vertelde de notaris dat het hem beter leek als Onno zich ziek meldde en niet meer op kantoor verscheen. Onno verviel daarna een tijdje in een apathische stemming en bleef dagen op bed liggen. Nadat hij van de huisarts nieuwe medicijnen had gekregen verbeterde zijn stemming en werd hij weer actiever. Maar hij had het minstens één keer per dag over doodgaan.

Hij was ervan overtuigd dat hij leed aan de ziekte Chorea van Huntington. Toen hij dat voor de eerste keer hardop zei, schrok ik me wild. Chorea van Huntington? Dat klonk niet goed. Ik dook in mijn studieboek over neurologie en zocht het op. Ik herinnerde me een jonge man die aan deze ziekte leed en die ik verpleegde toen ik mijn stage neurologie deed. Hij was in het eindstadium. Ik werd misselijk bij de herinnering.

Het was een erfelijke aandoening, las ik, die bepaalde delen van de hersenen aantast. De eerste symptomen openbaren zich meestal tussen het vijfendertigste en vijfenveertigste levensjaar maar kunnen ook eerder of later optreden. Zij uiten zich in on-willekeurige bewegingen die langzaam verergeren, verstande-lijke achteruitgang en een verscheidenheid aan psychische symptomen. De ziekte leidt gemiddeld na een achttiental jaren tot de dood van de patiënt, veelal door longontsteking die wordt veroorzaakt door verslikken.

Onno verslond alles wat hij kon vinden over de ziekte die hij meende te hebben en hij vertelde me dat hij niet van plan was om het eindstadium te bereiken. Ik geloofde niet dat hij Cho-rea van Huntington had. Iets in mij ontkende dat Onno aan deze ziekte leed. Maar ik kon niet precies zeggen waar ik dat op baseerde. Ik wilde het niet zeggen. Ik wilde dat Onno me vertrouwde en dat hij ervan overtuigd was dat ik hem zou hel-pen. Dus ik lette er angstvallig op dat mijn mening niet leek op afwijzing of op ongeloof. Ik probeerde te sussen, gerust te stellen en de hoop op herstel overeind te houden. Het kwam volgens mij allemaal omdat hij zich te veel zorgen maakte en daardoor het zicht op de realiteit verloor. Maar ik kon praten als Brugman. Hij was er niet van te overtuigen dat hij alleen geestelijk ziek was. Hij bleef apert weigeren om in therapie te gaan. Hij liet zich niet gek praten, beweerde hij. Zijn moeder en zijn tante steunden hem. Hij zocht geen steun bij zijn vader. Alles wat hij zei concentreerde zich op de ziekte Chorea van Huntington. 'Weet je wat me te wachten staat?' vroeg hij me. 'Weet je dat? Ik kan straks niet meer lopen, ik word waarschijnlijk zwaar dement en weet van voren niet meer dat ik van achteren leef. Niemand gelooft me als ik zeg dat ik een ziekte heb. Ook al zie je niets op een ecg, dat betekent niet dat er niets aan de hand is. Ik wankel, ik struikel, ik val, ik kan mijn eigen spieren niet beheersen. Allemaal psychisch, zeker? Jij gelooft me ook al niet. Het loopt helemaal verkeerd af. Denk je dat ik daarop ga wachten?'

Hij was boos, woedend, razend. Schopte tegen muren en deuren, raasde en tierde. Hij verzon allerlei manieren waarop hij zelfmoord zou kunnen plegen. Maar hoe kwaad hij ook was, hoe hij ook tegen me schold en me soms zelfs bedreigde, hij heeft nooit, op geen enkele manier iets dreigends in de richting van de kinderen gezegd. Nooit. En het is ook nooit in me opgekomen dat hij de kinderen iets zou aandoen.

*

Alle buren zijn er. Ze hebben gedronken, dat hoor ik al vanuit de verte. Er wordt gelachen en gezongen, een beetje gegild. Het is donker op het pad dat achter de tuinen langs loopt maar in de tuin waar het feest wordt gegeven hebben ze enkele fakkels aangestoken en er hangen ook een heleboel lampionnen. Mijn benen strompelen op het licht af. Er is iets met mijn voet. Ik hoor wel mensen maar ik zie ze niet. Ik zie alleen twee kleine meisjes in hun bedjes liggen. Doodstil, zonder te ademen. Met halfopen oogjes waaruit de schitterlichtjes voor altijd verdwenen zijn.

Opeens schreeuwt er iemand die blijkbaar vlak naast me staat.

'O god, Marijke, wat is er met je? Waar is Onno? Wat is er gebeurd?'

Ik begin te gillen.

31

Er zit iemand aan mijn schouders te rukken. Wie is midden in de nacht de kamer binnengeslopen? Ik sla om me heen.

'Marijke! Word eens wakker! Doe je ogen open. Wat is er? Je hebt een nachtmerrie. Je schreeuwt het hele hotel bij elkaar.'

Ik worstel me los en duw de handen van mijn schouders af. Als ik mijn ogen opendoe zie ik Hans op mijn bed zitten.

Ik staar hem verbijsterd aan en trek snel het T-shirt recht dat ik gelukkig draag.

'Ik slaap in de kamer hiernaast,' zegt hij. 'Ik hoorde je gillen. Je deur was niet op slot. Sorry dat ik zomaar binnenkom maar je hield niet op en ik was bang dat je erin zou blijven. Gaat het weer een beetje?'

Ik zit te rillen en hij trekt de dekens wat hoger om me heen. Het helpt niet.

'Dit is niet goed,' zegt Hans als ik begin te klappertanden. 'Wat moet ik doen? Mag ik je vasthouden?'

Hij wacht mijn antwoord niet af en slaat zijn armen om me heen. Na een paar minuten kan ik weer beter ademhalen en voel ik me warmer worden. Hans laat me langzaam weer los.

'Hoe laat is het?' vraag ik.

'Halfzes. Kun je nog een beetje slapen, denk je?'

Ik schud mijn hoofd. 'Ik wil niet meer slapen. Ik ga zo wel een stukje buiten wandelen. Dat helpt altijd goed.'

'Dan ga ik mee,' beslist Hans. 'Als het mag.'

Ik geef geen antwoord.

Het kan vreemd lopen, bedenk ik als ik een kwartier later samen met Hans door het park wandel, dat rondom het hotel ligt. Aan de achterkant van het hotel ontdekken we een grote vijver waar we een reiger storen in zijn poging om een visje uit het water te halen. Hij vliegt met klappende vleugels weg en hij stoot daarbij een ontevreden geluid uit. Er staan enkele banken bij de vijver en Hans stelt voor daar te gaan zitten. We zitten een tijdje zwijgend naast elkaar. Om ons heen zijn alleen de kwetterende vogels te horen die hun ochtendrituelen uitvoeren. Nu en dan wipt er een merel of een mus langs de vijverkant en pikt de zaden die door de vijverplanten worden uitgestrooid. Het hotel slaapt nog, er is nergens achter de ramen enige actie waar te nemen. En ik zit in de vroege ochtend in een onbekende tuin naast een man die ik vierentwintig uur geleden nog nooit had gezien. Alsof dat de gewoonste zaak van de wereld is. Hans zit een beetje voorovergebogen, zijn ellebogen rusten op zijn knieën. Er straalt een prettig aanvoelende rust van hem uit en hoe het komt weet ik niet, maar opeens begin ik te praten. 'Ik heb die nachtmerries vooral in de maand mei. Dan droom ik van dingen die lang geleden gebeurd zijn.'

'En die er nogal hebben ingehakt, geloof ik,' vult Hans aan.

'Ja.'

Hans kijkt me aan en ik heb de indruk dat hij naar de juiste woorden zoekt voor wat hij wil zeggen. Hij glimlacht even. 'Het klinkt een beetje zweverig, vind ik, en ik ben juist helemaal niet zweverig. Maar vanaf het moment dat ik je in de trein zag zitten had ik het gevoel dat ik je kende. Niet in die zin dat we elkaar ooit eerder hebben ontmoet maar op een andere manier. Ik weet het niet precies. Kan het een soort geestverwantschap zijn, denk je?' Hij kijkt me een beetje vertwijfeld aan en wrijft even over zijn stekelige haren.

'Ja, dat kan,' beaam ik, 'soms heb je dat opeens. Je bij iemand thuisvoelen.'

Hij knikt bedachtzaam. 'Wil je me iets over de dingen die toen gebeurd zijn vertellen?' vraagt hij.

Er valt een stilte tussen ons.

De vogels die overal om ons heen aan het tsjilpen en fluiten waren zijn opeens helemaal stil geworden. Of zijn ze weggevlogen? Ik kijk om me heen. Ze zitten er nog. Naast elkaar op de takken.

Ik wil het vertellen, weet ik. Ik wil vertellen wat er gebeurde met Onno.

**

Onno wilde de tweeling graag naar onze beide moeders vernoemen en ik steigerde bijna toen hij dit voorstelde. Ik werd helemaal beroerd bij de gedachte dat een van mijn dochters Mathilde zou heten. Mathilde, de naam álléén al. En daarnaast ook nog de wetenschap dat ik de rest van mijn leven voortdurend aan mijn ongenaakbare schoonmoeder herinnerd zou worden. Dat was te veel van het goede, hield ik Onno voor. En zijn moeder had die eer echt niet verdiend. Ik voelde me door Onno in de steek gelaten. Betekende dit voorstel dat hij de houding van zijn moeder goedkeurde? Of alleen maar bagatelliseerde?

Hij suste me en verzekerde me dat hij absoluut aan mijn kant stond. 'Ik wil de kinderen niet dezelfde naam geven als hun oma's,' probeerde hij me te overtuigen. 'Maar we kunnen toch één van de namen van onze moeders als roepnaam gebruiken? '

'Wat had je dan gedacht?' vroeg ik achterdochtig.

'Mijn moeder heet Mathilde Clairence Maria. We zouden een van de kinderen Claire kunnen noemen. En jouw moeder heet Helena Rosaly Elisabeth. Dan kan toch het andere meisje Roos heten? Claire en Roos van Waalwijk. Ik vind dat heel mooi klinken. En het is een gebaar in de richting van onze moeders. Misschien dat we bij die van mij daarmee een gevoelige snaar raken en ze zich ook wat toegankelijker naar jou toe gaat opstellen. Dat zou ik zo fijn vinden.'

Ik gaf toe, met diep in mijn hart de hoop dat Onno zich hierdoor beter zou voelen. Het was me opgevallen dat hij dingen die hem dwarszaten voortdurend vertaalde in allerlei pijntjes en kwalen. Ik probeerde te vermijden dat hij boos werd en gaf hem dus maar zijn zin.

Claire en Roos. Het waren mooie namen.

Mathilde nam niet eens de moeite om te reageren toen we de namen van de meisjes bekendmaakten. Onno liep daarna drie dagen rond met stampende hoofdpijn en was duizelig. Zijn vader probeerde hem af te leiden. Hij kwam iedere dag en soms zelfs twee keer. Vaak verontschuldigde hij zich voor de opvallende afwezigheid van zijn vrouw. 'Ze vindt kinderen pas leuk als ze wat zelfstandiger zijn. Mathilde is nu eenmaal geen doorsnee vrouw, moet je maar denken. Maar ze is wel trots, hoor. Dat merk ik aan alles.'

Ik vond hem te lief om te vragen waar hij dat aan merkte. En als ik eerlijk was hinderde het me ook niet erg dat ik mijn schoonmoeder weinig zag. Wat mij betrof bleef ze weg. Ik had liever dat mijn eigen moeder kwam en zuster Meyer. Dat waren vrouwen met wie ik kon praten en die oog hadden voor mijn zorgen. Vooral toen het steeds duidelijker werd dat het niet goed ging met Onno.

Zuster Meyer zei het als eerste. 'Het doet me toch steeds meer denken aan een neurologisch ziektebeeld,' was haar antwoord op een middag toen we theedronken en ik haar vertelde wat me opviel aan Onno. Hij struikelde vaak en raakte als hij ergens op afliep uit balans, waardoor hij in de tegenovergestelde richting terechtkwam. En hij gedroeg zich regelmatig onaangenaam. Hij mokte, mopperde, schold me plotseling uit. Later had hij daar dan veel spijt van en putte zich uit in verontschuldigingen.

'Ik snap zelf ook niet waar het allemaal vandaan komt,' had Onno me de dag ervoor nog huilend verklaard. 'Ik ben mezelf soms niet. Mijn benen leiden een eigen leven, ik struikel zomaar ergens over, ik laat van alles uit mijn handen vallen. En die huisarts blijft maar beweren dat ik overspannen ben. Waarvan in hemelsnaam? Ik heb alles wat ik wensen kan. Ik ben niet overspannen, ik ben ziek. Wat heb ik? Ik ben bang.'

Ik zocht zelf contact met de huisarts en verklaarde ferm dat het volgens mij tijd werd om Onno te verwijzen naar een neuroloog.

Met een enigszins verontwaardigde blik in zijn ogen schreef de huisarts de verwijzing uit en overhandigde hem aan mij. 'Ik verwijs hem liever naar een psychiater,' zei hij. Het klonk nogal bot. Hij zag dat ik schrok. 'Uw man heeft, als ik het goed begrepen heb, ook dagen dat hij gewoon loopt en nergens last van heeft. Hij lijkt zich tamelijk sterk op zijn gezondheid te fixeren. Daarin draaft hij nogal stevig door, vindt u zelf ook niet?' 'Wat bedoelt u daarmee?' vroeg ik. Ik stond al bij de deur. Wat mij betrof hoefde ik het antwoord niet te horen.

'Ik bedoel de hypochondere inslag, de neiging om te overdrijven, behoefte hebben aan aandacht en die behoefte vertalen in pijntjes en kwalen.'

Ik keek hem verbouwereerd aan. 'U kent mijn man duidelijk niet goed,' antwoordde ik hoofdschuddend. 'En hij komt beslist geen aandacht te kort.'

Ik verliet zijn spreekkamer in een ijzige stilte en toen ik buiten stond vloekte ik hartgrondig. Ik was kwaad op mezelf. Waarom deed ik zo hautain tegen die man? Hij bedoelde het goed, hij wilde me geruststellen. Waarom maakte ik een tegenstander van hem, terwijl hij precies zei wat ik zelf steeds zat te denken?

Ik was bang, heb ik later begrepen. Bang voor wat er werkelijk aan de hand was. Bang voor wat ons te wachten zou staan als duidelijk werd dat er bij Onno geen sprake was van een neurologische ziekte. Diep in mijn hart hoopte ik dat er juist wél een ziekte zou worden ontdekt. Een ziekte die te behandelen zou zijn. Niet Chorea van Huntington, probeerde ik het met mijn eigen gedachten op een akkoordje te gooien. Gewoon iets onschuldigs. Een infectie, bijvoorbeeld. Het mocht best een stevige infectie zijn. Als er maar pillen voor waren. Zonder een sluitende diagnose bleven de onrust en de onzekerheid bestaan en voelde ik me machteloos. Ik wist niet hoe ik Onno dan zou kunnen helpen. Óf ik hem kon helpen.

Ik wilde rust in ons leven. Ik wilde samen genieten van onze kleine meisjes. Ze lachten de hele dag, meestal schaterden ze zelfs. Ze vermaakten zich met elkaar en hadden nauwelijks oog voor hun knuffelbeesten. Als ze elkaar zagen begonnen ze te stralen en te kraaien en hun handjes naar de ander uit te steken.

En in hun oogjes waren van de vroege ochtend tot het moment dat ze in slaap vielen pretlichtjes te zien. Die oogjes glinsterden de hele dag.

Mijn schoonvader trof me eens aan terwijl ik in een stoel naast de box zat en dromerig naar mijn meisjes zat te staren. Hij ging naast me zitten en volgde mijn blik. 'Daar kun je de hele dag naar blijven kijken, denk ik?' informeerde hij.

Ik knikte glimlachend. 'Hoe kan het zo groeien?' mijmerde ik.

'Nou, dat is eenvoudig uit te leggen. Man en vrouw krijgen kinderen en die lijken op hen. Kwestie van erfelijke factoren, toch? Kijk alleen maar eens naar hun ogen.'

Ik knikte. 'Bruine ogen met een vleugje groen, een mix van Onno en mij.'

'Een mix van ouders en grootouders, dame. En dan heb ik het niet over de kleur. Ik heb het over de uitdrukking. Die glans erin, die lichtjes. Dat heb jij ook, precies als je moeder. En Onno heeft het als hij heel erg opgewonden blij is. En ik heb het, als ik zo onbescheiden mag zijn. Het is hier een complete oogglinsterfamilie. Allemaal pretogen, altijd feest moet je maar denken.'

Janine maakte een foto van Claire en Roos, toen ze bijna drie jaar oud waren. Ze zitten in hun kinderstoel en steken hun mollige handjes uit naar de fotograaf. Ze lijken als twee druppels water op elkaar met hun ronde wangen en hun lichtblonde krullenkopjes. Maar het meest opvallend zijn hun stralende ogen. De foto ligt in een doos op zolder. Hij ligt daar al jaren, ik heb hem nog nooit tevoorschijn gehaald. Het is me al jaren gelukt om niet te vaak aan de foto te denken. Tot een verknipte geest op het idee kwam om me een afdruk te sturen. Alleen een diepe haat kan iemand tot een dergelijke daad drijven. Een diepe haat van een zieke geest. Een familiezieke geest.

De neuroloog was een attente en vriendelijke man. Hij had niet veel tijd nodig om te constateren wat er aan de hand was. Op een middag, enkele weken nadat de onderzoeken waren gestart, moesten Onno en ik bij hem komen en vertelde hij ons dat Onno lichamelijk helemaal gezond was.

'Dat bestaat niet,' zei Onno. 'Volgens mij heb ik Chorea van Huntington. Jij bent verpleegster,' wendde Onno zich tot mij. 'Jij herkent de verschijnselen toch ook wel?'

Ik wist niet hoe ik moest reageren. In de eerste plaats was ik zielsgelukkig met de diagnose van de neuroloog, want nu konden mijn kinderen ook niet erfelijk belast zijn met deze nachtmerrie. Maar ik was ook bang. Onno was er zó van overtuigd dat hij Chorea van Huntington had, dat het mij benauwde. Hoe kon hij daar zo van overtuigd zijn? Was hij gek geworden?

Ik zat als bevroren in mijn stoel. 'Weet u het zeker?' vroeg ik aan de neuroloog. 'Hij heeft allemaal verschijnselen die bij een neurologisch beeld passen.'

'Heel zeker,' zei de neuroloog stellig. Hij bladerde even in het dossier dat voor hem lag. 'De huisarts meldt dat er in uw familie vaker sprake is van ingebeelde ziektes,' zei hij tegen Onno.

Die zat hem met open mond aan te staren. 'Probeert u me te vertellen dat ik geestelijk niet helemaal lekker ben?' vroeg hij fel. 'Omdat mijn moeder een ingewikkelde vrouw is? Of omdat ik me als patiënt heb verdiept in de verschijnselen van mijn kwaal en de diagnose eerder had gesteld dan ú? Bedoelt u dát?'

Ik had het gevoel dat hij de specialist aan wilde vliegen. 'Rustig maar,' suste ik. 'In ieder geval heb je niet die verschrikkelijke ziekte. Dat is toch goed nieuws?'

Onno wierp me een laatdunkende blik toe. 'Ik hoor het al,' sneerde hij. 'Mijn vrouw speelt onder één hoedje met de dokter. Ik weet genoeg.'

De neuroloog keek me nadrukkelijk aan. Ik ontweek zijn blik.

Onno sprong overeind en liep met driftige stappen naar de deur.

Ik liep er snel achteraan. 'Dank u voor het onderzoek,' zei ik tegen de neuroloog.

'We gaan een échte dokter zoeken,' riep Onno, die al buiten de deur stond.

Ik bleef aarzelend in de deuropening staan en keek de neuroloog vertwijfeld aan. 'Hij zoekt het allemaal op in de medische encyclopedie die hij pas heeft aangeschaft,' meende ik te moeten uitleggen. 'Hij pluist ieder verschijnsel of pijntje helemaal uit.'

'Het lijkt me verstandig om een psychiater te consulteren,' was het advies van de neuroloog. 'Ik ken iemand die heel geschikt is om uw man te behandelen. Hij heeft veel ervaring met de begeleiding van hypochondrische karakterstructuren. Denk er eens goed over na, alstublieft. Ik ben bang dat uw man een ernstige vorm van hypochondrie heeft. Het is in zijn eigen belang en in het belang van zijn gezin dat hij de achterliggende oorzaak te weten komt. Dat hij daarmee aan het werk gaat. Het is een intelligente man. Hij moet in staat zijn om onder begeleiding zicht te krijgen op zichzelf.'

Ik voelde dat ik op het punt stond om in tranen uit te barsten. Ik draaide me snel om en rende Onno achterna.

**

Geheel tegen haar gewoonte in kwam Mathilde met Dad mee
nadat ik hem door de telefoon verteld had wat de neuroloog had
geconstateerd. Ze was ongenaakbaar en ze begreep niet dat wij
de eerste de beste specialist die meende een diagnose te kunnen
stellen op stel en sprong geloofden. En dat terwijl het ook nog
een belachelijke diagnose was. Ik voelde dat haar kritiek vooral
op mij gericht was, ze sprak voortdurend in mijn richting. 'Ga
eerst maar eens naar een academisch ziekenhuis,' raadde ze
Onno aan. 'Het wordt tijd voor een second opinion. Ik zal een
afspraak voor je regelen en ik ga wel met je mee.'

'Ik ga helemaal nergens naartoe voor een second opinion,'
antwoordde Onno stuurs en hij keek zijn moeder even giftig aan
als zij naar mij keek. 'Die hele medische maffia kan me gestolen worden, voorlopig. Ik zoek het zelf wel uit.'

Mijn schoonvader had de meisjes op schoot genomen en probeerde hen ervan te weerhouden dat ze de bril van zijn neus
graaiden. 'Pas op, niet doen,' lachte hij. 'Zonder bril ziet opa
niet meer wat voor kattenkwaad jullie uithalen.'

De tweeling kraaide van plezier. Mathilde keek geërgerd in
de richting van het geluid en trok een van haar neusvleugels op.
Ik staarde naar de strakke en ontoegankelijke blik in haar ogen
en naar haar afwijzende gezicht. Snap je niet, had ik wel willen
uitschreeuwen, wat je mist als je blijft weigeren van die mooie
kleine mensjes te houden? In plaats daarvan boog ik me in haar
richting en vroeg vriendelijk of ze de meisjes ook niet even op
schoot wilde hebben.

'Nee, nee, dat is nergens voor nodig,' zei ze koel. 'Ze zitten
heel goed bij de burgemeester.'

Onno las alles wat hij kon vinden over de ziekte die hij meende
te hebben en naarmate hij meer te weten kwam werd hij onrustiger en somberder. Zijn vader kwam bijna iedere avond en

hij probeerde Onno af te leiden. Ik kan hem nog samen met Onno aan de eettafel zien zitten. Hoofdschuddend, met een verbijsterde blik in zijn ogen. 'Er moet toch iets aan de hand zijn,' zei hij soms. 'Hij is toch niet gék?'

Zuster Meyer kwam ook vaak langs en ze luisterde geduldig naar Onno als hij haar vertelde wat hij over de ziekte waar hij aan meende te lijden te weten was gekomen. Als hij opstandig was of intens verdrietig werd probeerde ze hem te troosten. Maar dat lukte bijna niet, er viel ook weinig te troosten. Onno was niet tot rede te brengen en de huisarts drong aan op een tijdelijke opname in een psychiatrisch ziekenhuis. 'Ik denk dat hij een tweesporenbeleid nodig heeft,' legde hij me uit. 'Een intensieve analyse van het psychische probleem in combinatie met goede medicatie. Ik sluit niet uit dat hij daarna zelfs weer aan het werk zou kunnen gaan. Hij moet van die sombere waanideeën af worden geholpen. Dat lukt hem niet op eigen kracht. Het wordt tijd dat hij onder ogen ziet dat hij hulp nodig heeft.'

Ik was vaak ten einde raad als Onno zijn woede en wanhoop niet in bedwang kon houden en me toeschreeuwde dat hij er binnenkort een einde aan ging maken. Tijdens een van die taferelen was zuster Meyer net bij ons en toen Onno weer wat gekalmeerd was vroeg ze me of ik niet twee avonden per week als avondhoofd in de villa wilde komen werken. Ze zocht iemand die bevoegd was om verpleegkundige handelingen te verrichten, ze had sinds enkele maanden een vacature en het viel haar zwaar om zelf vrijwel iedere avond dienst te doen.

'Ik had allang met pensioen moeten zijn,' mopperde ze op zichzelf. 'Ik ben gewoon verslaafd aan die bejaarden.

Volgens mij wil je schoonvader best bij Onno zijn als jij werkt,' zei ze. 'Ze hebben dan ook wat extra gelegenheid om te praten of gewoon samen te zijn. En jij zou op die manier je gedachten kunnen verzetten.'

Ze had gelijk. Mijn schoonvader reageerde heel welwillend toen ik hem vroeg of hij ervoor voelde om regelmatig bij Onno te zijn als ik ging werken. En ook Onno stond achter het voorstel. Hij voelde zich schuldig, vertelde hij me, dat hij zo veel van mijn energie in beslag nam. Eigenlijk zou ik beter af zijn als hij er niet meer was. Ik wilde niet dat hij zulke dingen zei en vroeg hem ermee op te houden. Ik smeekte hem soms om zich eens goed te laten onderzoeken door een psychiater.

Hij weigerde pertinent. 'Die stopt me vol pillen, ik verander in een zombie,' was hij van mening.

Mijn schoonvader hoopte dat Onno zou genezen als hij voldoende rust kreeg. Dat wilde ik ook zo graag geloven maar ik was en bleef bang voor de toekomst. Als ik naar de tweeling keek, die iedere dag wel leek te groeien en die in hun brabbeltaaltje hele gesprekken met elkaar voerde, moest ik mezelf ertoe dwingen om niet in radeloos snikken uit te barsten. Moesten zij dezelfde jeugd krijgen als ik, met een gestoorde vader? Moesten zij zich even onveilig voelen als ik? Het woord scheiden kwam steeds vaker in me op.

Heel onverwacht accepteerde Onno een nieuw medicijn dat zijn stemming positief kon beïnvloeden. Het lukte zijn vader om hem zover te krijgen dat hij het bij wijze van proef een tijdje wilde slikken. Ik haalde opgelucht adem. Het medicijn hielp. Onno werd er vrolijker en optimistisch van. Ook een beetje dikker. Hij ging er beter uitzien en wilde weer halve dagen gaan werken. Zijn vader hoefde niet meer elke avond als ik werkte bij ons in huis te zijn, was Onno van mening. Hij kon zelf goed voor de kleine meisjes zorgen. Alleen het slapen was een probleem. Hij sliep onrustig en werd vaak wakker. De huisarts schreef hem een sterk slaapmiddel voor maar toen ik zag wat dat was protesteerde ik heftig.

'Dat is een paardenmiddel, Vesperax. Doe even normaal, zeg,' zei ik tegen Onno. 'Een inslaapmiddel, eventueel in combinatie met een doorslaapmiddel, zou ook voldoende zijn. Dit medicijn is belachelijk zwaar en volgens mij helemaal niet nodig.' Ik had niet lang daarvoor een artikel gelezen over Vesperax en in dat artikel werd nogal gehamerd op de gevaren van dit medicijn. Toen ik nog in het Wilhelmina Gasthuis werkte, werd het af en toe voorgeschreven aan patiënten met ernstige slaapproblemen maar het middel zat wél in de opiatenkast. Er moest een heel zorgvuldige procedure voor het verstrekken van deze slaappil worden gevolgd. Dat had te maken met het gevaar voor zelfdoding, wist ik.

Onno wist dat het een discutabel middel was, zei hij. De huisarts had hem er uitgebreid over voorgelicht. Hij kreeg dit slaapmiddel slechts per vijf stuks tegelijk verstrekt en mocht er maar een halve per nacht van nemen. Maar al heel snel kondigde Onno aan dat hij een hele tablet nodig had om te slapen en de huisarts verhoogde de dosis. Later bleek dat Onno waarschijnlijk vanaf dat moment Vesperax is gaan sparen.

De medicijnen leken hem heel lang in een stabiel evenwicht te houden. Onno was vaak opmerkelijk goed gestemd maar viel daarna wel steeds weer terug in apathisch en daarna weer in erg opstandig gedrag. Maar de opstand en de weerstand liet hij nooit zien als de kinderen erbij waren. Hij had eindeloos geduld met hen, speelde onvermoeibaar alle spelletjes die ze bedachten en hield pas op als ik hem tot rust maande en de zaak overnam. We spraken af dat we het leven zouden nemen zoals het kwam en niet te veel vooruit gingen lopen op wat er nog gebeuren kon. Maar dat hield Onno toch niet altijd even goed vol. Hij aanbad zijn dochters en als we samen naar de slapende kinderen stonden te kijken werd hij vaak verdrietig. 'Hoe ziet hun toekomst eruit?' vroeg hij me dan, 'en die van jou? Ga je ons allemaal verliezen? Misschien hebben zij wel dezelfde ziekte als ik.'

Ik kon er niet tegen dat hij zulke dingen zei en probeerde zijn gedachten af te leiden. Ik masseerde zijn rug, waardoor hij rustig werd, en ik hield hem stevig in mijn armen tot hij eindelijk in slaap viel. Als mijn gedachten dreigden af te dwalen naar wat me mogelijk nog te wachten stond ging ik snel iets doen. Wassen, strijken, de ramen zemen, het maakte niet uit wat en ook niet of het eventueel al na middernacht was. Ik wilde niet te veel denken.

Onno was heel opstandig, die maand mei waarin hij heeft besloten om eruit te stappen. Maar hij sprak tegelijk heel openlijk over zijn ziekte en over zijn woede. Openlijk en concreet. 'Wie zou niet kwaad op het leven zijn als hij had wat ik heb?' vroeg hij me. 'Het is toch logisch dat ik dit niet wil?'

Ik beaamde zijn woorden. Als hij er maar over praat, dacht ik, als hij maar laat zien wat er in hem omgaat. Dan kunnen we de wanhoop delen en er samen doorheen komen. Ik moet geduldig zijn en blijven proberen hem ervan te overtuigen dat hij psychiatrische behandeling nodig heeft. Dat het geen schande is om hulp te krijgen. Dat het hem zal opluchten. Juist het feit dat hij zo veel praatte heeft me op het verkeerde been gezet. Ik dacht dat er geen gevaar dreigde als hij bleef praten. Wie over zelfmoordplannen spreekt doet het niet, was ik van mening. Het wordt juist gevaarlijk als iemand het er niet meer over heeft.

32

Hans en ik wandelen nog een keer het hele park door en staan uitgebreid stil bij het jonge groen van de verschillende planten en bomen.

'De lente geeft me altijd lucht,' zegt Hans. 'Het lijkt alsof ik dan weer beter kan ademen.'

Nadat ik hem alles over de ziekte van Onno heb verteld is het een tijdje stil geweest tussen ons. Ik ben gestopt met praten toen ik bij de laatste dag dat Onno leefde was beland. 'Nu wil ik ophouden,' heb ik gezegd. 'Het is voor dit moment wel genoeg.'

Nadat we nog een tijdje op de bank hebben gezeten, staan we vrijwel tegelijk op en lopen dezelfde kant uit. In de verte slaat een torenklok. Ik tel acht slagen.

'Ik zou wel iets te eten lusten,' verbreekt Hans de stilte. 'Jij ook?'

Ik merk dat ik honger heb en knik zwijgend. Als we het hotel weer binnenkomen worden we vriendelijk begroet door de receptioniste.

'U was zeker al vroeg uit de veren?' informeert ze nieuwsgierig. Ze wacht niet op een antwoord maar maakt een uitnodigend gebaar richting eetzaal. 'Het ontbijtbuffet staat al voor u klaar. Het is allemaal even heerlijk,' zegt ze trots. Je zou bijna denken dat ze alles zelf heeft klaargemaakt. 'Smakelijk eten,' roept ze ons na.

Ik zwaai even om aan te geven dat ik het gehoord heb. We hebben vandaag veertig kilometer voor de boeg. Het is bewolkt maar droog. Het weerbericht zag er vanmorgen goed uit, volgens Herman, die naar het ochtendjournaal op RTL 4 heeft gekeken. Later op de dag zal de zon meer gaan schijnen en voor de komende dagen wordt droog weer met zonnige perioden voorspeld.

'Ik heb geslapen als een os,' deelt Petra mee als we aan het ontbijt zitten. Ze kwam bijna tegelijk met Hans en mij de eetzaal binnen. 'Waar kwamen jullie eigenlijk vandaan?' vraagt ze nieuwsgierig. 'Je gaat me toch niet vertellen dat jullie aan het ochtendwandelen zijn geweest? Heb ik iets gemist?'

Ik schud mijn hoofd. 'We hebben even een luchtje geschept voor we gingen ontbijten,' zeg ik en ik kijk terloops naar Hans. Hij duidt met zijn ogen dat hij de hint begrepen heeft. Petra vraagt niet verder.

We maken vandaag een prachtige tocht. Ik geniet van de eindeloze rust die hier heerst, de weidse vergezichten, nergens een flatgebouw en nauwelijks huizen te bekennen. We fietsen de eerste tien kilometer stevig door, het beetje wind dat er staat hebben we in de rug en we krijgen het iedere minuut warmer. Als we een gehucht naderen begint Herman uiteraard over eten en drinken te praten en we stoppen bij een soort snackbar. Daar blijken ze heerlijke koffie te hebben met zelfgebakken appeltaart. De jonge vrouw die ons bedient vindt het erg gezellig dat ze gasten heeft en ze komt het tweede kopje koffie van de zaak schenken. Ze denkt dat we twee echtparen zijn en vraagt waar we vandaan komen. Petra en Herman geven antwoord en spelen het spel mee. Ik zit de conversatie glimlachend te volgen en merk dat Hans naar me kijkt. Hij knikt me geruststellend toe en ik voel dat ik bloos. Wel verdorie, dat wil ik helemaal niet. Ik mompel iets over naar het toilet moeten en maak me uit de voeten. In het halletje van het damestoilet sta ik naar mijn eigen spiegelbeeld te staren. Ben ik dat, met die rode konen en die opgewonden blik in haar ogen? Ik voel me opeens helemaal verloren. Hoe heb ik het in mijn hoofd kunnen halen om een wildvreemde man over Onno te vertellen? Wat heeft me in hemelsnaam bezield? Wie weet wat hij nu van me verwacht. Hij is alleen, wil graag een vriendin en wie biedt zich aan? Die doorgedraaide oen van een Marijke van Manen geboren Van Ballegooij. Daar kun je zoiets van verwachten. Ik lijk wel een puber, verdomme!

'Normáál doen,' zeg ik streng tegen mijn eigen spiegelbeeld. 'Dit kan helemaal niet en dit wil ik ook niet.' Mijn stem begeeft het opeens. Ik haal een paar keer adem en onderdruk de irritante snik in mijn keel. Daarna heb ik de zaak weer in de hand.

Het feit dat ik een van de oorzaken van mijn nachtmerries aan de eerste de beste aantrekkelijke voorbijganger heb verteld voelt opeens als een soort ontrouw aan Lodewijk. Dit moet direct stoppen, beslis ik. De komende nacht gaat mijn deur op slot en als hij me hoort gillen kruipt hij maar onder de dekens. Ik word vanzelf wel weer stil.

Ik sluit mezelf op in een van de toiletten en bel het mobiele nummer van Lodewijk. Hij heeft zijn toestel sinds een paar dagen weer bij zich en neemt direct op.

'Hoi,' fluister ik.

'Hoi,' fluistert hij terug. 'Waarom moeten we fluisteren?'

'Ik zit op een toilet in Drenthe. Er kan iemand de toiletruimte binnenkomen.'

'*I see*. Ga je me nu vertellen dat je me belt terwijl je een plas doet?'

Ik proest het opeens uit. 'Nee hoor. Ik wil je opeens zo graag even horen.'

'Heb je slecht gedroomd?'

Wat kent die man me toch goed.

'Ja. Ik wil bij je zijn.'

'We gaan eraan werken. We werken er al aan. Als je thuis komt kunnen we afspraken maken. Maar nu eerst fietsen, jij. Hard fietsen, goed moe worden en alleen nog van míj dromen. Beloof je het?'

Ik schiet vol.

'Beloof je het?' herhaalt Lodewijk.

Het lukt me om ja te zeggen.

'Is er soms nog iets anders aan de hand?' Hij klinkt opeens bezorgd.

Het lukt me om nee te zeggen.

Ik zorg ervoor dat ik de hele verdere dag naast Petra fiets, die me veel te vertellen heeft. Haar mond staat bijna geen ogenblik stil. Het valt me op dat ze het niet over haar lesbische dochter heeft en ik laat het maar zo. Even geen lesbiennes, denk ik. Ik luister naar haar en probeer mijn gedachten bij het gesprek te houden. Maar ik moet er wel veel moeite voor doen. Voor ons fietsen Herman en Hans, die ook in een voortdurende gezellige conversatie verwikkeld lijken te zijn. Mijn blik komt steeds op de rug van Hans terecht en als hij tussen zijn gesprek met Herman door soms even omkijkt en vriendelijk glimlacht voel ik mezelf weer blozen tot achter mijn oren.

'Hans vindt jou volgens mij heel erg leuk,' zegt Petra een beetje nonchalant tussen een uitgebreid verhaal over de nieuwe vriendin van haar jongste zoon door. 'En als ik het goed heb laat hij jou ook niet onberoerd.'

Ik schrik van haar woorden. 'Kom op, zeg,' protesteer ik. 'Je gelooft toch niet dat ik iets met iemand anders begin terwijl ik gelukkig ben met Lodewijk?'

'Laat ik het niet merken. Maar wat is er dan aan de hand?'

Ze heft haar hand op als ik weer iets wil zeggen. 'Nee, niet meteen antwoorden. Je bent mij geen verantwoording verschuldigd. Maar ik hoop dat je weet dat ik altijd voor je klaarsta als je me nodig hebt. Zelfs als je me níét nodig hebt.'

'Dat weet ik toch,' zeg ik.

'Ik ken je nu een aantal jaren,' gaat Petra verder. 'Ieder jaar verander je als het mei wordt. Dat heeft met je vorige huwelijk te maken, hè?' Ik knik opnieuw.

'Maar dit jaar ben je nog onrustiger dan andere jaren. Wat is er aan de hand, Marij? Voel je je soms niet veilig?'

Ik schrik. 'Hoe kom je daarbij?' wil ik weten.

'Je bent zo gejaagd, je lijkt nergens rust te kunnen vinden. Je bent zo ongrijpbaar,' zegt Petra zacht.

We zijn langzamer gaan fietsen, zodat de heren ons niet kunnen horen. Ik kijk Petra vertwijfeld aan. 'Iemand stuurt me foto's van mijn overleden kinderen,' zeg ik rustig. Ik zie dat Petra schrikt.

'Ik heb het genegeerd,' ga ik door. 'Ik denk dat ik weet wie dat doet. Ze is ongevaarlijk.'

'Weet je dat heel zeker?' vraagt Petra dringend. Ze staart me nog steeds verschrikt aan en raakt bijna van het fietspad af. Met een zwaai komt ze weer in balans. 'Weet je dat écht heel zeker? Welke gek haalt dat in hemelsnaam in zijn krankzinnige kop?' denkt ze hardop.

Mijn maagwand trekt zich weer eens strak. Het voelt niet prettig.

Ver achter ons nadert een vreemd geluid. We spitsen onze oren. Hans en Herman hebben het blijkbaar ook gehoord en staan stil.

'Politie? Ambulance? Brandweer?' vraagt Herman. 'Ik kan die signalen nooit goed uit elkaar houden.'

We zien zwaailichten dichterbij komen en ontdekken dat het om een aantal wagens gaat. Allemaal politieauto's. Ze hebben haast. Ze scheuren ons voorbij. Er komt weer een sirene aan. Het is een ambulance.

'Kijk,' wijst Hans, 'er is iets gebeurd in het dorp.'

Een paar kilometer voor ons ligt een dorp. Ergens in dat dorp is iets aan de hand. Een verkeersongeluk, of zoiets. In ieder geval iets ernstigs, anders kwam er niet zo veel politie op af. Er komt een man recht op ons af fietsen. Hij wijst achterom. 'Wat een ellende,' roept hij. 'Ze hebben een zwerver aangereden. Er is niets meer van over.'

'Laten we gaan kijken wat er aan de hand is,' stelt Herman voor.

Nee, zou ik willen schreeuwen, laten we verder rijden. Het dorp gewoon passeren en doorfietsen, de ongerepte natuur weer in. Er valt niets interessants te beleven aan een zwerver en je moet er toch niet aan denken dat je zijn lijk ziet liggen? Een levende zwerver is al een deprimerend gezicht, laat staan een dode. Ik moet Hans, Herman en Petra tegenhouden maar in plaats daarvan volg ik hen als ze er de vaart in zetten. Mijn benen weigeren het tempo bij te houden. Na een paar meter raak ik al achterop. De anderen schijnen het niet in de gaten te hebben.

**

Niemand had het in de gaten. Terwijl ik mijn moeder toch vaker sprak dan mijn zusjes en ze met mij veel vertrouwelijker was dan met hen, heb ik ook niets gemerkt. Mijn moeder kwam heel regelmatig in Rhenen en het viel me op dat ze steeds vaker iets nieuws voor zichzelf had gemaakt en er met de dag jonger leek te gaan uitzien. Toch zocht ik daar geen speciale reden achter. Ik hoopte dat het te maken had met meer rust in huis en ik had de indruk dat mijn vader minder somber was. Mijn moeder leek ook optimistischer dan ooit. Als ik mijn ouders samen zag was er beduidend minder spanning tussen hen, mijn moeder was ook niet meer zo bits tegen mijn vader. Niet meer boos. Niet meer ontevreden. Ik sprak er met mijn schoonvader over. Hij dacht dat de tijd uiteindelijk zijn werk deed. 'Het ongeluk is al zo lang geleden,' zei hij. 'Misschien kunnen ze er nu met meer afstand over nadenken. Misschien praten ze er nu over. Ik hoop het voor hen.'

Ik wilde hetzelfde denken en ik begon langzamerhand in een stabiele relatie van mijn ouders te geloven. Dus ik was totaal niet voorbereid op mijn moeders aankondiging dat ze zich van mijn vader wilde laten scheiden. 'Ik heb de knoop eindelijk doorgehakt,' deelde ze me op een druilerige middag in oktober mee. 'Je vader weet het inmiddels ook.'

Ik wist niet wat ik hoorde. 'Waar hebt u het over?' vroeg ik.

'Over mijn besluit om van je vader te scheiden.'

Ik hield mijn adem in. 'Waar komt dat besluit zo opeens vandaan?'

'Dat komt niet opeens ergens vandaan, daar worstel ik al heel lang mee. Maar nu heb ik iemand leren kennen die veel voor me is gaan betekenen. Hij woont in Amersfoort.'

'U gaat me toch niet vertellen dat u die op de Albert Cuyp bent tegengekomen?' vroeg ik gekscherend, en haar antwoord sloeg werkelijk alles.

'Jawel. En steeds bij dezelfde marktkraam. Hij is net zo'n Albert Cuypfanaat als ik. Na de tweede keer zei hij dat ik de derde keer zou moeten trakteren en dat deed ik dus. We dronken samen een kopje koffie en raakten in gesprek. En we spraken af elkaar opnieuw te zien. Ik zocht er de eerste keren niets achter, vond het gewoon een gezellige man, die goed kon luisteren. Hij stelde me vragen over hoe ik over dingen dacht. We hadden leuke gesprekken. Hij is weduwnaar en heeft twee volwassen dochters. Lieve meiden, ik ken ze al een tijdje.'

Ik zat mijn moeder met open mond aan te kijken.

'Doe je mond dicht,' grinnikte ze. 'Je lijkt zo wel een halve gare.'

Ik werd helemaal balorig van het verhaal dat mijn moeder vertelde. Mijn moeder had een buitenechtelijke relatie, begreep ik het goed?

'Is het echt een relatie, u weet wel? Als man en vrouw?' probeerde ik omslachtig uit te vissen of de man haar minnaar was. Hoe vraag je zoiets aan je moeder?

'Alles erop en eraan,' vertelde mijn moeder glunderend. 'En beter dan ik het ooit gehad heb.' Ze bloosde van haar eigen woorden en ik wist niet waar ik moest kijken.

'Dat ongeluk en die gevangenisstraf hebben veel in je vader kapotgemaakt,' vervolgde mijn moeder ernstig. 'Ik zal je niet opzadelen met zaken waar je niets mee kunt maar geloof me gerust als ik zeg dat ik veel heb moeten toestaan. In bed,' voegde ze er een beetje onhandig aan toe. 'Het heeft een hele tijd geduurd voordat ik met Leo begon te vrijen. Ik durfde het niet. Ik wist het verschil tussen normaal en abnormaal niet meer. Er zijn in die gevangenis dingen met je vader gebeurd... Vernederingen... Ze schijnen korte metten te maken met kindermoordenaars... Toen hij terugkwam was hij... Hij was anders.'

Er viel een stilte tussen ons en ik voelde rillingen over mijn rug lopen. Wat had mijn vader in hemelsnaam met mijn moeder uitgehaald? vroeg ik me af. Wat heeft hij zélf meegemaakt?

Maar ik wilde het antwoord niet horen. Om te voorkomen dat mijn moeder toch nog ging uitweiden over de intieme details van haar huwelijk bracht ik het gesprek op mijn moeders vriend. 'Hoe ziet hij eruit?' informeerde ik. 'Die geheime lover-boy?'

Mijn moeder glimlachte trots. 'Het is een mooie man,' vertelde ze. 'Een heel mooie man. Maar ik ben natuurlijk wel een beetje bevooroordeeld. Hij is sterk, oersterk. Maar hij is vooral lief en heel attent. Ik krijg steeds cadeautjes van hem. Daar gaat het natuurlijk niet om, maar toch... Hij is gewoon heel anders dan je vader. Ik heb heel lang geaarzeld, want ik heb toch het gevoel dat ik je vader in de steek laat. Het viel niet mee om het hem te vertellen. Je weet maar nooit hoe hij zal reageren.'

'Hoe heeft hij gereageerd?'

'Eerst was hij overdonderd. Hij wilde het niet geloven. Toen probeerde hij me tot een discussie te verleiden en me ervan te overtuigen dat ik een volkomen verkeerde stap ging maken. Maar toen ik bleef volhouden dat ik het meende heeft hij veertien dagen totaal niet meer tegen me gesproken. Eergisteren heb ik gezegd dat ik de kinderen ging inlichten en dat we moeten praten over de verdeling van onze spullen. Ik ga bij Leo wonen. Hij heet Leo,' voegde ze eraan toe. 'Maar dat heb je natuurlijk al begrepen.'

Ik bleef haar aanstaren.

'Je mond staat weer open,' wees ze. 'Je wordt er niet mooier op.'

'Het is niet te geloven,' stamelde ik bijna. 'En u ziet die Leo al een jaar?'

Mijn moeder zat uitgebreid te stralen.

'En niemand die het in de gaten heeft gehad?'

Ze schudde haar hoofd. 'In het begin beschouwde ik het als een avontuurtje. Een spannend avontuurtje, zonder consequenties. Ik had het nodig om het vol te kunnen houden, thuis.' Haar stem haperde.

Ik legde mijn hand op haar arm. 'U hoeft zich niet te verontschuldigen,' zei ik beslist. 'Echt niet. Ik ben verbaasd maar eerlijk gezegd ook heel erg blij voor u. Houdt u van hem, van Leo?' Ze knikte en haar gezicht begon te stralen. 'Ja! Veel! Het is een ontzettend lieve man, geen moeite is hem te veel om het mij naar de zin te maken. Hij geeft me het gevoel dat ik een mooie vrouw ben, dat ik er mag zijn. Dat zal ik nooit meemaken met je vader, die is daar veel te getraumatiseerd voor. En ik ben er allang achter dat ik hem niet kan helpen. Hij wil niet geholpen worden, dat heeft hij nooit gewild. Ik heb hem gesmeekt om hulp te zoeken, er zijn genoeg mogelijkheden voor mensen die een ernstig trauma hebben meegemaakt. Want hij is evengoed slachtoffer. Niet alleen dat meisje was slachtoffer, of haar ouders. Hij ook.'

'U ook. Wij ook,' vulde ik aan.

Ze luisterde niet. 'Hij is altijd hulp blijven weigeren. En hij verbood mij om zelf hulp te zoeken. Ik wilde het wel maar ik durfde niet. Het voelde als verraad naar hem toe. Maar het was verraad aan mezelf.'

Ze keek me recht aan. 'Twee jaar geleden heb ik het tóch gedaan. Ik heb me door onze huisarts laten doorverwijzen naar een therapeut. In de gesprekken die ik met hem had ben ik erachter gekomen dat ik al heel lang niet meer van je vader hou.' Ze keek weg. 'Eigenlijk al niet meer sinds hij dat kind doodreed. Maar dat durfde ik niet onder ogen te zien. Ik schaamde me voor mijn eigen gevoel.' Ze zuchtte diep.

'Ik kon het verdriet van de moeder van dat meisje niet van me af zetten. Ik voelde het zelf. Het was alsof een van mijn eigen kinderen was doodgereden. En iedere keer als ik naar je vader keek, dacht ik aan die moeder. Hij was vier jaar weg. Ik ging één keer in de drie maanden op bezoek. Als ik het geld voor de treinreis had, tenminste. Ik stond er helemaal alleen voor. Dat heb ik hem veel kwalijker genomen dan ik zelf in de gaten had.'

'Niemand hielp u.'

'Niemand. Ik was iedereen kwijt, omdat ik hem niet verliet.

In de ogen van mijn ouders heb ik daarmee de familie bezoedeld. Ik heb mijn ouders na mijn vertrek uit Zeeland nooit meer gezien. Mijn brieven kwamen ongeopend retour. Als ik opbelde werd de hoorn op de haak gegooid. Ik heb heel lang geprobeerd om tóch contact te krijgen. Het leek me een verschrikkelijk idee om mijn ouders nooit meer te zien voordat zij stierven. Maar dat is wél gebeurd. Ik las beide keren in de krant dat ze waren overleden. Toen mijn moeder werd begraven ben ik naar Zeeland gegaan. Dat leverde een geweldige ruzie op met je vader maar ik deed het tóch. Ik móést gewoon gaan. En ik droomde nog steeds van een verzoening met mijn familie.

Ik zat achter in de kerk en liep helemaal achteraan in de stoet. Mijn familie zag me wel maar negeerde me. Het was een hoge prijs die ik moest betalen voor mijn trouw aan je vader.'

'En daar hebt u spijt van,' constateerde ik.

'Nee, daar heb ik geen spijt van. Ik sta daar nog altijd achter. We waren getrouwd. We hadden beloofd elkaar te steunen en voor elkaar te zorgen. Ik ben er trots op dat ik me aan die belofte heb gehouden. Maar nu is het klaar. Mijn besluit staat vast. Ik ben lang genoeg ongelukkig geweest. Ik wil niet oud worden met je vader.'

Ik sloeg mijn armen om haar heen en knuffelde haar bijna plat. We huilden allebei. Van opluchting, omdat de kogel door de kerk was. Van geluk, omdat mijn moeder voor zichzelf koos. Van verdriet, om wat achter ons lag en onherstelbaar was.

Mijn moeder hield me nauwkeurig op de hoogte van de reacties van mijn zusjes en broer. Iedereen reageerde positief, ze begrepen haar besluit allemaal. Suus kwam een week later uit Australië met haar twee kinderen en zou een maand bij mijn ouders blijven. Mijn moeder besloot dat ze zou weggaan als Suus weer terug was naar Australië.

Mijn vader bleek rustig te blijven toen mijn moeder haar plan doorzette. Hij overlegde met haar wat ze kon meenemen en stemde erin toe dat ze de spaarcenten deelden.

'Ik neem alleen dingen mee waar ik aan gehecht ben,' vertelde mijn moeder me. 'Ik ga bij Leo wonen en heb geen huisraad nodig. Ik laat je vader natuurlijk niet in een halfleeg huis zitten.'

De harmonie waarin alles leek te verlopen verwonderde me. Ik kon bijna niet geloven dat mijn vader zich tot het moment dat mijn moeder daadwerkelijk vertrok goed zou houden. Dat hij niet in een enorme depressie zou schieten. Maar het feit dat Suus en de kinderen vier weken bij hen in huis waren stelde me wat gerust. De kans bestond dat hij zich zou beheersen voor de kinderen. Toch betrapte ik mezelf regelmatig op de gedachte dat ik blij zou zijn als alles achter de rug was en mijn moeder bij Leo woonde. Wat daarna kwam, zagen we vanzelf wel.

'Je vader heeft gebeld,' vertelde Onno toen ik op een avond thuiskwam van mijn werk. 'Hij wilde ons uitnodigen voor een familiediner. Een soort afscheid als gezin, als ik het goed heb begrepen.'

De volgende morgen belde ik naar huis en kreeg mijn vader aan de telefoon. Hij was heel vriendelijk en informeerde eerst uitgebreid naar de tweeling en naar de gezondheid van Onno. Ik gaf een beetje verbaasd antwoord op zijn vragen. Mijn vader belde nooit, kwam zelden met mijn moeder mee en leek zich nauwelijks te interesseren voor wat zich in mijn leven afspeelde. Deze plotselinge belangstelling vond ik vreemd. Ik wist niet goed wat ik ervan moest denken.

'Je hebt misschien al van je man gehoord dat ik iedereen wil uitnodigen?' vroeg hij.

'Ja, ik hoorde iets over een dineetje?'

'Ik heb met je moeder afgesproken dat we als beschaafde mensen uit elkaar gaan. We maken geen ruzie. Niet dat het allemaal meevalt, ik heb het er gerust wel moeilijk mee. Maar er valt niets aan te veranderen, dat is me duidelijk. Ik hoop dat ik jullie allemaal wel kan blijven zien, ik ben en blijf jullie vader.' Hij zweeg even.

'Natuurlijk,' antwoordde ik haastig. 'Natuurlijk blijft u òns gewoon zien.' Ik kon me nauwelijks voorstellen hoe onze ontmoetingen er dan zouden gaan uitzien maar dat beschouwde ik als een latere zorg.

'En nu had ik gedacht dat het een goed idee zou zijn als we een soort afscheidsdineetje als gezin organiseren. Hier in jullie ouderlijk huis, dat straks veranderd zal zijn. Nog één keer met ons allen samen, inclusief de aangetrouwde kinderen en de kleinkinderen. Ik zou het heel fijn vinden als jullie allemaal willen komen. Nu Suus er met de kinderen is zijn we compleet, alleen jammer dat haar man er niet bij kan zijn.'

Zijn verhaal klonk heel aannemelijk en er was geen spoor van boosheid in zijn woorden te bekennen. Teleurstelling, dat wel. Maar dat vond ik dan ook logisch. Ik kreeg zelfs een beetje medelijden met hem. Hij had ook niet om wat hem was overkomen gevraagd. Maar ik schoof dat medelijden snel opzij. Ik schoot er niets mee op, vond ik, als ik me druk ging maken over wat er bij de scheiding met mijn vader gebeurde. Dat was een zorg die ik er niet bij kon hebben. Ik had mijn handen vol aan mijn eigen man. Daar moesten Hetty en Piet junior zich maar druk om maken.

Het dineetje zou plaatsvinden op een zaterdagavond, begin november. Iedereen vond het een goed idee van mijn vader, hoorde ik van mijn moeder. Iedereen was opgelucht dat hij de scheiding zo goed opvatte.

Ik niet.

Ik heb zijn voorstel vanaf het moment dat hij het deed gewantrouwd. Er klopte iets niet, was ik van mening. Het ging allemaal veel te gladjes, het was allemaal veel te normaal. Wij waren geen normale familie, mijn vader was geen normale man. Toch leek ik de enige te zijn die zich terughoudend opstelde. Zelfs mijn moeder keuvelde opgewekt en vrolijk over het dineetje dat mijn vader had georganiseerd. 'Ik verheug me op zaterdag,' vertelde ze me toen ze die dinsdag opbelde. 'Heerlijk, allemaal bij elkaar. Je vader lijkt wel blij te zijn dat we gaan scheiden. Hij heeft gisteren tegen me gezegd dat we dat misschien al veel eerder hadden moeten beslissen. Het spijt hem wat hij me allemaal heeft aangedaan.'

Op vrijdagavond werd ik door mijn schoonvader op mijn werk gebeld. Of ik direct naar huis kon komen. Onno was opeens bewusteloos geraakt. Mijn schoonvader was gelukkig bij hem toen het gebeurde. Toen ik thuis arriveerde zat onze huisarts in de woonkamer met Dad te praten. Onno lag op de bank. Hij keek een beetje glazig uit zijn ogen.

'Hij piekert te veel, ik denk dat hij heel erg hyperventileerde,' vertelde de huisarts. 'Daardoor raakte hij in paniek. Je kunt hem denk ik het beste voorlopig hier op de bank laten liggen. Ik maak een afspraak voor een spoedconsult bij een psychiater. Ik kan dit zelf niet langer begeleiden. Zorg er alsjeblieft voor dat hij erheen gaat. Het is hard nodig.'

Volgens Dad had de huisarts gelijk. 'Ik zorg dat hij naar een psychiater gaat,' beloofde hij. 'Al moet ik hem er met een smoes naar binnen lokken: ik zorg ervoor.'

Nadat de huisarts vertrokken was en Onno luid snurkend in een diepe slaap was weggezakt, zat ik een tijdje met mijn schoonvader te praten over hoe we Onno moesten aanpakken.

Dad was nogal aangeslagen en hij zei tegen me dat ik zelf ook eens serieus moest nadenken over de toekomst. 'Ik vind dat Onno de laatste tijd steeds slechter gestemd is,' zei hij. 'En hij is soms ook behoorlijk in de war. Dat kun jij toch niet voortdurend in je uppie opvangen? Je hebt ook de twee kleintjes nog.'

'Hoe bedoelt u?' wilde ik weten.

'Ik bedoel dat er hulp moet komen. Om te beginnen in de huishouding. En dat je erover moet gaan nadenken dat Onno misschien zieker is dan wij in de gaten hebben. Ik vind dat dit allemaal al veel te lang duurt. Onno moet goed onderzocht worden, ik regel een consult in een particuliere kliniek. Daar wordt hij heel discreet behandeld, ik krijg hem wel zover dat hij met me meegaat. Het maakt me niet uit wat het kost. Er is geld genoeg.'

Ik sloeg mijn handen voor mijn gezicht en snikte het opeens uit. Mijn schoonvader sprak de woorden uit die ik voortdurend uit mijn gedachten probeerde te bannen. Ik wist dat het niet goed ging met Onno maar ik ontkende de ernst van de situatie even hard als mijn echtgenoot. Onno was psychisch niet in orde, iedereen zag het. Maar niemand greep in.

Mijn schoonvader zette thee voor me en spoorde me aan er wat bij te eten. 'Je wordt met de dag magerder,' vond hij. 'Zo hou je het niet vol. De kinderen hebben je nodig, je zult fit moeten blijven.'

Ik wist dat hij gelijk had. 'We hebben morgen dat familiediner,' zei ik opeens. 'Dat bel ik af.'

33

Petra, Hans en Herman zijn het dorp in gereden en ik ben op de plek waar de eerste huizen staan achtergebleven. Een klein stukje van de weg af heb ik tussen de bomen een bank ontdekt en daar zit ik nu een beetje voor me uit te mijmeren. Er is een aantal auto's met hoge snelheid langs me gereden en ik heb ook enkele fietsers zien voorbijflitsen. Allemaal op weg naar het ongeluk, waarschijnlijk. In de verte hoor ik geroezemoes. De wind staat mijn kant op, voel ik. Hij drijft het geluid van stemmen in mijn richting. Maar ik zal geen enkele moeite doen om erachter te komen wat er verderop gebeurt. Ik kijk nooit naar zwervers. Niet meer.

Ik ben moe, merk ik. Mijn ogen prikken opeens van de slaap. Ik verlang naar een lekker bed, een stevig hoofdkussen en de gelegenheid om diep in slaap te vallen. Als ik nu even ga liggen, denk ik, heel even maar... Een beetje dommelen, alleen mijn ogen een minuutje sluiten.

Ik weet dat ik dit droom. Iedere keer als ik dit droom, weet ik dat het ooit gebeurd is maar niet nu. Dat ik er verstandig aan doe om wakker te worden, omdat de paniek pijn doet in mijn borst.

Het is die opgewonden drukte. De geluiden van schrik.

Stemmen die uit balans zijn.

Harde stemmen.

Kreten.

Verwijtende stemmen.

Deuren die achter mensen dichtklappen.

Ongrijpbare stilte.

Suus heeft me later verteld hoe ze merkte dat er iets aan de hand was. Mijn vader was de hele dag erg stil geweest en hij vond het heel teleurstellend dat Onno, de kinderen en ik niet waren gekomen. Piet junior was er, hij was net getrouwd. Zijn vrouw verwachtte een baby. Mijn vader schijnt daar ongekend hartelijk op gereageerd te hebben. Hetty was er met haar vier kinderen maar zonder haar man. Die was 's middags toen ze vertrok al te dronken geweest om op zijn benen te staan. En Suus was er met haar twee kleintjes. Mijn moeder was vrolijk, volgens Suus. Ze hield de stemming er goed in en leidde daardoor de aandacht van mijn vader af.

Mijn ouders hebben samen gekookt, die namiddag. Mijn vader had een aantal flessen goede wijn gekocht en hij schonk daar gul van. Iedereen werd tamelijk dronken, behalve Suus. Zij gooide, als niemand keek, de dure wijn in de bloempot waar ze vlakbij zat. Ze wilde nuchter blijven.

Later herinnerde Suus zich dat ze mijn vader nauwelijks heeft zien drinken. Maar dat is de bewuste avond niet tot haar doorgedrongen.

Tegen tien uur 's avonds was iedereen lam en verdween men een voor een naar boven. Suus sliep met haar kinderen in de voorkamer, mijn moeder had daar een opklapbed neergezet. Suus heeft de schuifdeuren dichtgedaan om zo rustig mogelijk te kunnen slapen. Mijn vader ging als laatste naar bed. Hij liep in zichzelf te mompelen, hoorde ze. Als hij maar geen kwaaie dronk heeft en toch niet op het laatste moment ruzie gaat maken met mijn moeder, heeft ze nog gedacht. Maar toen mijn vader in de slaapkamer was werd het al snel stil. Suus is toen ook in een diepe slaap gevallen.

Ze heeft niet gemerkt dat mijn vader daarna weer is opgestaan. Niemand heeft iets gemerkt. Ze hebben te diep geslapen of waren te dronken. Hij heeft zich stilletjes aangekleed en is de deur uit gestapt. Zo moet het gegaan zijn. Hij is gewoon de deur uit gestapt en verdwenen in het niets. Zulke dingen gebeuren, vertelde de politie later. Mensen verdwijnen zonder een spoor na te laten. Het komt voor dat je nooit meer iets van hen hoort. Je blijft achter in verwarring en onzekerheid. Is hij dood? Heeft hij zelfmoord gepleegd? Of leeft hij ergens? Maar wáár?

34

We waren een dagje samen gaan shoppen in Utrecht. Petra had me al vaak verteld dat Utrecht zo'n leuk centrum had. De zomeruitverkoop was net begonnen. Petra troonde me mee naar dure kledingzaken. 'Jij wilt nooit iets tweedehands kopen maar je zult toch geen bezwaar hebben tegen sterk afgeprijsde dure merken? Moet je híér zien: zestig procent korting. Nu wordt het écht leuk!'

We pasten alles wat we mooi vonden en ik kreeg de smaak te pakken. Het enthousiasme van Petra werkte aanstekelijk. Binnen de kortste keren liepen we te zeulen met een aantal grote tassen.

'Nu gaan we op schoenenjacht,' kondigde Petra aan nadat we hadden geluncht. 'Ik heb zin om vandaag heel veel geld uit te geven. Onzinnig en buitensporig veel geld. Waarom zouden we het bewaren? Anders gaat het toch maar naar onze erfgenamen.'

We kletsten gezellig met elkaar. Ik voelde me goed, vrolijk, onbekommerd, veilig. Ik genoot. 'Dit moeten we vaker doen,' zei ik.

'Arnhem schijnt ook een mooi centrum te hebben,' stelde Petra voor.

'Ik wil wel eens naar Rotterdam en naar Den Haag. Daar ben

ik nog nooit geweest,' omzeilde ik het risico om in de buurt van Rhenen te belanden. We struikelden bijna over een man die tegen een pui op de grond zat. Ik moest een sprong maken om hem te kunnen ontwijken. Toen ik mijn evenwicht weer terug had, wierp ik een snelle blik op hem.

De man keek me recht in mijn ogen en wendde direct zijn blik af. Petra liep verder. Ze was al een behoorlijk eind van me verwijderd voordat ze er erg in kreeg dat ik niet volgde. Ze zag aan de manier waarop ik stilstond dat er iets aan de hand was en kwam snel terug. 'Wat is er?'

Ik keek.

Ik staarde.

Ik kon mijn ogen niet geloven.

Ik wilde ophouden met staren en verder lopen. Net doen of ik hem niet had herkend. Niets zeggen.

Petra trok aan mijn arm. 'Kom, laten we verdergaan.'

'Dat is mijn vader.'

Er viel een diepe stilte. Er liepen mensen langs ons, sommigen keken geïrriteerd naar me, omdat ik in de weg stond. Ik negeerde hen. Het enige wat ik kon doen was kijken naar de zwerver die op de grond zat. Er was geen twijfel mogelijk, ik wist het zeker. Het was mijn vader.

Hij was mager en grijs. Zijn haar was dun geworden. Maar toch zag hij er niet slecht uit. Zijn gezicht was verweerd maar had een gezonde kleur. Een kleur van veel buiten zijn. Het bruine jasje dat hij droeg was schoon. Zijn spijkerbroek ook. Hij droeg hoge schoenen.

Hij keek niet op.

Ik kwam dichter bij hem en ging op mijn hurken zitten, zodat onze gezichten op gelijke hoogte waren. 'Vader,' zei ik. 'U bent het toch? Kent u me nog?'

Hij keek me aan. Ik zag aan de blik in zijn ogen dat hij wist wie ik was. Toen draaide hij zijn hoofd van me weg. 'Loop door, alsjeblieft. Laat me met rust.'

Ik bleef op mijn hurken zitten en twijfelde. Opeens stond mijn vader op. Het ging snel, sneller dan ik had verwacht. Hij was niet stijf en stram, maakte een lenige indruk. Voordat ik in de gaten had wat er gebeurde was hij weg. Hij verdween in de mensenmassa op straat.

Ik ging staan. 'Dat was mijn vader,' zei ik nog eens tegen Petra.

'Alle mensen, is je vader een zwerver geworden?' hoorde ik haar vragen. Ze klonk ontzet. 'Dus hij is niet dood? Niet verdronken? Ga je dat aan je moeder vertellen?'

Ik sprak er met Lodewijk over. Hij vroeg of ik terug wilde naar Utrecht om mijn vader te zoeken en met hem te praten. 'Misschien was het de schrik, waardoor hij zei dat hij met rust gelaten wilde worden,' bedacht hij. 'Misschien denkt hij er anders over als hij je nog eens terugziet.' Ik twijfelde maar ik ging toch met Lodewijk naar Utrecht en samen doorkruisten we het centrum. We vonden mijn vader niet.

'Hij wil niet gevonden worden,' zei ik. 'Hij meende het. Hij wil geen contact.'

Ik besloot voorlopig niets over mijn ontdekking tegen mijn moeder te zeggen. Ze was gelukkig met Leo, waarom zou ik haar hiermee opzadelen? Als mijn moeder ooit nog eens een vraag zou stellen in die richting, kon ik altijd nog met de mededeling dat mijn vader leefde tevoorschijn komen.

Die vraag kwam toen Leo stierf. Hij werd ziek en het was al snel duidelijk dat hij niet meer beter kon worden. Mijn moeder was intens verdrietig. 'Nu raak ik wéér een man kwijt,' zei ze. 'Maar deze had ik tot het einde der tijden willen houden. Het rakelt wel veel bij me op. Ik vraag me nog steeds af of Piet toen écht de zee in is gelopen. Wat denk jij?'

Ik vertelde dat ik mijn vader had gezien in Utrecht. Dat ik hem had aangesproken maar dat hij te kennen had gegeven dat hij geen contact wilde. Ik zei niet dat hij zwierf. Het leek me nergens voor nodig om haar daar ook nog mee te belasten.

'Gelukkig, hij leeft nog,' antwoordde mijn moeder. 'Hij zal wel een andere vrouw hebben. Daarom wil hij natuurlijk niets meer met ons te maken hebben. Dat is ook maar beter. Wat hebben we elkaar nog te zeggen?'

Veel later, toen mijn moeder een paar weken in het verpleeghuis woonde, kwam ze er nog een keer op terug. 'Zag hij er eigenlijk goed uit, je vader?'

'Redelijk,' zei ik. Ik wachtte of ze verder vroeg. Maar dat deed ze niet.

35

'Kom maar, kom maar, rustig nou, je droomde midden op de dag iets verschrikkelijks, denk ik. Word eens wakker,' zegt iemand tegen me. Ik open mijn ogen en zie dat Petra over me heen gebogen staat. Achter haar staan Hans en Herman, ze kijken bezorgd naar me. Ik snik. Lig ik hier te huilen? Petra helpt me overeind en gaat naast me zitten. Hans heeft ergens een zakdoek vandaan gehaald en geeft hem aan me. Ik zit een beetje verdwaasd naar hem te kijken.

'Droomde je over je vader?' vraagt Petra zacht. Ik knik.

'Ik was er al bang voor dat dit je geen goed zou doen. Het was verstandig van je om niet mee te gaan kijken. Wij zijn ook snel teruggefietst. Niemand zat op toeschouwers te wachten en het was ook niet om vrolijk van te worden.'

Ik hef mijn hand op. 'Laat maar,' zeg ik.

Petra zwijgt een ogenblik. 'Ik heb Hans en Herman verteld dat jij ook een fataal auto-ongeluk hebt meegemaakt,' gaat ze aarzelend verder. 'Lang geleden. En dat je toen je hele gezin hebt verloren. Dan hoeven we het verder niet te hebben over wat een zwerver bij je oproept. Ik hoop dat je het niet erg vindt dat ik dat heb gezegd.'

'Het is goed,' antwoord ik en ik meen het. Het zogenaamde ongeluk van toen is mijn verklaring geweest voor de dood van Onno en de kinderen. Het was voor mij de enige manier om over het verlies van mijn kinderen te kunnen praten. Met behulp van een verzinsel. En dat verhaal is zo angstaanjagend dat iedereen begrijpt dat ik daar niet te veel over wil uitweiden. En vandaag kan ik dit verzinsel ook gebruiken om te zwijgen over mijn vader.

Er zit lood in mijn benen. Ik heb het gevoel dat mijn fiets tweehonderd kilo weegt en ik geen meter vooruitkom. Hoe ver is het nog naar ons volgende hotel? Ik stel de vraag aan Hans, die zich als navigator heeft aangeboden. Nog minstens dertig kilometer, is het antwoord. Hij schudt zijn hoofd. Dat lijkt hem vandaag geen haalbare kaart voor mij. Ik word ook een beetje panisch bij de gedachte dat ik zo'n enorm eind moet fietsen voordat ik op mijn bed kan ploffen en kan gaan slapen. Want dat is het enige wat ik verlang op dit moment: slapen. Lekker warm douchen, mijn tanden poetsen en onder een dekbed kruipen. Ogen dicht en heel diep wegzakken. Diep genoeg om onbereikbaar te zijn voor dromen.

'Het is nog vier kilometer tot het volgende dorp,' zegt Hans. 'We zouden daar kunnen proberen om iets voor je te regelen. Misschien kunnen ze een taxibusje organiseren waar je fiets ook in kan worden meegenomen. Lijkt je dat een goed idee?' Ik knik.

In het dorp dat we een halfuur later bereiken treft Hans in het vriendelijk uitziende cafeetje, waar je als je de dorpsstraat in komt vrijwel rechtstreeks in rijdt, een man die een schildersbedrijf heeft. Het is nergens voor nodig om een dure taxi te bellen, is die van mening. De fiets kan in zijn busje en hij brengt mevrouwtje wel even naar de plaats van bestemming. *Piece of cake, no problem.* Die Engelse termen leert hij van zijn jongste zoon, vertrouwt hij me toe als ik naast hem in het busje zit. Die kinderen spreken tegenwoordig nauwelijks hun moerstaal meer, alles is doorspekt van het Engels. Je moet het als ouder maar zien bij te benen. Of ik ook kinderen heb? Ik schud mijn hoofd en hoop dat hij niet verder vraagt. En dat hij dóórrijdt. Hoe sneller ik in mijn bed lig, hoe beter.

**

De politie heeft me 's morgens tegen een uur of elf ingelicht, op dringend verzoek van mijn moeder. Er was een panieksituatie ontstaan in mijn ouderlijk huis, vertelde een agent me. De collega's uit Zaandam hadden dit aan Rhenen doorgegeven. Mijn komst was dringend gewenst. Hij vertelde me dat mijn vader spoorloos was verdwenen en dat er een melding was binnengekomen van de politie in IJmuiden over een man die de zee in was gelopen.

Mijn hart stond stil. 'Dat kan mijn vader niet geweest zijn,' protesteerde ik. 'Hoe moet hij zonder vervoer zo snel in IJmuiden zijn gekomen?'

De agent haalde zijn schouders op. 'Als iemand van plan is om zelfmoord te plegen in zee, komt hij daar,' oreerde hij vol overtuiging.

Ik wilde dat hij wegging. Hij vertrok.

Ik belde zuster Meyer en vertelde in het kort wat er aan de hand was. Ze stond binnen een kwartier voor mijn deur.

Om halftwee reed ik de straat in waar ik was opgegroeid. Er stond een politiewagen bij mijn moeder voor de deur.

Mijn gedachten sloegen compleet op hol. Er was niets aan de hand, hield ik mezelf voor. Het was een vergissing. Mijn vader was een straatje om gegaan en te lang weggebleven. Hij was achteraf toch veel dieper geschokt door de scheiding dan aanvankelijk het geval leek te zijn. Hij was bang dat hij zijn kinderen ging verliezen maar ik zou hem beloven dat ik hem niet in de steek liet. Ik was veel te egoïstisch geweest, ik dacht alleen aan mijn eigen problemen. Natuurlijk hielp ik mijn vader. Elk kind helpt zijn vader, wat er ook is gebeurd. Mijn vader zou waarschijnlijk een kwartiertje na mij binnenkomen en zich verontschuldigen voor de paniek die hij had veroorzaakt. Hij zou mijn moeder een hartelijke kus geven en tegen mij zeggen dat ik snel weer eens met haar naar de Albert Cuypmarkt moest gaan. En dat ging gebeuren.

Dan koop ik iets moois voor mijn moeder, dacht ik. Ik verwen haar. Ik ga haar vertellen dat ze het goed doet. Ik geniet van haar enthousiasme en lach om haar typische moederopmerkingen. Zoals die in een grijs verleden, toen we bij een kraam stonden waar ik nieuwe gympen paste. Het was stralend weer en het begon opeens te regenen.

'Kijk nou eens,' riep mijn moeder, 'het is kermis in de hel.' Alleen mijn moeder zei zulke dingen. Ik luisterde veel te weinig naar haar.

Mijn gedachten vlogen alle kanten op. Ik hield ze niet in bedwang.

Er was niets aan de hand, repeteerde ik. Niets aan de hand.

Maar er was geen spoor van mijn vader te bekennen. Niet in Zaandam en niet meer op het strand van IJmuiden. Een man die met zijn hond in de duinen liep had iemand de zee in zien lopen. Tegen de tijd dat de reddingsbrigade uitrukte was er niets meer in zee te vinden.

Het was niet zeker dat die man mijn vader was. Het kon iedere man zijn die op de lijst van vermiste personen stond. Dat benadrukte de politie keer op keer. Het was heel goed mogelijk dat mijn vader ergens opdook. Of terugkwam. Het gebeurde vaker dat iemand zomaar een tijdje weg was, zonder enig teken van leven te geven. En dat die persoon dan later weer kwam binnen wandelen.

'Waarom dan deze paniek?' wilde ik weten.

'Uw moeder raakte nogal buiten zichzelf,' zei de agent die steeds het woord had. Het klonk verwijtend.

'Hij is dood,' zei mijn moeder. Ze beefde. Suus haalde een vest voor haar en wollen sokken. Mijn moeder liet toe dat die haar werden aangetrokken. 'Hij heeft me belazerd,' zei mijn moeder.

De dagen na de verdwijning van mijn vader lukte het iedereen om kalm te blijven. Suus zorgde voor mijn moeder. Hetty, Piet junior en ik gingen terug naar onze eigen huizen. Ik belde iedere dag minstens drie keer op om te informeren of er nieuws was. Er was nooit nieuws. Mijn vader was weg en bleef weg.

Suus ging terug naar Australië. Mijn moeder kwam Leo voorstellen. Ze wilde met hem doorgaan, ook al twijfelde ze aanvankelijk nadat mijn vader was verdwenen. Leo was leuk. Hartelijk, innemend, humoristisch. Totaal het tegenovergestelde van mijn vader. Ik sloot hem in mijn hart. Maar dat gold niet voor mijn zus Hetty en broer Piet junior. Voor hen was Leo toch een stap te ver. Ze eisten van mijn moeder dat ze met hem brak. Hij was in hun ogen de oorzaak van mijn vaders zelfmoord. Hetty en Piet junior waren ervan overtuigd dat de man die in IJmuiden de zee in was gelopen hun vader was. Mijn moeder weigerde om Leo op te geven. Toen verbraken Hetty en Piet junior het contact met mijn moeder en ook met mij, omdat ik mijn moeder steunde in haar besluit.

Ik leefde in een soort roes. Ik hielp mijn moeder met de verhuizing naar Amersfoort. Ik zorgde voor Onno en voor mijn kinderen. Ik werkte in de villa. Het was een druk leven. Het moest een druk leven zijn, om te voorkomen dat ik me liet meeslepen door mijn eigen angst.

Want ergens op de achtergrond was altijd angst. Ik kreeg er pijn in mijn rug van. Onno masseerde soms mijn schouders, als hij zich een dag goed voelde. 'Je trekt ze te veel op,' zei hij. 'Je schouders zitten bijna in je nek. Ontspan je eens wat beter.'

Ik droomde iedere nacht van mijn vader.

Soms nam ik stiekem een halve slaaptablet van Onno. Ik had die tabletten in beheer genomen, omdat ik wilde weten hoeveel hij ervan nam. Onno stond dat toe zonder ertegen te protesteren.

Die houding had ik nooit klakkeloos moeten vertrouwen.

Dad steunde me. Zuster Meyer steunde me. Ze vertelde me dat ze zelf ook mensen was kwijtgeraakt van wie ze nooit meer iets had gehoord. In de oorlog. Het was een deel van haar leven dat nooit klaar zou zijn.

'Het is iets verschrikkelijks,' zei ik steeds. 'Er valt bijna niet mee te leven. Het blijft een rol spelen. Het is veel erger dan zeker weten dat iemand dood is.'

Maar dat zei ik toen ik mijn kinderen nog had.

36

De man van het schildersbedrijf heeft me naar het hotel gebracht en is meteen verder gereden. Ik sta een beetje verdwaasd voor de ingang van het hotel en weet opeens niet goed
meer wat ik hier eigenlijk moet doen. Vragen of ik al op mijn
gereserveerde kamer terechtkan? Slapen? Het leek een goed
idee toen ik het bedacht na het laatste stuk van de fietstocht,
met lood in mijn benen. Maar nu ik daadwerkelijk voor het
hotel sta weet ik het niet meer. Ik kan hier moeilijk gaan staan
wachten tot de anderen hier tegen een uur of vier arriveren.
Het is halfeen, zie ik op de grote klok die rechts naast de ingang hangt, boven het ronde uithangbord waarop vermeld
staat dat men hier Amstelbier schenkt. Mijn maag knort een
beetje.

Achter de receptiebalie zit een jong meisje, het lijkt nog een
kind. Blonde paardenstaart, die is samengebonden met een
grote strik. Een smal lijfje dat al een beetje op een vrouw lijkt
maar nog verder moet uitgroeien. Maar als ze me te woord staat
merk ik dat schijn bedriegt. Mijn kamer is vanaf twee uur toe-
gankelijk, vertelt ze me, maar als ik er eerder gebruik van wil
maken kan ze moeite doen om dat voor me te regelen. In het

restaurant wordt een lopend lunchbuffet geserveerd, is het een idee om daar eerst eens even lekker te gaan eten? Ik kijk achterom in de richting van het restaurant. Ik knik. 'Als u gegeten hebt kunt u van uw kamer gebruikmaken,' belooft ze me. 'Daar ga ik voor zorgen.'

'Daar ga ik voor zorgen' dreunt het na in mijn hoofd, als ik mijn bordje vul met toast, roerei en fruitsalade.

'Ik zal altijd voor je zorgen,' heeft Lodewijk tegen me gezegd toen ik hem ooit over de verdwijning van mijn vader vertelde. Hij was er helemaal kapot van. 'Kind toch, meisje toch,' zei hij hoofdschuddend. 'Wat een verschrikkelijk verhaal. En altijd nog die slopende onzekerheid. Maar nu heb je mij. Ik zal nooit verdwijnen en ik zal altijd voor je zorgen.'

Ik zie hem glashelder voor me, terwijl ik lunch. Ik zie hem opeens zoals hij was toen we nog niet zo lang samen waren. Krachtig, sterk, actief, vol passie. Ik weet weer hoe adembenemend ik het vond om met hem samen te zijn. Niet alleen prettig en vertrouwd, het was veel meer dan dat. Lodewijk is vanaf het allereerste begin familie voor me geweest.

'Weet je,' zei hij eens tegen me, toen we al vijf jaar getrouwd waren, 'je ziet vaak dat mensen na de eerste periode dat ze samen zijn een beetje rustiger worden. Je blijft niet verliefd, hoor je altijd zeggen. Dat gaat over en dan wordt het leven weer gewoon. Maar het klopt niet, heb ik gemerkt. Ik word iedere dag juist verliefder. Mens, het brandt helemaal in me. Hoe moet dat nu verder?'

We stonden in de keuken, ik smeerde broodjes voor de lunch en Lodewijk zette koffie. 'Lekker laten branden,' lachte ik. 'Wil je ham of kaas?'

Even later vreeën we op de keukenvloer de pannen van het fornuis.

Vanaf het moment dat ik hem onder aan de trap vond ben ik bang geweest dat ik hem voor altijd verliezen zou. De dagen dat hij in coma lag, ben ik niet van zijn zijde geweken. Ik heb zelfs zitten bidden, terwijl ik niet in God geloof. Ik heb allerlei beloftes gedaan over wat ik zou doen als hij wakker zou worden. Ik heb zelfs beloofd dat ik Onno zou vergeven.

'Praat maar gewoon tegen hem,' adviseerde een verpleegkundige me. 'Haal hem terug met je stem.'

Ik praatte zó veel dat mijn stem er schor van werd. Ik had geen aandacht voor artsen of verpleegkundigen die binnenkwamen, ze vielen me nauwelijks op. Praten moet ik, dacht ik. Net zolang tot hij me hoort. Ik heb hem uren achter elkaar verteld hoeveel ik van hem hield en dat ik niet verder zou kunnen leven als ik ook hém nog verloor. Ik heb hem eindeloos geknuffeld en zachte kusjes op zijn wangen en zijn mond gegeven.

'Jij geeft van die lekkere kusjes,' zegt hij vaak. 'Allemaal van die lekkere kusjes.'

Ik verlang opeens hevig naar hem. Ik wil naar huis.

Ook al is het huis de laatste tijd niet meer hetzelfde, het is óns huis. Ik moet het niet alleen laten, denk ik opeens. Er kan van alles gebeuren.

Stóp! Ophouden! Dit soort paniek is nergens voor nodig. Annie gaat iedere dag even langs om alles te controleren, heeft ze beloofd. Ze haalt de brievenbus leeg en sorteert de kranten en de post. Als er weer een bruine enveloppe op me ligt te wachten, verscheur ik hem ongeopend. En als ik over een maand nog zulke post ontvang, zoek ik uit waar Janine woont en breng alles persoonlijk terug. Eens moet het ophouden. Er zit een grens aan mijn geduld. Maar hoeveel keer heb ik dit intussen al gedacht?

Ik zie een vrouw met een hoofddoek langs de buffettafel lopen. Ze is klein en beweegt zich heel sierlijk. Stijlvol. Ik denk opeens aan wat Harm me vertelde over de vrouw die van de woongroep werd weggestuurd.

'Ze was erg beledigd,' zei Harm. 'Ze scheen die hoofddoek heel bewust te dragen. Ze is niet van origine moslim. Ze is bekeerd. Iedereen in haar omgeving was ertegen, vertelde ze. Het zat haar tamelijk hoog. Ze wilde het absoluut vertellen, ook al zei ik dat het mijn zaak niet was. Ze luisterde niet naar me. Ze draafde maar door en het ging er vooral om dat ze zich afgewezen voelde.'

'Het was niet mijn bedoeling om haar zo overstuur te maken,' protesteerde ik. 'Mij maakt het niet uit, die hoofddoek. Het gaat mij erom dat Jeroen niet angstig wordt. Had ze dat ding dan niet alleen tijdens haar werk af kunnen doen?'

'Dat hebben wij ook voorgesteld. Maar het viel niet goed. Ze verweet ons discriminatie en gebrek aan respect. Er was niet tegenaan te praten. Wij waren niet eerlijk, zei ze. We hadden er ook niet moeilijk over gedaan toen ze kwam solliciteren. Ik vond dat ze er nogal een theater van maakte. En dat ze fanatiek was.'

Ik herinner me ieder woord van het gesprek. Ik herinner me ook hoe de vrouw naar me keek, op de dag die later haar laatste werkdag bleek te zijn. En hoe bang Jeroen voor haar was.

Mijn hoofd maalt.

Denk ik wel in de goede richting?

Slapen is geen goed idee, want dan kan ik er natuurlijk vergif op innemen dat ik vannacht aan het spoken sla. Na de lunch loop ik het dorp in. Dat bestaat uit niet meer dan een plein met enkele winkels waar huizen omheen zijn gebouwd. Op het plein zijn de ramen van twee winkels dichtgespijkerd. Daar heeft de middenstand blijkbaar niet kunnen overleven. Ik word door iedereen die ik tegenkom vriendelijk gegroet. Via het plein loop ik de woonwijk in langs een vijver. Aan de overkant van de vijver staat een nieuwbouwcomplex dat wel eens een bejaardencentrum zou kunnen zijn. Op de begane grond staan enkele tuindeuren van woningen open en ik zie overal oude mensen zitten of rondlopen. Het geluid van mijn mobiele telefoon bezorgt me bijna een hartverzakking.

'Marijke, met Harm. Ben je thuis?' hoor ik Harm vragen. Ik

vertel hem dat ik op fietsvakantie ben en in een park naar bejaarden zit te kijken. Hij moet erom lachen.

'Is er iets aan de hand?' wil ik weten. Harm zal niet zonder reden bellen.

'Ja en nee. Jeroen is heel onrustig. Hij spookt bijna iedere nacht en heeft vreemde nachtmerries. We willen hem een paar dagen wat extra rustgevende medicijnen geven, de huisarts heeft dat voorgesteld. Maar daar moeten we toestemming voor hebben. Het lijkt ons niet verstandig om het met Jeroen zelf te bespreken. Hij is al zo in paniek! Of kan ik dat al aan Lodewijk vragen?'

'Laat Lodewijk nog maar met rust,' raad ik hem aan. 'Waar gaan die nachtmerries over?'

'Steeds over hetzelfde. Hij heeft het iedere keer over een vrouw die zijn vader van de trap heeft gegooid. Hij is er niet van te overtuigen dat het een ongeluk was.' Het is even stil aan de andere kant van de lijn. Harm lijkt te aarzelen.

'Wat is er nog meer?' vraag ik. Ik voel mijn hart opeens in mijn borstkas bonken.

'We hebben het hem niet laten zien. Er kwam twee dagen geleden een grote enveloppe voor hem binnen. Er zat een foto in van...'

'Een tweeling,' neem ik zijn woorden over. 'Twee meisjes van een jaar of drie. Met wipneusjes, lichtjes in hun ogen en krullend haar.'

'Ken je die kinderen?' wil Harm weten.

Ik moet een paar keer diep ademhalen voordat ik weer iets kan zeggen. 'Laat hem die foto niet zien en hou hem alsjeblieft goed in de gaten. Ik kom zo snel mogelijk naar huis.'

Lodewijk wilde geen aandacht schenken aan de zogenaamde gave van Jeroen. Hij vond het allemaal een beetje te ver gezocht.

Ik weet nooit helemaal zeker wat ik van de dromen die Jeroen heeft moet denken. Ik vind het een beetje eng. Maar op dit moment kan ik er niet omheen dat er in mijn hoofd allerlei alarmbellen rinkelen. Ze houdt er niet mee op. Ze laat zich niet uit het veld slaan omdat ik haar negeer. Zolang ze mij lastigvalt, is het nog in de hand te houden. Maar Jeroen moet ze met rust laten. En Lodewijk ook.

Ik zie Lodewijk voor me. Hij slaapt nog steeds na de lunch. Hij ligt dan alleen in zijn kamer. Lodewijk slaapt altijd diep. Hij hoort nooit iets. Je zou het hele huis kunnen leeghalen zonder dat hij het merkt. Er kan gemakkelijk iemand in zijn kamer zijn zonder dat hij iets in de gaten heeft.

Mijn hart staat stil van schrik als ik dit denk.

Ik bel het revalidatiecentrum.

Irma heeft dienst en ze reageert enthousiast op mijn stem. 'Wat leuk dat je even belt, heb je het naar je zin?' Zonder mijn antwoord af te wachten ratelt ze verder. 'En het komt goed uit dat we even kunnen overleggen. Lodewijk is oké. Hij slaapt veel minder en hij begint weer te lopen als een kievit. En hij weet de laatste dagen alles beter dan wij. Wat kan die man kritisch zijn, zeg. Je wilt het niet weten. Hij lag gisteravond met iemand in de clinch omdat hij ervan overtuigd is dat we een ander merk vanillevla hebben ingekocht. Een die zoeter is dan de vorige. Er zat volgens hem een tijdje geleden een vreemd smaakje aan de vla en die vreemde smaak is nu verdwenen. Maar wij hebben nog steeds hetzelfde merk. Is hij altijd zo eigenwijs?' Ze wacht mijn antwoord niet af. 'Maar goed, hij wil naar huis. Ik denk dat het ook tijd wordt. De rest van de revalidatie kan hij volgens mij ook thuis afmaken. Kees Jan heeft me gevraagd hoe jij daarover denkt.'

'Hoe eerder hij thuis is, hoe beter,' antwoord ik. Ik aarzel.

'Is er iets aan de hand?' vraagt Irma.

'Komt er wel eens iemand op bezoek bij Lodewijk die je niet kent? Belt er wel eens een onbekende op?' wil ik weten.

'Wat klinkt dat spannend,' zegt Irma. 'Nee, niet dat ik weet. Is er iets, Marijke?'

'Ik kom vanavond terug. Ik wil...'

'Nu je het zegt,' valt Irma me in de rede, 'een paar weken geleden schijnt er hier een vrouw te zijn binnengelopen die naar hem vroeg. Ik heb haar zelf niet gezien, mijn collega heeft haar gesproken. Ze had een nogal incoherent verhaal over hel en verdoemenis en het einde der tijden. Mijn collega kon er geen touw aan vastknopen. En even plotseling als ze verschenen was verdween ze ook weer. Ze deed een beetje schichtig. Ze droeg een grote zwarte hoed. Mijn collega kon daardoor haar gezicht niet goed zien. Dat vond ze hinderlijk. We dachten eigenlijk dat ze op de bekeertoer was. Maar het was wel vreemd. Ik heb nog nooit gehoord dat zulke lui zich zo uitgedost vertonen. Jij wel? Enfin, we hebben haar niet meer teruggezien.'

37

De anderen arriveren tegen vieren en Petra vertelt dat het een schitterende tocht was. Ze hebben kilometerslange weilanden gezien waarop schapen met hun lammeren graasden. Op plaatsen waar de lammeren dicht bij de weg stonden zijn ze afgestapt en hebben ze de dieren van dichtbij bekeken. 'Aandoenlijk mooi was het,' vertelt Petra. 'Ze hadden van die jonge koppies en die nieuwsgierige oogjes. Ze lieten zich gewoon aaien. Ik kan na vandaag nooit meer lamsvlees eten.'

'Dat wordt dan hongeren vanavond,' merkt Herman op en hij wijst naar het grote bord in de hal waarop staat vermeld dat er vandaag lamsstoofschotel wordt geserveerd.

'Nou ja,' zegt Petra, 'vanavond dan voor de laatste keer.'

Hans staat erbij zonder iets te zeggen. Hij probeert mijn blik te vangen maar ik kijk van hem weg. 'Ik moet jullie iets vertellen,' zeg ik. 'Het lijkt me beter dat ik naar huis ga. Het was geen goed idee om weg te gaan uit Sittard. De situatie daar is te onrustig, ik heb er last van.'

Ze staren me aan. 'Er is nogal wat aan de hand,' zeg ik tegen Petra. 'Ik wilde je er niet mee lastigvallen. Maar misschien maak ik me ook wel te veel zorgen, ik weet het niet meer.'

'We hebben er het nog wel over,' antwoordt Petra. 'Vertel het me later maar.'

'Dat meen je toch niet?' vraagt Herman. 'Je gaat nu toch niet afhaken? Over twee dagen ben je alweer thuis.'

'Toch wel. Op dit moment duren die twee dagen me te lang. Ik trek het niet en ik weet zeker dat ik beter terug kan gaan. Maar jij,' wend ik me tot Petra, 'jij fietst gewoon door. Je geniet ervan en ik wil jouw plezier niet bederven.'

'Ik fiets helemaal niet gewoon door,' antwoordt Petra en ze legt een hand op mijn arm. 'Ik ga met je mee.'

We eten nog samen voordat Petra en ik vertrekken, hebben we afgesproken. Ik zou het liefst direct op de trein stappen maar ik beheers me. Rustig blijven, spreek ik mezelf voortdurend in gedachten toe. Niet op hol slaan. Nergens voor nodig.

De anderen willen even douchen voordat we aan tafel gaan en ik loop de tuin in, richting vijver. Er zijn nu geen reigers te bekennen, er trippelen alleen een paar vogels op het grind. Ze zijn nieuwsgierig. De brutaalste waagt het zelfs om op de armleuning van de bank heel dicht in mijn buurt te komen. Ze worden hier waarschijnlijk vaak gevoerd.

Het geluid is er al even, ik reageer niet direct. Het is mijn mobiele telefoon. Ik aarzel om op te nemen.

Er meldt zich een vrouw. Carlijn van Helvoort. Wie is Carlijn van Helvoort? 'Ik ben de EVV'er van uw moeder.'

Wat is in hemelsnaam een EVV'er?

'De eerstverantwoordelijke verzorgende,' legt ze geduldig uit.

'Natuurlijk. Sorry, ik was er even niet bij.' Op hetzelfde ogenblik heb ik het gevoel dat mijn keel wordt dichtgeknepen. Waarom belt Carlijn me?

'Uw moeder heeft me gevraagd u te bellen. U bent aan het fietsen, zei ze. Het spijt haar dat ze u stoort.'

'Dat geeft niet. Ik kom vanavond terug.'

'O, dat is goed nieuws. Er is iets gebeurd waar uw moeder nogal overstuur door is.'

Ik zet me schrap.

'Er was hier een vrouw. Helemaal in het zwart gekleed. Met een zwarte hoed op haar hoofd. Ze wilde bij uw moeder naar binnen gaan maar ze is tegengehouden door een van mijn collega's. Die kende haar niet en ze vond dat de vrouw zich verdacht gedroeg. Ze protesteerde heftig toen ze niet naar binnen mocht en begon allerlei dingen te roepen over gerechtigheid komen halen en respect afdwingen. Wartaal, volgens ons. Mijn collega heeft haar de deur uit gezet en de politie gebeld. Ze zag de vrouw wegrijden in een rode auto maar ze kon het nummerbord niet lezen. De politie heeft in de buurt uitgekeken naar een rode auto en een vrouw met een hoed op maar tot nu toe is er niemand gevonden. Uw moeder is bang dat ze terugkomt en wil dat haar kamerdeur op slot is. En ze vraagt naar u. Kan ik tegen haar zeggen dat u morgen op bezoek komt?'

Pas nadat we het gesprek hebben beëindigd merk ik dat ik beef van top tot teen. Het klopt niet. Het voegt niet: de acties van foto's en krantenknipsels sturen tegenover anoniem bellen en de ene keer met een hoofddoek en de andere keer met een hoed op rondstruinen.

Ik zit stijf rechtop en weet wat er aan de hand is. Het gevaar komt niet uit het verre verleden. De foto's en het krantenknipsel hebben niets met het heden te maken. Ze vormen geen gevaar. Ze komen uit het brein van een gefrustreerde oude tante die waarschijnlijk eenzaam is. Zielig, niet gevaarlijk. Meelijwekkend, als je het goed bekijkt.

De dreiging zit ergens anders. We hebben ons allemaal verkeken op de vrouw die zich afgewezen voelde toen de leiding van de woongroep haar verzocht om haar hoofddoek af te doen. Ik heb de zaak aangekaart. Ik zou in haar ogen wel eens de oorzaak kunnen zijn van haar ontslag. Ze wil gerechtigheid. Over mijn rug.

Ze was nogal fanatiek, zei Harm.

Ik voel de woede vanuit mijn tenen naar boven komen. Ik kan me niet herinneren ooit zó intens woedend te zijn geweest.

Toch wel.

Eén keer.

38

Ik kan een zucht van opluchting niet onderdrukken, als de trein zich in beweging zet. We rijden! Over vier uur ben ik weer in mijn eigen huis. Morgen ga ik direct naar Lodewijk. Ik wil zo snel mogelijk zijn ontslag gaan regelen. En daarna ga ik naar mijn moeder. Ik zal haar vertellen dat ik aangifte ga doen bij de politie. Alleen weet ik nog niet precies waarvan. Kun je aangifte doen tegen vermeend lastigvallen? Tegen opdringerig gedrag? Tegen ongewenste telefoongesprekken?

Heb ik eigenlijk wel een zaak?

Petra zit me peinzend aan te kijken. 'Wil je me vertellen wat er precies aan de hand is?' vraagt ze. 'Wat maakt je zo ongerust? Je wordt toch niet bedreigd of zo?'

Er is iets met me gebeurd toen ik het verhaal over Onno tegen Hans vertelde. Ik brak ergens doorheen. Jaren geleden trapte ik eens dwars door het rempedaal van mijn auto en ik herinner me de schrik die ik door mijn hele lijf voelde denderen en de gil die ik produceerde. Ik kwam terecht in een positie waar geen sprake meer was van enig houvast. Wáár ik me ook aan vastgreep, ik had de situatie niet meer onder controle. Het lukte me om de auto ongedeerd aan de kant te krijgen en het heeft tijden geduurd voordat ik weer op een rempedaal durfde te vertrouwen. Nu heb ik eenzelfde soort gevoel. Door het verhaal over Onno aan een wildvreemde man te vertellen, ben ik stuurloos geworden. Er is een barricade verdwenen maar ik besef opeens dat er daardoor ook een bepaald gevoel van controle weg is. Ik kan me nergens meer aan vastklampen.

Petra wacht rustig af wat ik te vertellen heb. Ik weet dat ze me nooit zal dwingen om iets te zeggen wat ik niet kwijt wil. Dat is aan de ene kant een geruststellende gedachte maar tegelijk ook mijn grote valkuil.

'Ik denk de laatste dagen steeds aan wat je zei op de avond voordat we vertrokken,' begin ik. 'Over andere mensen je vertrouwen geven.'

Petra knikt. 'Respect hebben voor de betrouwbaarheid van de ander,' citeert ze zichzelf. 'Ik heb daar toevallig vanmiddag op de terugweg nog een interessant gesprek met Hans over gehad. Hij vertelde dat zijn relaties altijd stuklopen op het ontbreken van vertrouwen. Hij laat zelf liever niet het achterste van zijn tong zien en zoekt vrouwen uit die overal voor wegduiken. Je zou denken dat je dan aan elkaar gewaagd bent en het nooit moeilijk of gecompliceerd wordt in de relatie maar volgens Hans creëer je op die manier juist een broeikas voor wantrouwen en achterdocht.'

Ik moet hier even over nadenken. 'Vind je dat ik overal voor wegduik?' vraag ik en ik voel mijn hart in mijn keel kloppen.

Petra glimlacht. 'Niet overal voor,' zegt ze vergoelijkend. 'Als het over een ander gaat durf je gerust iets van je eigen emoties te laten zien.'

Ik zwijg.

'Er kan zomaar opeens een onzichtbaar hek tussen ons staan,' gaat Petra verder. 'En je geeft me geen toestemming om eroverheen te klimmen. De laatste weken is dat hek er steeds.' Ze wacht een paar seconden voor ze verdergaat. 'Je zei vanmorgen dat iemand je foto's stuurde van je kinderen. Dat zei je toch?'

Ik knik. 'Ze is gek,' licht ik toe.

'Over wie heb je het eigenlijk?'

'Over de tante van mijn eerste man. De tweelingzus van mijn schoonmoeder. Ze zijn er allebei vanaf de dood van mijn eerste man van overtuigd geweest dat ik hem heb vermoord.'

'Bedoel je dat zij meenden dat je iets te maken had met dat ongeluk? Terwijl je er zelf helemaal niet bij was?'

Op dit moment zou ik iets kunnen zeggen, bedenk ik. Ik zou kunnen zeggen dat ik mijn gezin niet door een ongeluk verloren heb en het daarbij wil laten. Op dit moment zou ik kunnen besluiten om de betrouwbaarheid van Petra te respecteren. Een eerste stap maken.

Ik haal diep adem. 'Ik zei het al: ze is gek,' is het enige wat ik kan uitbrengen.

'Gevaarlijk gek, als je het mij vraagt,' is het grimmige antwoord van Petra. 'Onmenselijk gek. Hoe verzin je het om een ander zó te kwetsen?' Ze aarzelt. 'Wat heb je met die foto's gedaan?'

'Weggegooid,' zeg ik kort. Ik heb het gevoel dat ik stik.

'Heb je nog andere foto's van je kinderen?'

Ik staar Petra aan. 'Niet binnen handbereik.' Ik versta mijn eigen stem niet.

'Ik zou er graag samen met je naar kijken,' zegt Petra zacht.

Mijn schoonzus is van plan om over een hek te gaan klimmen.

'Is dat het enige wat speelt?' wil ze weten.

We schieten beiden van schrik overeind als er plotseling een stem door de coupé galmt dat we Amersfoort naderen.

'Hier moeten we overstappen,' zeg ik en ik pak snel mijn koffer. Petra geeft geen antwoord en trekt met een strak gezicht haar tas uit het bagagerek.

Ik wil iets aardigs zeggen. Ik wil zeggen dat Petra niet verantwoordelijk is voor de kille sfeer die opeens tussen ons hangt.

Maar er komt geen woord over mijn lippen.

**

Mijn schoonmoeder heeft vanaf het moment dat ze hoorde dat
Onno vermist werd besloten dat ik voor zijn lot verantwoordelijk was. Ze heeft mijn schoonvader al vanaf de avond dat ik de
kinderen vond maar Onno nergens te vinden was bestookt met
verdachtmakingen in mijn richting en geprobeerd hem ertoe te
bewegen om aangifte bij de politie te doen. Ik heb dat pas veel
later van zuster Meyer gehoord.

'Ze was zichzelf niet,' vertelde die me. 'Helemaal van de leg.
Volgens haar was iedereen de kluts kwijt, behalve zijzelf. Zij
wist precies hoe de vork in de steel zat. Onno was onschuldig.
Hij was evenzeer het slachtoffer van jouw misdaadpraktijken als
de kinderen. Ze bracht de burgemeester bijna tot wanhoop met
haar theorie. Dag en nacht had ze het erover. Hij vluchtte regelmatig naar mij, om even van haar geraaskal af te zijn. Ik had
heel erg met hem te doen.'

Toen mijn schoonvader niet naar Mathilde wilde luisteren,
belde ze de krant. Ze trof een medewerker die wel te porren was
voor een sensatieverhaal en daardoor werd het artikel gepubli-
ceerd waar ik pas veel later iets over hoorde. Mathilde probeerde daarmee andere mensen te beïnvloeden en een hetze tegen
mij te veroorzaken. Maar de zaak bloedde dood. De meeste
mensen die in Rhenen woonden hielden zich erbuiten. Een paar
medewerkers van het stadhuis zorgden ervoor dat bekend werd
dat de burgemeester de actie van zijn vrouw verschrikkelijk
vond en zich er totaal van distantieerde. De burgers kozen partij voor hun burgemeester. Mathilde was geen populaire figuur.
Ze was veel te verwaand en afstandelijk.

Het is gelukkig allemaal aan mij voorbijgegaan. Nadat ik
had besloten om een tijdje in Sitges te blijven onderhield ik
geen enkel contact met mensen uit mijn oude omgeving, behalve met zuster Meyer en met mijn moeder. Zuster Meyer
schreef me over de zaken die ze met mijn schoonvader regelde.

Minstens één keer per week belde ze me op. Ik wist dat ze mijn stem wilde horen om er zeker van te zijn dat ik nog leefde. Mijn moeder woonde intussen bij Leo in Amersfoort. Ze schreef me veel. Ze dacht nauwelijks aan wat er met mijn vader was gebeurd, vertelde ze. Die onzekerheid viel totaal in het niet bij wat mij was overkomen. Ze miste me. Ze wilde voor me zorgen. Ik was welkom in haar nieuwe huis. Ook namens Leo.

Ik stuurde af en toe een kaart terug met een groet. Ik probeerde er wel iets op te zetten over hoe het met me ging maar er kwam geen enkele tekst in me op.

De inboedel van ons huis werd verkocht en mijn persoonlijke spullen werden in de villa opgeslagen. Die van de kinderen ook, maar later heb ik gevraagd of zuster Meyer hun kleertjes en speelgoed aan een goed doel wilde geven. Ze bewaarde alleen wat babytruitjes en enkele foto's van Roos en Claire. Veel later heb ik de doos waarin alles zat bij haar opgehaald en uit mijn zicht in een kast gezet. Toen ik met Lodewijk ging samenwonen zette ik de doos op zolder tussen alle andere dozen die er al stonden. Lodewijk bewaart altijd van alles en later kwamen er nog veel meer dozen op de zolder terecht. Ik wist daardoor niet meer precies in welke doos de spulletjes van Roos en Claire zaten. En ik had ook geen enkele behoefte om erachter te komen.

Toen het november werd en de zaak in Sitges voor een paar maanden sloot, overlegde ik telefonisch met zuster Meyer wat ik zou gaan doen. Ik twijfelde of ik terug zou gaan naar Nederland. Als ik aan Rhenen dacht, kwam mijn maag bijna achter mijn oren te zitten.

Zuster Meyer vertelde me dat in het algemeen ziekenhuis in Sittard enkele vacatures waren voor verpleegkundigen. Een van haar vriendinnen, Rinie van Hoof, was hoofd van de verplegingsdienst in dat ziekenhuis en zuster Meyer had haar over mij verteld. Ik kon komen praten, als ik dat wilde. Ik maakte een afspraak met Rinie, stapte in de trein naar Nederland en ging rechtstreeks naar Sittard.

Ik kon direct beginnen en sliep een paar weken in een hotel. Daarna woonde ik in de zusterflat van het ziekenhuis en ging ik op zoek naar een eigen appartement. Dat vond ik al snel en ik kocht het direct nadat ik het bezichtigd had.

Ik leefde van dag tot dag, het eerste jaar na de dood van Roos en Claire. Zo veel mogelijk werken, in vrije uren het verstand op nul en de blik op oneindig. Toen ik eenmaal in Sittard woonde, trok ik me als ik niet hoefde te werken terug in mijn huis en zocht met niemand contact. Zuster Meyer en mijn moeder waren de enige personen die ik binnenliet. Mijn moeder kwam minstens één keer in de twee weken en ze probeerde me mee naar buiten te krijgen, de stad in, naar een restaurant. Soms gaf ik toe, om haar een plezier te doen. Ze stelde vragen over mijn werk en over hoe ik me voelde. Maar verder liet ik geen vragen toe. We hadden een afspraak gemaakt. We spraken niet meer over mijn huwelijk en over mijn kinderen.

Er zat een permanent slot op mijn hart. Wát er ook om me heen gebeurde, welke aangrijpende dingen ik tijdens mijn werk ook hoorde, ik verblikte of verbloosde niet. Ik liet simpelweg geen emoties toe. Iedere avond nam ik een slaappil waardoor ik zeker zeven uren achter elkaar van de wereld was. Op vrije dagen nam ik er overdag ook wel eens een, als ik merkte dat ik te veel aan de kinderen dacht en het benauwd kreeg van het terugdringen van mijn tranen. Een aantal uren extra onder zeil betekende minder uren hoeven piekeren. Op die manier lukte het me om mijn verdriet niet te dichtbij te laten komen.

Het appartementencomplex waar ik kwam te wonen stond destijds nog op een kaal stuk grond. Later werd de hele omgeving volgebouwd en verdween mijn uitzicht op het meer in de verte. Als ik me soms geen raad wist van verdriet liep ik naar het meer. Er lagen verschillende vlonders in het water, vaak zat er iemand te vissen. Als ik op zo'n vlonder stond en naar het kabbelende water keek, werd ik meestal rustig. Soms waaide het hard en dan luisterde ik naar het klotsende geluid van de golven die over elkaar heen rolden en zich aan elkaar stootten. De harde wind kon behoorlijk spoken.

Ik had wel eens ergens gelezen dat de verdrinkingsdood een mooie dood scheen te zijn. Je zou prachtige visioenen krijgen terwijl je volliep met water.

Ik sprong niet in het meer. Maar als de wind me erin had geblazen zou ik me ook niet verzet hebben.

39

Maar toen werd het voor de eerste keer weer mei en kwam de herinnering aan de fatale datum van een jaar geleden dreigend en verstikkend op me af. Ik begon last te krijgen van verschrikkelijke nachtmerries en vond mezelf bibberend en schreeuwend overal in mijn huis terug. Ik ging tijdens die nachtmerries mijn bed uit maar dat merkte ik pas als ik wakker werd. Het lukte me niet om mijn aandacht bij mijn werk te houden. Zodra ik probeerde me ergens op te concentreren kreeg ik zware hoofdpijn. Alles wat ik at kwam even hard weer naar buiten, ik spuugde zo erg dat mijn maag pijn deed. Ik beefde en liet van alles uit mijn handen vallen. Op een dag merkte ik dat ik niet goed kon zien. Het schemerde om me heen. Mijn collega's stuurden me naar huis. Ze dachten dat ik griep had. Minstens vier dagen niet op het werk komen, was hun advies. Met griep valt niet te spotten.

Ik sliep de hele dag en de volgende dag en de daaropvolgende dag. Als ik wakker werd dronk ik iets en probeerde een beschuitje met jam of een bekertje yoghurt naar binnen te werken. Ik werkte destijds al op de afdeling waar ik later hoofdverpleegkundige zou worden en Frikke Lammers was enkele maanden na mijn indiensttreding aangesteld als afdelingschirurg. We konden het goed met elkaar vinden en toen ik drie dagen ziek was stond hij opeens voor de deur. Hij schrok zich een ongeluk toen hij me zag en liet zich niet afschepen met verhaaltjes over griep en vermoeidheid. 'Hier zit veel meer achter,' concludeerde hij. 'Ik heb je de afgelopen weken in de gaten gehouden en ik zag toen al dat het niet goed met je gaat. Niks griep, Marijke. Je hebt hulp nodig.'

Ik vroeg me af wat hij precies wist. Had Rinie van Hoof hem iets verteld? En wat wist díé eigenlijk over mij?

Frikke raadde waar ik over peinsde. 'Rinie heeft me verteld dat je je gezin hebt verloren. Dat moet een verschrikkelijke ervaring zijn geweest die moeilijk te verwerken zal zijn. Soms lukt dat in je eentje maar meestal niet. Het is geen schande om hulp te krijgen, meissie, helemaal geen schande.'

Hij kende een vrouwelijke psychiater. Ze heette Marleen Gillissen en ze was zesenveertig jaar. 'Die vrouw is een heel goede behandelaar,' zei Frikke. 'Ze heeft zelf al heel veel meegemaakt, veel verloren in haar leven. Twee van haar vier kinderen, bijvoorbeeld.'

Ik staarde hem met grote ogen aan.

'Je kunt er natuurlijk voor kiezen om het in je eentje te blijven uitzoeken. Niemand zal je verplichten om te praten, hoewel de deur bij Hester en mij altijd voor je openstaat. Aan jou de keuze hoe je het oplost. Maar als je lijf gaat protesteren zoals het momenteel doet wordt het volgens mij toch tijd om daarnaar te luisteren en in actie te komen. Mensen die de signalen van hun lijf negeren, worden ziek. Ze sterven vaak jong. Is dat jouw bedoeling? Ziek worden en jong sterven?'

'Het kan me niet schelen,' antwoordde ik. 'Ik hoef niet oud te worden.'

'Dat geloof ik niet. Je hebt ergens al het besluit genomen om verder te leven, anders zat je hier nu niet. En er zijn mensen in je omgeving die bezorgd om je zijn en die om je geven. Ik bijvoorbeeld. Laat me een afspraak voor je maken bij Marleen. Als je merkt dat het je geen goed doet om met haar te praten stop je er gewoon weer mee. Dat bepaal je zelf. Maar gun jezelf alsjeblieft de kans om je beter te gaan voelen.'

Ik stemde toe maar vooral om Frikke een plezier te doen. Ik was aangenaam getroffen door zijn bezorgdheid en daar wilde ik iets tegenover stellen. Eén gesprek, nam ik mezelf voor, dan stop ik er direct weer mee.

Ik ben acht maanden lang bij Marleen in therapie geweest. De eerste vier maanden zag ik haar iedere week, daarna iedere veertien dagen. Vanaf het eerste gesprek dat ik met haar voerde voelde ik me bij die vrouw op mijn gemak. Ze had iets beschermends over zich, iets wat de grote boze buitenwereld heel erg op een afstand hield. En ze had humor, soms een beetje cynisch getint. Dat beviel me wel.

Marleen heeft me laten schreeuwen. Ze heeft mijn woede vanaf de toppen van mijn tenen uit me gepeuterd en me laten gillen tot ik er schor van was. Dat ging allemaal niet zonder slag of stoot. Iedere keer als ik haar zag moest eerst mijn weerstand tegen praten overwonnen worden. Ik probeerde Marleen te laten geloven dat de scherpe kantjes van het verdriet al aan het slijten waren.

'Is dat zo?' vroeg ze. 'Over welk verdriet heb je het precies?'

Ik steigerde. Wélk verdriet? Dat over mijn schoonmoeder, nou goed? Marleen hitste me op, iedere sessie opnieuw. 'Eerst de woede laten komen,' zei ze. 'Eerst moet die woede eruit. Daarna gaan we pas aan het verdriet beginnen.'

Ze heeft me eindeloos vaak opnieuw laten vertellen wat ik voelde na de dood van mijn kinderen. Eerst liet ze me contact krijgen met de verpletterende haat die in mij had plaatsgenomen. Ze heeft me Onno laten wurgen, in stukken laten hakken, krijsend te lijf laten gaan. Ik heb acht maanden gescholden, gedreigd, vervloekt en gehuild tot ik er bijna bij neerviel. Een kleine groep mensen zorgde voor me. Mijn moeder, zuster Meyer, Frikke en zijn vouw Hester en Rinie van Hoof. Ze kookten eten, hielpen me met het schoonmaken van mijn huis en namen me mee naar buiten. Ze stelden geen vragen maar vertelden me waar ze mee bezig waren. En ze luisterden als ik iets te zeggen had.

Marleen heeft me gedurende alle maanden dat ik bij haar kwam uitgenodigd om te vertellen wat er op de fatale avond in mei gebeurde en hoe ik mijn kinderen aantrof. Maar dat laatste is me niet gelukt. Ik kan niet praten over wat ik zag. Als ik erover praat, lijkt het alsof het opnieuw gebeurt.

'Ze zijn dood,' is het enige wat ik tegen haar heb kunnen zeggen. 'Ze zijn vermoord. Onno was ervan overtuigd dat ze ook ziek waren en een verschrikkelijk leven tegemoet gingen.'

Onno kon niet meer helder denken, is later gebleken. Maar toch heeft hij me ook om de tuin geleid. Hij deed vrolijk en hij wekte de indruk dat hij niet meer bezig was met zijn zogenaamde ziekte. Hij zei dat hem iets vreemds mankeerde maar dat de kinderen daar niets mee te maken hadden. Hij maakte me wijs dat hij helemaal was afgestapt van het idee dat hij genetisch iets verschrikkelijks aan de kinderen had doorgegeven. Maar daar is hij zelf niet van overtuigd geweest. De angst is met hem op de loop gegaan, de woede heeft de overhand gekregen. Hij moet Vesperaxtabletten hebben gespaard. Kleine meisjes van nog geen vier jaar oud overleven vier hele tabletten niet. Als je die door een schaaltje vanillevla roert en ze die vla laat eten slapen ze in en worden ze nooit meer wakker. Maar ze hebben niet geleden, is me verteld. Ze hebben er niets van gemerkt. Ik kan er niet over praten dat ik ze vond. Mijn hart heeft toen op het punt gestaan om op te houden met kloppen. Er kwam een scherpe en onverdraaglijke pijn in mij naar boven die me recht in mijn ziel trof. Als ik erover praat, zal ik die pijn weer voelen, vrees ik. En dat overleef ik niet.

40

'Wat voelde je precies?' vroeg Marleen me op een dag, 'in die vierentwintig uur dat Onno werd vermist?'

Ik moest daar diep over nadenken. Wat had ik toen gevoeld? Hád ik wel iets gevoeld? Volgens mij heb ik toen gewoon gezeten waar ik zat en is alles wat om me heen gebeurde volkomen langs me heen gegaan.

'Bestaat niet,' kondigde Marleen aan. 'Je beide kinderen waren dood. Je hebt ze zelf gevonden. Je man was verdwenen. Iedereen begreep dat hij voor de dood van jullie kinderen verantwoordelijk was. Je gaat me toch niet proberen wijs te maken dat je gewoon hebt gedacht: da's pech hebben dat hij weg is?'

Ik klapte dicht maar Marleen ging onverstoorbaar door op een agressief toontje. 'Waarom ben je zelf niet mee gaan zoeken, om tenminste de kans te hebben hem alsnog met eigen handen koud te kunnen maken?'

Ik vloog overeind. 'Jij weet niet hoe graag ik dat zou hebben gedaan,' zei ik met een lage stem en ik voelde dat ik op mijn benen stond te trillen. 'Niemand weet dat ik hem zelfs tot de dag van vandaag nog persoonlijk zou willen wurgen.'

'Goed zo, Marijke, nu kunnen we verder praten. Vertel eens,

wat ging er allemaal door je heen toen de hele bevolking aan het zoeken en het dreggen was geslagen? Hoopte je dat hij nog leefde?'

'Nee,' herinnerde ik me. 'Ik heb volgens mij als volslagen ongelovige zitten bidden dat hij zo dood als een pier zou zijn.'

Tijdens die sessie lukte het Marleen me aan het praten te krijgen over dat godvergeten schuldgevoel dat me zelfs nu nog regelmatig teistert.

'Ik heb hem zelf verteld dat die Vesperaxtabletten levensgevaarlijk waren. Ik heb zelfs het aantal genoemd dat je nodig had om zelfmoord te plegen. En hij heeft gewoon gespaard. De boel doodeenvoudig in de maling genomen. Gezegd dat hij aan een halve niet genoeg had maar wel halve tabletten geslikt en de andere helften apart gelegd. En ik bleef maar doorgaan met zaniken over het feit dat hij die Vesperax nam. Ik bleef maar voorstellen om een minder gevaarlijk medicijn te nemen en daardoor heb ik de aandacht voortdurend op de mogelijkheid van zelfmoord gevestigd. Het is mijn schuld dat hij dood is.'

'En dat je kinderen dood zijn?' vroeg Marleen.

Ik brak.

Ik voel me niet meer schuldig over de dood van Onno. De eerste jaren na zijn daad heb ik mezelf wijsgemaakt dat dit wel zo was. Ik kon me niet voorstellen dat ik diep in mijn hart gehoopt had dat hij eens, op een geschikt moment, een hele lading slaappillen achter elkaar zou innemen. Dat hij er zelf voor zou kiezen om de beker niet tot de laatste druppel leeg te drinken. Zulke gedachten vond ik niet bij me passen. Ik hield van Onno, ook al was hij niet meer dezelfde persoon als op wie ik verliefd was geworden. Ook al schold hij meer op me dan dat hij aardig was. Ook al was onze relatie op geen enkele manier meer gelijkwaardig en was ik in plaats van een echtgenote een verzorgster geworden. Ik had drie kinderen en geen man. Maar ik klaagde niet. Ik deed wat van me verwacht werd en ving alle ellende op die tevoorschijn kwam. Diep ademhalen, pokerface, slikken of stikken. Ik gedroeg me als de heilige Marijke en geloofde zelf het meest in mijn eigen goedertierenheid. Maar tijdens de gesprekken met Marleen begon het tot me door te dringen dat ik misschien toch niet helemaal zonder bijbedoelingen over de gevaren van Vesperax heb verteld. Ik heb niet expliciet een hint willen geven, daar ben ik van overtuigd. Maar ik heb het toch ook niet zomaar, zonder reden, gezegd. Heel diep in mijn gedachten heb ik wel degelijk gewenst dat Onno het heft in eigen hand zou nemen.

Wat alleen nooit te verkroppen zal zijn is het feit dat hij zijn wanhoopsdaad niet tot zichzelf heeft beperkt. En dat ik door mijn onvoorzichtige uitlatingen mijn kleine meisjes de dood in heb laten sleuren.

Via zuster Meyer kreeg ik soms een brief van mijn schoonvader. Zuster Meyer vertelde dat ik hem niet zou herkennen als ik hem zag. Hij was een stokoude man geworden, wiens handen voortdurend trilden en die snel geëmotioneerd raakte. Hij schreef dat hij me miste en dat hij Onno en de kinderen miste. Dat hij zich schuldig voelde omdat hij de bewuste avond tot negen uur 's avonds bij Onno was geweest en niets in de gaten had gehad. En ook dat hij heel veel gelezen had over waanideeën en psychoses en het hem steeds duidelijker werd wat er allemaal met Onno aan de hand was geweest.

Ik beef tegenwoordig de hele dag, schreef hij. *Ik denk dat het met mijn schuldgevoel te maken heeft. Ik had moeten ingrijpen. Ik had niet mogen toestaan dat hij weigerde om mee te gaan naar die kliniek.*

Maar ik was het niet met hem eens. Ik wilde het niet met hem eens zijn. Mijn schoonvader was een goede vader, de vader die ik altijd had willen hebben en die ik als een cadeautje in mijn schoot geworpen kreeg. Deze man had geen greintje kwaad in zich, hij was nergens schuldig aan. Maar dat gold niet voor Mathilde. En voor haar gekke zuster. Hen stelde ik persoonlijk verantwoordelijk voor de fatale afloop van Onno's ziekte. Ze hadden hem vergiftigd met hun idiote ideeën, volgens mij. Met hun haatdragende opmerkingen. Mijn schoonmoeder had nooit kinderen moeten krijgen, stelde ik vast. Ik was ervan overtuigd dat Onno de gekte van zijn moeder had. Zij was mijn enige optie om de schuld bij neer te leggen.

De brieven van mijn schoonvader kwamen opeens niet meer. Zuster Meyer vertelde me dat ze Mathilde had gesproken en die was stevig tekeergegaan omdat zuster Meyer als postbode tussen Dad en mij fungeerde.

'Die vrouw ontloopt haar straf,' had Mathilde over mij gezegd. 'Dat komt omdat jullie je allemaal door dat zogenaamd lieve smoeltje laten misleiden. Maar ik weet wel beter. En ze zal niet aan de gevolgen van haar daad ontkomen, ze krijgt wat haar toekomt. Ooit, let op mijn woorden.'

Toen zuster Meyer had gevraagd wat Mathilde daarmee bedoelde, had die schamper gelachen. 'Voor jou een vraag, voor mij een weet,' zei ze. 'Hoop maar niet dat je erachter komt.'

Ik deed wekenlang mijn deur stevig op het nachtslot en lette op straat goed op wie er in de buurt liep. Mathilde was tot alles in staat, meende ik. Vanaf die tijd bracht zuster Meyer mij regelmatig de groeten over van mijn schoonvader. Hij vroeg via haar ook of we elkaar niet eens konden zien, ergens buiten Rhenen. Maar ik kon het niet. Ik heb altijd een dubbel gevoel gehad over mijn verlangen om Dad nog eens te ontmoeten. Aan de ene kant wilde ik graag met hem praten, wilde ik weer een vader hebben die een beetje voor me zorgde en bij wie ik me veilig voelde. Aan de andere kant werd ik benauwd als ik eraan dacht dat ik mogelijk mijn kinderen in hem zou herkennen.

'Ze hebben jouw ogen, Marijke,' zei hij eens tegen me. 'Dat zie je toch wel? Ze hebben net zulke lichtjes in hun ogen als jij hebt. En als je moeder. En als ik.'

Ergens in de afgelopen jaren is hij overleden en dat moet gebeurd zijn nadat zuster Meyer haar fatale hartinfarct kreeg. Het is goed geweest dat ik hem nooit meer heb hoeven aankijken. Soms droom ik van hem. Dan zitten we naast elkaar op de bank in de voortuin van het huis waar ik in Rhenen woonde. We hebben allebei een poes op schoot. We praten over van alles en we raken elkaar tijdens die gesprekken altijd een paar keer lachend aan. Dad legt zijn arm om mijn schouder en ik kruip erin weg. We zeggen dat we van elkaar houden. Maar we kijken elkaar nooit aan in die dromen.

**

Toen Roos en Claire drie jaar werden bracht Dad twee poesjes mee. Ik deinsde er even van terug, want ik had totaal geen ervaring met huisdieren.

'Het zijn zusjes,' vertelde Dad glunderend. 'Ze komen uit het asiel. Ze zijn gesteriliseerd, dus je hoeft je niet druk te maken over krolse streken. De dames kunnen hun gang gaan, moet je maar denken. Jullie vinden het toch wel goed dat ik de meisjes er ieder een geef?'

Roos en Claire reageerden verrukt op hun cadeau. Ze renden achter de poezen aan, die zich direct uit de voeten maakten.

Dad had ook een kattenbak meegebracht. Maar daar maakten de dieren geen gebruik van. Het waren echte buitenkatten, merkten we al snel. Ze wilden wel zo nu en dan binnenkomen om eens lekker te eten en zich te laten kriebelen en kroelen maar dat duurde nooit lang. Buiten gebeurde het blijkbaar, ze klommen samen in bomen en gingen op jacht. Menigmaal stonden ze 's morgens miauwend achter de keukendeur te wachten tot ik hun prooi van die nacht bewonderde. Ik griezelde van de veldmuisjes zonder kop of de gehavende vogeltjes met geknakte pootjes. Op een dag brachten ze zelfs een dode duif mee. Maar ik zei braaf 'goed zo' tegen de poezen en kieperde de prooien zodra ze weer naar buiten waren in de vuilnisbak.

Het leidde af, de aanwezigheid van onze nieuwe druktemakers. Onno knapte ervan op. Hij zorgde goed voor hen en hij besteedde meer aandacht aan de twee dan Claire en Roos. Die beschouwden de poezen als levende speelgoeddieren en als die weer naar buiten renden zochten de kinderen ander vertier.

De poezen reageerden heel direct op de buien van Onno. Zodra er ook maar het geringste teken van ongeduld of irritatie in zijn stem te bespeuren was vlogen ze naar buiten en lieten zich niet meer zien totdat zijn stemming weer beter was. De twee dagen die voorafgingen aan Onno's wanhoopsdaad waren de dieren in geen velden of wegen te bekennen. Dat heb ik wel gemerkt maar ik heb er geen bijzondere aandacht aan besteed. Ze komen vanzelf wel weer binnen, was ik van mening. Maar ik stond niet stil bij het signaal dat de poezen hebben afgegeven.

Het gebeurde op 24 mei. Mijn schoonvader is op die avond tegen negen uur naar huis gegaan. Onno had hem gevraagd om even langs de buren te gaan en te vertellen dat hij niet op het barbecuefeest zou komen. Hij voelde zich niet fit en wilde vroeg gaan slapen. Hij had de kinderen al om halfzeven naar bed gebracht.

Mijn schoonvader heeft nog gezellig een glaasje wijn op het feest gedronken en is toen op zijn fiets gestapt. Hij is achter het huizenblok om gereden en heeft daardoor niet gezien dat de voordeur van ons huis waarschijnlijk al openstond en alle lichten brandden. In eerste instantie werd gedacht dat Onno de voordeur was uitgerend en er niet aan had gedacht om hem achter zich te sluiten. Ik heb urenlang in de tuin van de buren gezeten, kreeg dekens om mijn schouders en hete koffie met cognac. Ik schijn alleen gezegd te hebben dat de kinderen boven lagen en twee buurmannen zijn naar binnen gegaan en hebben Roos en Claire gevonden.

Ik hoorde gillende sirenes van politie en ambulance de straat in komen. Er sloegen deuren dicht, er renden mensen door de straat, er klonken radiogeluiden. Mijn pols werd gevoeld, ik werd toegesproken en moest vertellen wie ik was en waar ik woonde.

Ik wist het nog.

Opeens stond mijn schoonvader naast me en drukte me snikkend tegen zich aan. Hij werd afgelost door zuster Meyer.

Achter me bevonden zich fluisterende stemmen. 'Is dat de moeder?' hoorde ik iemand op gedempte toon vragen. 'Hoe oud is ze? Wát? Godallemachtig, wat een trauma zal dat zijn.'

Er kwam een vriendelijke man bij me, die vertelde dat hij van de politie was. Hij schoof een stoel voor me en ging erop zitten. 'Hebt u enig idee waar uw man kan zijn?' vroeg hij. Ik schudde mijn hoofd. 'Weet u welke kleren hij droeg?'

Ik zweeg en staarde hem aan.

Mijn schoonvader antwoordde dat Onno die avond een blauwe spijkerbroek en een wit overhemd met korte mouwen had gedragen.

'Schoenen? Sokken?' vroeg de man.

'Bruine sandalen, blauwe sokken, geloof ik,' zei mijn schoonvader.

'Sieraden?'

'Een gladde gouden trouwring aan zijn rechterhand,' antwoordde ik opeens.

'Deze ring?' vroeg de rechercheur aan mij en hij liet me Onno's trouwring zien. Ik pakte hem aan en keek erin. Aan de binnenkant zag ik mijn eigen naam gegraveerd staan.

'Waar hebt u die vandaan?' vroeg Dad. De man keek ons ernstig aan.

'Hij lag in een hoekje van een van de traptreden,' antwoordde hij. Het was even stil. Ik raakte de ring aan. Toen gaf ik hem zwijgend aan mijn schoonvader.

'We zullen een signalement over de politieradio verspreiden,' ging de rechercheur verder. 'Ze gaan direct beginnen met zoeken.'

Ik moest namen en adressen opgeven van vrienden waar Onno eventueel naartoe zou kunnen gaan maar ik kon op geen enkele naam komen. De telefoonklapper bood uitkomst.

'Hij heeft niet veel energie, hij zal niet ver komen,' probeerde Dad me gerust te stellen. Ik hoorde in de verte de torenklok van de katholieke kerk slaan. Het was twee uur.

De rechercheur legde een hand op een van mijn koude handen. 'Het spijt me. De meisjes zijn niet meer te redden,' zei hij ten overvloede. 'Uw schoonvader denkt dat we ze het beste naar het uitvaartcentrum kunnen overbrengen. Vindt u dat goed?' Ik knikte.

'Er blijft een politieauto voor het huis staan om uw man op te vangen, mocht hij vannacht terugkomen. Waar gaat u slapen?'

'Ze gaat met mij mee,' hoorde ik zuster Meyer zeggen. Onno was en bleef spoorloos. Er werd de volgende dag gedregd in het meer dat vijf kilometer van ons huis vandaan achter het grote bos lag. Het bos werd minutieus uitgekamd, de hele buurt zocht mee. Enkele leegstaande huizen in Rhenen werden doorzocht, de brandweer liep tien kilometer spoorbaan af, zelfs het zwembad werd leeggepompt. Maar Onno werd niet gevonden. Vierentwintig uur nadat ik had ontdekt wat er met mijn kinderen was gebeurd, stelde een van de politieagenten die voor ons huis de wacht hielden voor om het huis nog eens grondig te doorzoeken.

Onno lag in de kelder in een grote lege doos. Hij had zichzelf in een deken gerold. Naast hem stond een halfvolle whiskyfles en daarnaast een leeg medicijndoosje waar de Vesperax-tabletten in hadden gezeten. Volgens de patholoog-anatoom die de sectie verrichtte was hij door de combinatie van drank en slaapmiddelen overleden. Toen hij werd gevonden was hij ongeveer twintig uur dood.

Dad regelde de begrafenissen. Hij vroeg of ik Onno tegelijk met de kinderen wilde laten begraven. Ik schudde resoluut mijn hoofd. Ik wilde dat de meisjes samen in een kistje gingen maar daar bleek de begrafenisondernemer heel ingewikkeld over te doen. Ik streed niet. Dan maar allebei in een eigen kistje, gaf ik toe. Het moesten wél witte kistjes zijn en er mochten alleen kinderbloemen op liggen. Dad begreep wat ik bedoelde. De kistjes waren bedekt met madeliefjes en kleine witte margrieten. Daartussen zat heel veel jong groen. Allemaal vederlichte takjes. Ook al is het al lang geleden en ben ik er nooit meer geweest, ik weet precies waar ze liggen. Als je de begraafplaats op komt meteen naar links. Het pad volgen tot de eerste kruising, rechtdoor lopen tot je bij een poortje komt dat toegang geeft tot de kinderbegraafplaats. Ze liggen direct rechts na het poortje.

Waar Onno is begraven weet ik niet. Ik ben niet bij zijn uitvaart geweest. 'Doe het nu wél,' drongen mijn moeder, Dad en zuster Meyer aan. 'Het is belangrijk dat je afscheid van hem neemt. Het is goed om het af te ronden. Doe nu geen dingen waar je later spijt van krijgt en die je nooit meer kunt herstellen.'

Maar ik heb er nooit spijt van gekregen dat ik ben blijven weigeren. Ik heb nooit de neiging gehad om zijn graf te bezoeken. Ik heb het op mijn eigen manier afgerond.

41

We hebben een halfuur vertraging tijdens het laatste gedeelte van de treinreis. Petra gaat met mij mee naar huis. Ze blijft nog een nacht slapen. Ik vind het een geruststellend idee dat er iemand in de buurt is. Ik zou het liefst nog even langs het revalidatiecentrum rijden om te controleren of daar alles in orde is. Maar Petra raadt me dat dringend af. 'Ze schrikken zich een ongeluk als je midden in de nacht tevoorschijn komt. En je maakt Lodewijk volgens mij ook zonder reden onrustig.'

Ze heeft gelijk. Maar ik heb toch ergens onderweg wel even naar de afdeling waar Lodewijk is opgenomen gebeld en gevraagd of alles in orde was. De verzorgster die dienst had stelde me gerust.

'Zijn er geen vreemde mensen op de afdeling? Mensen die je niet kent?' heb ik gevraagd.

Ze moest er een beetje om lachen. 'Het is al bijna halfelf,' antwoordde ze. 'Na zeven uur is er nooit bezoek meer. En om acht uur gaat de buitendeur dicht.'

Ik zweeg.

De verzorgster leek mijn ongerustheid goed aan te voelen. 'Wacht maar even,' zei ze vriendelijk. Ze wilde me duidelijk geruststellen. 'Ik loop een rondje over de afdeling om te controleren of iedereen er is en of er geen vreemde snoeshanen zijn.'

Ik hoorde haar rondlopen met de telefoon in haar hand. 'Nu ben ik bij uw man,' fluisterde ze opeens. 'Hij slaapt als een roos.' Ik hoorde dat ze de deur weer sloot.

'Ik kom morgenochtend,' heb ik gezegd.

Er is niets vreemds te zien aan het huis. Het ademt rust uit, veilige rust. Er is hier niemand die er niet thuishoort. De post ligt keurig gesorteerd op de eettafel, zie ik direct als we binnenkomen. Er is veel reclame bij, een blauwe enveloppe van de belasting en een rekening.

Geen enveloppe met een sticker.

Mijn hart begint weer regelmatiger te kloppen.

Petra stelt voor om voordat we gaan slapen allebei nog een lekker glas wijn te drinken.

'Ik haal een nieuwe beaujolais uit de kelder,' besluit ik.

'Dat ongeluk van Lodewijk heeft me veel meer uit balans gebracht dan ik in de gaten had,' begin ik te vertellen als we het glas heffen. 'Daardoor voel ik me nu zo onzeker en vind ik nergens rust.'

'En daarom zijn die foto's die je toegestuurd kreeg je ook zo slecht bekomen, denk ik?' informeert Petra belangstellend.

'Ik denk het wel. Het maalt allemaal door mijn hoofd.'

We drinken. Ik merk dat Petra me zit te bekijken.

'Zeg het eens,' nodig ik haar uit.

'Ik heb tóch het gevoel dat er meer aan de hand is.'

'Ik probeer me geen gekke dingen in mijn hoofd te halen.' Ik hoor de afweer in mijn eigen stem.

'Wat is er nog meer aan de hand, Marijke?' vraagt Petra dringend.

Ik vertel haar over de vrouw die bij de woongroep werd afgewezen omdat ze haar hoofddoek niet wilde afdoen. Over de rode auto die steeds opduikt. Over mijn gevoel dat daar iets niet klopt. En over de dromen van Jeroen. Ik spring van de hak op de tak en vraag me af of ik wel te volgen ben.

Ik vertel, ik schenk opnieuw in als de glazen leeg zijn en Petra luistert. Als ik zwijg, schudt ze haar hoofd. Ik vraag me af wat ze daarmee wil zeggen.

'Kijk,' begint Petra, 'ik weet dat Lodewijk helemaal niets wil weten van de dromen van Jeroen. Hij heeft altijd al zulke dromen gehad en ze zijn heel vaak uitgekomen. Hij kan daar wel niet in geloven maar het is en blijft een feit. Heeft hij je wel eens verteld dat Jeroen precies wist te vertellen dat de derde vrouw van Lodewijk iets met de loodgieter had?'

Ik staar haar aan.

'Nee dus,' stelt ze vast. 'Dat verbaast me niets. Het is altijd een pijnlijk onderwerp van gesprek geweest. Hij noemde niet man en paard, hoor. Zo zitten die dromen nu ook weer niet in elkaar. Maar hij wist wel te vertellen dat zijn tweede stiefmoeder zat te zoenen met een meneer met rode haren. De loodgieter die in die tijd veel bij Lodewijk in huis aan het klussen was gaf bijna licht, zo vlammend rood was hij. En later bleek dat die loodgieter een van de overspelige relaties was van mijn schoonzus.'

'Lodewijk zal gedacht hebben dat Jeroen hen heeft betrapt,' bedenk ik.

'Ja, dat bleef hij nadrukkelijk volhouden. Maar hij vergat erbij te vertellen dat zijn vrouw later heel stellig beweerde dat ze nooit met de bewuste man iets in hun eigen huis had gedaan. Ze bezocht hem altijd in zijn huis. En daar is Jeroen nooit geweest.'

Ik heb de neiging om te lachen.

Petra grinnikt. 'Niemand durfde er ooit om te lachen,' proest ze. De wijn begint te werken, hoor ik aan haar stem. Ze herstelt zich en wordt weer ernstig. 'Weet je, ik moet zelf ook altijd eerst zien en dan geloven. En ik weet dat je alles wat Jeroen zegt in het licht moet zien van zijn gestoorde geest. Hij haalt nu eenmaal schijn en werkelijkheid gemakkelijk door elkaar. Dat hebben we vooral vaak meegemaakt toen hij nog niet goed was ingesteld op de medicijnen. Ik was soms gewoon bang van hem. Hij kon me aankijken op een manier dat de rillingen over mijn rug liepen. En wat hij dan allemaal zei... Ik sliep er niet van.'

'Heeft hij tegen jou wel eens iets gezegd over dromen die hij had en wat dan uitkwam?' wil ik weten.

'Ja,' zucht Petra. 'Zeker weten. Toen een buurvrouw van me van haar eerste kind in verwachting was, kwam Lodewijk een keer koffiedrinken, samen met Jeroen. Mijn buurvrouw kwam ook even binnen om iets terug te brengen wat ze had geleend. Een paar weken later trof ik Jeroen bij Lodewijk en hij vertelde me dat hij had gedroomd dat de baby van de buurvrouw was doodgegaan. In haar achtste maand kreeg ze een dood kindje.'

Er valt een stilte tussen ons. Ik heb het koud.

'Maar hij droomt ook dingen die niet gebeuren,' gaat Petra verder. 'Dan zijn het associaties.'

'Hoe bedoel je?'

'Toen ik bijvoorbeeld jaren geleden dat auto-ongeluk kreeg. Ik werd van achteren aangereden. Een enorme klap. Ik heb maanden met een kraag om mijn nek moeten lopen. Jeroen vertelde dat hij had gedroomd dat iemand me ging vermoorden. Hij was erg geschrokken van het ongeluk. Hij durfde nauwelijks naar die kraag te kijken. Er zat iets om mijn nek en dat hoorde er niet. Dat was bedreigend voor hem. Die angst veroorzaakte waarschijnlijk een droom. Aangereden worden en een kraag om je nek hebben kan betekenen dat je doodgaat. Daar wordt hij angstig van. Zo komt volgens mij dan die droom over vermoord worden tevoorschijn.'

Ik herken wat Petra vertelt. Jeroen heeft ook eens iets verteld over een droom waarin ik zou sterven. Ik had in die tijd enkele maanden achter elkaar last van bronchitis en soms moest ik daar zó erg door hoesten dat ik bijna stikte. Jeroen werd daar bang van. Hij vertelde tegen zijn begeleider dat ik doodging en daarna begon hij erover te dromen.

'Niet alles wat hij droomt klopt met de werkelijkheid,' stelt Petra vast.

'Hij heeft gedroomd dat Lodewijk van de zoldertrap is geduwd,' zeg ik plotseling.

Petra kijkt me verwonderd aan. 'Echt? Zou dat mogelijk zijn?' Ik haal mijn schouders op. 'Ik kan het me niet voorstellen. Ik was thuis, ik hoorde hem vallen. Als iemand hem zou hebben geduwd, had ik die persoon toch moeten zien?'

'Ben je de zolder op gegaan?' vraagt Petra.

'Natuurlijk niet. Ik heb direct 112 gebeld en ik ben bij Lodewijk gebleven.' Ik zou erachteraan willen zeggen dat er nergens in de omgeving een onbekende auto geparkeerd stond toen Lodewijk in de ambulance werd afgevoerd. Ik zou een vreemde auto hebben opgemerkt.

'Dat is ook te vergezocht,' zucht Petra. 'Het zou betekenen dat er op klaarlichte dag iemand jullie erf op komt, het huis betreedt, de zoldertrap op loopt en een grote, sterke man naar beneden duwt zonder dat iemand iets opvalt. Geloof jij het? Dit is een typisch voorbeeld van de behoefte van Jeroen om het voor zichzelf begrijpelijk te houden, denk je niet?'

Petra stelt geen vragen over de rode auto of de vrouw met de hoofddoek. Zou ze mijn mededelingen daarover met een korreltje zout nemen? Zou ze denken: ze ziet spoken, geen aandacht aan schenken? Het heeft blijkbaar weinig indruk op haar gemaakt. Ik ga het er ook niet meer over hebben. Waar moet ik het ook over hebben? Over een vrouw met een hoofddoek of een vrouw met een hoed? Het klinkt te belachelijk om uit te spreken. Ik maak mezelf belachelijk als ik die vrouwen ter sprake breng. Ik moet goed in de gaten houden dat het mei is. In mei denk ik dingen die ik de rest van het jaar niet denk.

Ik moet die vrouwen uit mijn hoofd zetten.

42

We hebben afgesproken dat we opstaan als we wakker worden en geen wekker gebruiken. Ik was er toen ik naar bed ging van overtuigd dat ik droomloos diep en lang zou slapen. Ik viel bijna óm van vermoeidheid en was vanaf het moment dat mijn hoofd het kussen raakte van de wereld. De droom die me toch weet te vinden is angstaanjagend. Ik werk weer in het Wilhelmina Gasthuis en iedere patiënt die ik moet verplegen blijkt mijn schoonmoeder te zijn. Ik zie dat niet meteen maar merk het pas als ik al een tijdje in haar buurt ben. De ene keer kom ik erachter door haar stem, de andere keer door haar idiote lachje. Ze achtervolgt me de hele dag en heeft iedere keer als ik haar zie een scherp voorwerp in haar hand. Een schaar, een scheermes, een stanleymes, een broodmes. Ze houdt het broodmes vlak bij mijn gezicht en lacht vals. 'Wat denk je?' zegt ze zacht maar nét hoorbaar voor mij. 'Zou ik het hiermee met één ferme steek in Lodewijks hart redden of moet ik voor de zekerheid een paar keer extra steken?'

Ik probeer het gevaarlijke mes uit haar handen te rukken maar dan voel ik een snijdende pijn. Het volgende ogenblik ligt mijn eigen hand op de grond en spuit mijn bloed naar buiten. Ik wil gillen maar er komt geen geluid uit mijn keel. Of misschien toch wel maar is het niet te horen door de krijsende schaterlach van Mathilde. Ze roept nóg iets. 'Wat een lekkere vanillevla.'

Als ik in mijn bed overeind vlieg en weer achteroverval, klap ik met een harde dreun tegen het houten hoofdeinde aan. Het geluid van de klap doet mijn oren suizen. Ik wrijf met beide handen over mijn achterhoofd en het zou me niet verbazen als daar een bloedende wond zit. Maar mijn handen blijven droog. Het is bijna negen uur, zie ik op mijn wekkerradio. Ik heb nog geen vijf uur geslapen.

Het is stil in huis. Uit de logeerkamer komt geen enkel geluid, Petra is niet wakker geworden. Of toch wel? Het lijkt of er iemand roept, komt dat nu van buiten of is het binnen? Een snelle blik uit het raam maakt me duidelijk dat er niemand aan de voorkant van het huis staat.

Ik stap uit bed en schiet in mijn peignoir. Het duizelt in mijn hoofd. Ik grijp me vast aan de achterkant van het bed. Ik heb gisteravond te veel gedronken, dat is duidelijk. Mijn hoofd bonkt, mijn tong lijkt wel van leer, ik sta te zwaaien op mijn benen.

Stapje voor stapje loop ik de trap af. Als ik beneden kom blijkt ook daar niemand te zijn. Wie zou er ook moeten zijn? Alleen Petra heeft een sleutel van het huis en zij ligt boven rustig te slapen. Toch weet ik zeker dat ik iemand hoorde roepen. Heel in de verte hoor ik het nog steeds.

Het zal de wind geweest zijn, denk ik als ik door het keukenraam naar buiten kijk. De bomen achter in de tuin wiegen heen en weer. Er staat een stevige bries. Twee bruin-oranjekleurige vlinders zitten elkaar achterna tussen de roze bloempjes. De zon schijnt veelbelovend. Het gaat vandaag een prachtige dag worden.

Ik sta een beetje voor me uit te staren.

Er is hier niemand anders dan ikzelf. Ik heb me vergist. Niemand heeft me geroepen. Het was de wind.

Het was maar een droom. Een nare droom, een echte mei-droom. Mei is bijna voorbij. Ik heb het weer overleefd. Lode-wijk komt thuis. Ik laat me niet gek maken door die dromen. Waarom denk ik nu aan vanillevla? Mathilde zei iets over vanillevla in mijn droom. Lodewijk is er dol op. Dat is het enige minpunt in onze relatie. Als het aan mij lag zou er nooit vanille-vla in huis zijn. Maar ik heb me over mijn weerstand heen gezet. Ik schakel mijn gevoel op dit punt altijd uit.

Achter me gaat opeens de telefoon. Ik sta stijf van de schrik.

Als er wéér geen nummermelding wordt aangegeven, bel ik direct de politie, neem ik me voor. De grens is bereikt. Ik wil de rust in mijn leven terug.

Maar er staat wél een nummer op de display. Ik ken het, maar ik kan het niet direct thuisbrengen.

'Marijke, met Harm. Bel ik je wakker?'

'Wat is er aan de hand?' vraag ik snel.

'Zou je even met Jeroen willen praten? Hij heeft weer de hele nacht rondgespookt. We krijgen hem niet rustig.'

'Geef hem maar.'

Ik sta stokstijf midden in de kamer. Mijn hart bonst wild in mijn borstkas. Aan de andere kant hoor ik gestommel en ge-schuifel.

'Hier komt hij,' zegt Harm.

'Dag jongen,' begroet ik Jeroen. Ik zorg ervoor dat mijn stem rustig klinkt.

'Marijke, is die vrouw bij papa geweest?' roept Jeroen en ik hoor de opwinding in zijn stem.

'Welke vrouw bedoel je, lieverd?'

'Die vrouw waar ik van droom.' Ik hoor dat hij naar lucht hapt.

'Ze doet een kussen op zijn gezicht. Het is niet echt, hè? Harm zegt ook dat het niet echt is. Dromen zijn bedrog, hè?'

Hij gaat steeds sneller praten.

'Het is niet echt,' herhaal ik zijn woorden. Het lukt me om hem gerust te stellen.

'Ik ken nog een nieuwe,' ratelt hij door.

'Vertel hem later maar. Als je weer bij me bent.'

Er zit een onbehaaglijke echo in mijn hoofd.

'Ze doet een kussen op zijn gezicht, is die vrouw bij papa geweest?' 'Het is allemaal toeval wat hij zegt,' hoor ik Lodewijk mopperen. *'Geloof jij daarin?'*

'Hij droomt ook dingen die niet echt gebeuren,' zei Petra. *'Dan zijn het associaties. Er is iets gebeurd waar hij van geschrokken is en dat moet hij een plaats geven. Zo ontstaat er een droom.'*

Jeroen weet niets van de foto's die ik kreeg. Hij is niet op de hoogte van de anonieme beller die me lastigvalt. Hij was niet in de buurt toen er in mijn omgeving een rode auto rondspookte. De vrouw die probeerde bij Lodewijk en mijn moeder binnen te dringen is voor hem buiten beeld gebleven.

Wat valt er dan te associëren?

'Ze doet een kussen op zijn gezicht,' hoor ik hem schreeuwen.

Er broeit al dagen iets in mijn achterhoofd. Ik kan er niet bij komen. Er is iets wat niet klopt. We hebben iets over het hoofd gezien.

Ik hap opeens naar lucht.

De foute medicijnen! Lodewijk kreeg slaappillen, terwijl hij die niet gebruikt. Wie gaf hem die pillen? Hij heeft niet gemerkt dat hij ze slikte. Ze moeten ergens in gezeten hebben.

Er stond een schaaltje op zijn nachtkastje. Gele resten. Vla.

Mijn maag schiet omhoog.

Ik kokhals. Het kan niet waar zijn.

43

Ik kan me niet herinneren dat ik de afstand tussen mijn huis en het revalidatiecentrum ooit zo snel heb afgelegd als vandaag. Het is enkele minuten na halftien als ik langs de receptioniste de gang in ren die toegang geeft tot de afdeling waar Lodewijk wordt gerevalideerd. Zodra de deur achter me in het slot is gevallen sta ik stil. Ik haal diep adem en probeer mijn ademhaling onder controle te krijgen.

Plotseling staat Irma naast me en ze kijkt me aan met een bezorgde blik in haar ogen. 'Wat is er aan de hand, Marijke?' vraagt ze.

'Jeroen belde me. Hij droomt steeds dat iemand een kussen op het hoofd van Lodewijk drukt,' weet ik uit te brengen. 'En er stond een schaaltje op Lodewijks nachtkastje, toen hij die foute pillen kreeg. Er heeft iets in de vla gezeten.'

Irma kijkt me nadenkend aan. Op hetzelfde moment voel ik me hopeloos voor schut staan. Ik spoor niet, flitst het door me heen. Ik raak overstuur van de woorden van een schizofrene man en ik ga op de loop met mijn eigen dromen. Hoe red ik me hieruit? Wat zullen ze wel niet denken?

'Kom mee naar kantoor,' zegt Irma rustig en ze pakt mijn elleboog vast. 'Ga eerst eens even zitten en laten we een kop koffie drinken. Is die fietsvakantie nú al voorbij?' Ze doet alsof het de gewoonste zaak van de wereld is dat ik hier onzin sta uit te kramen.

Ik loop gewillig mee.

In het kantoor schenkt Irma koffie in. Ze zet een schoteltje met daarop een grote gevulde koek naast mijn kopje. 'Doe ons een lol en eet mee,' zegt ze met een uitnodigend gebaar naar de koek. 'We hadden de afgelopen drie dagen vier jarige cliënten en volgens mij waren de gevulde koeken in de aanbieding. We komen er bijna in om!'

Als ik een hap neem ontdek ik dat ik honger heb.

'Wil je er nog een?' vraagt Irma hoopvol. 'Weet je wat: ik doe er een paar in een servet. Voor vanavond en morgenochtend en morgenavond.' Nu lachen we allebei.

Dan wordt Irma opeens ernstig. 'Bedoel je dat je denkt dat iemand Lodewijk iets wil aandoen?'

Ik haal mijn schouders op. 'Ik weet niet wat ik bedoel. We zijn vannacht heel laat teruggekomen en ik heb maar een paar uur geslapen. Toen ik wakker werd leek het alsof iemand me riep. Daarna werd ik gebeld door de begeleider van Jeroen. Jeroen was erg onrustig, omdat hij droomde dat iemand een kussen op het hoofd van Lodewijk drukte. Hij droomt vaker van die enge dingen. Ik raakte ervan in paniek. Ik kan ook maar geen verklaring vinden voor dat incident met die slaapmedicatie.' Ik laat de vrouw met de hoofddoek en de hoed en de rode auto niet toe in mijn verhaal.

Irma raakt mijn arm aan. 'Dat van die slaapmedicatie was echt een verpleegfout. Daar ben ik van overtuigd. Maar als niemand zijn fout toegeeft, valt er ook niets te bewijzen. Ik kan er niet tegen als collega's hun verantwoordelijkheden met een korreltje zout nemen. Daar is ook het laatste woord nog niet over gezegd. Maar de kust is hier veilig, we letten heel goed op. Dat heb je wel gemerkt toen dat rare mens opdook. Er lopen hier vaak mensen rond die niet in de kliniek thuishoren. We kunnen niet iedereen tegenhouden, want het is een open gebouw. Maar we hebben alles onder controle. Je hoeft je geen zorgen te maken. Niemand komt zomaar bij Lodewijk in de buurt. Er is hier altijd toezicht.'

De deur van het kantoor gaat open en er komt een verzorgster binnen die ik niet ken.

'Dit is Kitty,' stelt Irma het meisje voor. 'Ze werkt hier pas drie dagen. Ik ben haar begeleider en ze is vandaag de verzorgster van Lodewijk. Dit is Marijke van Manen,' wendt ze zich tot Kitty. 'De vrouw van meneer Van Manen.'

Kitty schudt enthousiast mijn hand. 'Wat leuk,' zegt ze opgewekt. Ze heeft een prettig gezicht. Vriendelijke ogen, ze kijkt me recht aan. 'En wat is er al vroeg veel bezoek vandaag voor meneer Van Manen. Hij is toch niet jarig? Zijn moeder is er ook al.'

'Zijn wát?' gil ik en ik spring overeind.

'Ze zei dat ze de moeder van meneer Van Manen was,' antwoordt Kitty en ik zie dat ze schrikt. In één sprong ben ik bij de deur.

'Hoe haal je het in je hoofd?' hoor ik Irma achter me verontwaardigd roepen. 'Waar zit je verstand? Je weet toch dat je geen onbekend bezoek bij meneer Van Manen mag toelaten?'

'Maar het is zijn móéder,' protesteert het meisje. 'Die kun je toch moeilijk onbekend noemen?'

'Zijn moeder is al jaren dood,' sis ik tussen mijn tanden door. Wat een ongelooflijke trut is die Kitty. 'Wáár is die vrouw?'

Irma schiet langs me heen en rent naar de kamer waar Lodewijk ligt. Ik wil haar volgen. Mijn benen zijn slap, ik kom nauwelijks vooruit. Er lijkt geen einde aan de gang te komen. Er komt een verzorgster uit een ruimte die een waskar voor zich uit duwt. Ik spring opzij en raak een kar waarop een hele lading serviesgoed staat. De kop en schotels kletteren op de grond. Ik spring over de scherven heen.

'Wat gebeurt hier allemaal?' roept de verzorgster. 'Kijk nou eens, wat een bende!'

Irma is als eerste bij de deur van Lodewijks kamer. Ze stormt naar binnen. In een flits zie ik de figuur bij het bed. Haar lange rok komt bijna tot op de grond. Haar hoofd is niet te zien door de hoed die ze draagt. Irma rukt de vrouw aan haar schouder. 'Wat gebeurt hier?' gilt ze.

Kitty en ik staan hijgend in de deuropening en ik zie hoe Irma de vrouw naar achteren zwiept en ruw opzijstompt. De vrouw klapt tegen de muur en komt in de stoel naast het bed terecht. Ze glijdt onderuit. We letten niet op haar maar lopen snel naar het bed. Irma grijpt het kussen dat over Lodewijks gezicht ligt en smijt het in een hoek. Ik blijf achter Irma staan.

Mijn hart staat stil.

Hij is dood. Ze heeft hem vermoord.

Hij is gestikt. We zijn te laat.

Ik wil ook sterven. Hier, op dit moment. Ter plekke.

Het is genoeg.

Irma wenkt me.

Het lijkt of Lodewijk naar lucht hapt. Hij is blauw aangelopen. Irma zet hem in een snelle beweging rechtovereind en zegt dat hij diep moet doorademen.

'Roep een arts,' schreeuwt ze tegen Kitty. Het meisje rent de deur uit. Lodewijk kijkt langs Irma heen naar mij. Het kan niet waar zijn dat er nog leven in zijn ogen zit. Ik verbeeld het me. Ik ben al in de ontkenning geschoten.

Lodewijk heeft zweetdruppels op zijn voorhoofd staan, zie ik. Ik blijf maar staren.

'Ademen. Diep ademen,' zegt Irma. Ze heeft haar stem weer in bedwang.

Het lijkt of Lodewijk ademt. Diep ademt. Nog eens. Hij sluit zijn ogen en opent ze weer. Hij maakt geluid.

Zijn ogen zien mij opeens. Hij glimlacht in mijn richting.

'Goed zo,' prijst Irma. 'Adem maar dóór. Nog eens. Nog eens. Goed zo.'

Ik voel dat ik door mijn knieën zak. Iemand vangt mij op. Het is de verzorgster die net met de waskar de gang op kwam, zie ik. 'Rustig maar,' zegt ze. 'Leun maar op mij. Het is goed. Er is niets aan de hand met hem.' Ik begin mijn benen weer te voelen.

Ik draai me om naar de vrouw. Ze is helemaal in het zwart gekleed en een deel van de hoed is over haar gezicht geschoven. Maar ik hoef dat gezicht niet te zien om te weten dat het Janine is. Ik staar naar het dunne lijf en voel mijn adem stokken.

Janine die een rok draagt?

Irma komt naast me staan. Ze is lijkbleek, zie ik. Ze hijgt. In één snelle beweging zwiept ze de hoed van Janines hoofd af en hijst haar overeind. De vrouw negeert haar. Haar ogen zijn op mij gericht. De haat die ik erin zie doet me rillen. Ik ken die haat, ik herken die haat. Duplo-haat.

Haat die er volgevreten uitziet, omdat hij al jaren is overvoed.

Ik wil ook iets zeggen. Maar mijn maag krimpt samen, er komt koffie en gevulde koek naar boven. Ik slik het weer weg.

Ik zou mijn hele maaginhoud over haar heen willen kotsen.

Irma kijkt van Janine naar mij en vraagt dan: 'Ken je deze vrouw, Marijke?'

Ik knik zwijgend. De ogen van de vrouw priemen in mijn ogen.

'U probeerde meneer Van Manen te vermoorden.' Irma's stem klinkt laag, alsof hij een aanloop neemt.

Janine blijft onbewogen naar mij kijken. Ze lijkt niet te horen wat Irma zegt.

Er klopt iets niet.

'U probeerde hem te vermóórden,' schreeuwt Irma opeens. 'En volgens mij bent u hier al vaker geweest.'

Ze is kwaad, hoor ik, en ik zie het ook. Ze staat met gebalde vuisten tegenover Janine en ze lijkt haar te willen aanvallen. 'Wie bent u eigenlijk?' gilt ze.

'Ze is de tante van mijn eerste man,' hoor ik mezelf haperend zeggen. Wat is er met mijn stem? Irma reageert niet. Ben ik wel te verstaan? Ik blijf maar naar de oude vrouw kijken. Wat klopt hier toch niet? vraag ik me af.

'O ja?' zegt Janine met een valse lach.

Kitty komt de kamer in. 'De dokter is onderweg,' meldt ze.

'Is de politie nog niet gebeld?' Irma richt zich geïrriteerd op haar collega. 'Kun je dat zélf niet bedenken? Er is hier iemand bijna vermoord. Laat iemand de politie bellen, nu direct. Het alarmnummer. Schiet op!' Irma's stem slaat over.

Kitty schiet de kamer weer uit. Janine zit met samengeknepen lippen naar mij te kijken.

En opeens zie ik het. 'U bent Janine niet,' zeg ik. 'U bent Mathilde.'

Op hetzelfde moment trekt alle kleur uit haar gezicht weg. Ze begint piepend adem te halen. Haar neus wordt spits. Haar ogen rollen verschrikt door haar oogkassen. Ze wil gaan staan maar zakt verder in elkaar. Ze hapt weer naar lucht, rochelt een paar keer en houdt op met ademen.

'Ze krijgt een hartinfarct,' gilt Kitty, die weer is binnengekomen. 'We moeten reanimeren.' Ze knoopt de jas van Mathilde los en begint met twee handen tegelijk op haar borstkas te rammen.

Irma duwt haar opzij. 'Beheers je,' bijt ze de leerling toe. 'Zorg eerst voor een harde ondergrond.' Ze schuift met een been de stoel opzij die in de weg staat en ze legt Mathilde plat op de vloer neer.

Ik loop naar Lodewijk toe en sla mijn armen om hem heen.

Zijn hart klopt wild tegen mijn borst. Ik kus hem over zijn hele gezicht. Zijn lippen zoeken mijn mond. Zijn armen sluiten zich om mij heen.

44

Volgens Lodewijk is hij extra opgeknapt door de ademnood waarin hij terechtkwam toen Mathilde hem probeerde te verstikken.
Hij lag te slapen, heeft hij me verteld. De fysiotherapeut had al
vroeg loopoefeningen met hem gedaan en hij was moe. Hij heeft
de vrouw niet horen binnenkomen, hij sliep behoorlijk diep. Hij
merkte vlak voordat hij Irma hoorde schreeuwen dat er iets aan de
hand was en probeerde het kussen op zijn gezicht van zich af te
duwen. Maar ze drukte het met een enorme kracht op zijn neus.

Toen ze aan het reanimeren waren, hebben Lodewijk en ik elkaar alleen maar vastgehouden. Van alle kanten kwamen mensen aangerend, iedereen riep van alles door elkaar. Het was een
chaos. Maar wij wilden geen van beiden kijken naar het tafereel
dat zich achter ons afspeelde.

Ik had allang gezien dat er niets te redden viel.

Lodewijk is weer bijna de oude. Hij is heel actief en fit. 'Ik voel
me een jonge god,' zei hij een paar dagen geleden tegen me.
'Een hitsige jonge god. Kom hier, ik grijp je.'

We vrijen soms drie keer per dag. Ik weet niet waar hij de
energie vandaan haalt.

Zijn geheugen is vrijwel helemaal terug, op de dagen rondom het ongeluk na. Hij kan zich nog steeds niet herinneren wat er is gebeurd. Volgens de politie is het niet erg waarschijnlijk dat Mathilde bij ons is binnengeslopen op de dag dat Lodewijk viel. Ik was vrijwel direct bij hem en het zou mij moeten zijn opgevallen dat er iemand op zolder was. En anders zou het zijn opgevallen dat haar auto op het erf stond. Dat hadden Petra en ik ook al bedacht in de nacht dat we terugkwamen van onze fietsvakantie.

Mathilde is met haar eigen auto naar de revalidatiekliniek gekomen. Ze reed in een rode Volkswagen Polo. Mathilde reed altijd Volkswagen, herinner ik me.

Ze heeft blijkbaar helemaal geen moeite gedaan om ergens onopvallend te gaan staan, het lijkt erop dat ze er rekening mee hield dat ze gepakt zou worden. Ik denk dat ze dat risico bewust nam en dat het haar geen zier interesseerde of ze in de gevangenis kwam. Het ging erom dat ze mij persoonlijk kon treffen en dat zou gelukt zijn als ze Lodewijk had vermoord. Ik moet er niet aan denken wat er was gebeurd als we te laat waren geweest. Ik denk dat ik niet voor mezelf had ingestaan.

Ik weet niet precies meer wanneer ik het zogenaamde overlijdensbericht van Mathilde kreeg, heb ik aan de politie verteld. Het is al jaren geleden. Ik werkte in Sittard maar ik herinner me niet of ik al hoofdverpleegkundige was. We vermoeden dat Mathilde en Janine deze truc samen bedacht hebben om mij op het verkeerde been te zetten. Ik moest denken dat Mathilde dood was en dat ze geen bedreiging voor me kon zijn. Ik kan ze bijna zien zitten toen ze hun plannetje beraamden. Ik kan me zelfs het geluid voorstellen van hun stemmen, van de eigenaardige manier waarop ze lachten.

Janine is een jaar geleden overleden en toen heeft Mathilde waarschijnlijk besloten dat het tijd was om actie te gaan ondernemen. Misschien heeft Janine haar er tot die tijd toch van proberen te weerhouden om achter mij aan te gaan en was de kust pas veilig toen Janine overleed.

Ze heeft haar plannen zorgvuldig beraamd. In haar huis werden talloze dreigbrieven die aan mij waren gericht gevonden, die ze nooit heeft verstuurd. Ze had ook allerlei gegevens verzameld over Lodewijk, Jeroen, mijn moeder, Petra en mij. Ze heeft ons al jaren gevolgd. Ze is regelmatig dicht in onze buurt geweest zonder dat wij iets in de gaten hadden.

De politie heeft mij in contact gebracht met een oude vriendin van Janine, die door de zussen bleek te zijn aangewezen om hun nalatenschap te regelen. Het is een aardige vrouw, die er bepaald niet op zat te wachten om deze klus te klaren. Ze heeft me alles verteld wat ze te weten kwam uit alle brieven die gevonden zijn. Toen ze de kleding van Mathilde aan het opruimen was, vond ze ook nog een lijst. Er stonden allerlei aantekeningen op, waarvan een groot deel was doorgestreept. Toen ze mij die lijst overhandigde, viel me direct een zin op.

Vla met slaappillen. Nog niet gelukt.

Ik wist het. En ik weet ook waarom ik het niet wilde weten.

Volgens de vriendin is er bij Mathilde sprake geweest van een onmetelijke haat. Ze kon niet accepteren dat haar kind dood was. Haar zoon was te redden geweest, als hij op tijd gevonden was. Ze was ervan overtuigd dat het slikken van al die slaaptabletten betekende dat hij aandacht nodig had en dat ik hem bewust heb laten sterven in de kelder. Ik wilde van hem af. Ik had geen zin in een zieke man. Ik was te lui om voor hem te zorgen. Ik was een armzalig monster uit een zwak sociaal milieu dat erop uit was om een rijke vent aan de haak te slaan. Ik hield niet van Onno, ik hield van het geld dat hij ging erven.

De enige die onvoorwaardelijk van hem hield was zij, zijn moeder. Maar ze was op een zijspoor gezet door mij. En ooit zou ik daarvoor boeten.

Dat stond in al die brieven aan mij, die ze nooit verstuurd heeft, vertelde de vriendin. In sommige brieven had Mathilde zelfs een soort nota opgesteld. 'Definitieve afrekening' stond erboven. De nota had alleen een debetzijde. Die debetzijde besloeg vele bladzijden vol fouten die ik had gemaakt. Ze heeft alles wat ik zei en deed tot in de kleinste details genoteerd en van commentaar voorzien.

Nergens in de brieven heeft ze iets over mijn kinderen gezegd. Nergens.

Het leek of de tweeling nooit heeft bestaan. En of de meisjes nooit zijn vermoord.

Mathilde wilde wraak nemen voordat ze zelf doodging. Die wraak zou moeten bestaan uit mij eerst gek maken van angst en vervolgens het vermoorden van mijn man en eventueel ook mijn moeder. En met het sturen van de foto's wilde ze me extra hard op mijn ziel trappen.

Dat is gelukt.

Ik heb nachten achter elkaar van de kinderen gedroomd. Ik heb mezelf overal in huis jankend van wanhoop teruggevonden. Alle zorgvuldig verborgen herinneringen aan Claire en Roos zijn als een lawine over me heen gekomen.

Ik hoorde hun stemmetjes.

Ik rook hun kleinemeisjesgeur.

Ik zag hun glinsterende ogen.

Ik heb ze tot in mijn botten gemist.

Maar dat is niet het enige wat Mathilde heeft bereikt. Ik heb voor het eerst sinds ik Lodewijk ken met hem gepraat over wat er werkelijk is gebeurd met mijn kinderen. Dat moest, heb ik ontdekt. Nog langer zwijgen zou me ziek maken. Het paste niet meer in mijn relatie met Lodewijk. Petra heeft me met haar betoog over het geven van vertrouwen in de goede richting geduwd. Lodewijk verdient respect van mij voor zijn betrouwbaarheid. Petra ook. Later zal ik ook met haar praten.

Toen ik mijn geschiedenis aan Lodewijk vertelde, had ik het gevoel dat ik stikte. Lodewijk heeft me gerustgesteld, vastgehouden, getroost. Het heeft dagen geduurd voor het hele verhaal eruit was. Mijn lijf was zo stijf als een plank. Mijn stem begaf het zo nu en dan. Ik was bang dat mijn hart zou stilstaan.

We hebben samen naar de foto van mijn meisjes gekeken, die we in een van de dozen op zolder vonden. De foto ligt voorlopig verpakt in vloeipapier in de linnenkast op onze slaapkamer. Misschien lukt het me ooit om er een lijst voor te kopen en hem ergens op te hangen. Lodewijk zou de kinderen graag willen schilderen, heeft hij gezegd.

Volgens hem wordt dat het mooiste schilderij dat hij ooit zal maken.

Ik weet niet of ik dat aankan.

Ergens tijdens een van onze gesprekken over mijn verleden en de rol van Mathilde kregen we bijna ruzie. Lodewijk waagde het om te beweren dat hij de vrouw in haar woede begreep.

Ik bevroor en wilde niet verder praten.

Maar hij slaagde erin om me toch naar zijn verklaring te laten luisteren en erover na te denken. Hij heeft gelijk, ik weet het.

Je kind verliezen is een gebeurtenis die geen enkel mens zou moeten kunnen overkomen. Het is een regelrechte aanslag op een basaal menselijk recht: het doorgeven van je genen, het doorleven in je nageslacht. Je kind verliezen verstoort de volgorde van de overlevering, zoals de natuur die heeft bedacht. Hoe je als mens ook in elkaar zit, wat je ook op je kerfstok mag hebben, de dood van je kind raakt je ziel en brengt onherstelbare schade aan.

Mathilde was niet alleen een doorgedraaid hautain vals secreet, ook al kan ik bijna geen andere beschrijving voor haar bedenken. Mathilde was niet alleen een geestelijk wrak. Ze was meer dan de klierige streken die ze uithaalde.

Mathilde was ook moeder. Een moeder die haar kind verloor.

Een moeder die haar kind verliest kan vreemd reageren. Ze krijgt te maken met een levenslang onverteerbaar verdriet. Het is logisch dat ze zich wil wreken.

Ik weet er alles van.

**

Het gebeurde eind april, ongeveer vier weken vóór die verwoestende avond in mei. Onno was voortdurend wanhopig. Hij raakte door het minste of geringste dat hem tegenzat in paniek. 'Zie je wel, ik word ook al dement,' schreeuwde hij tegen me als hij niet snel op een bepaald woord kon komen. 'Maar dat zal ook wel weer allemaal inbeelding zijn. Jij snapt helemaal niets van mijn ziekte,' sneerde hij. 'Al denk je dat je de wijsheid in pacht hebt. Je bent gewoon maar een verpleegster, geen dokter. Verbeeld je maar niets! Ik wil niet als een kwijlend en mummelend geestelijk wrak de pijp uitgaan, hoor je me? Als ik niet geholpen word, help ik mezelf.'

Alleen mijn schoonvader was in staat om Onno te kalmeren als hij zo'n bui had en ik deed regelmatig een beroep op zijn hulp.

Als Onno later weer rustig was bood hij mij zijn excuses aan. 'Ik wil niet zo tegen je schreeuwen,' zei hij op die momenten, helemaal in elkaar gedoken van spijt. 'Mijn woede heeft niets met jou te maken. Ik ben kwaad omdat ik die kloteziekte heb maar daar kun jij niets aan doen. Niemand kan er iets aan doen, van wie ik hem ook mag hebben gekregen. Ik maak me zorgen om de toekomst van de kinderen.'

Als hij zulke dingen zei konden we praten en elkaar vertellen dat we verdrietig waren. Ik durfde nauwelijks aan de toekomst te denken. Zolang Onno een serieuze behandeling weigerde en hij geen dingen deed die hem zelf of anderen in gevaar konden brengen, had ik geen enkele hoop op verbetering van zijn klachten. Ik hield het samenleven met hem niet eindeloos vol, dat was me wel duidelijk. Maar ik was bang dat hij totaal door het lint zou gaan als ik hem zou verlaten.

Mijn schoonvader en zuster Meyer gaven ons allebei veel steun. Met hen heb ik in die tijd wel over een mogelijke scheiding gepraat. Ze begrepen het.

Achteraf gezien was ik in die tijd voornamelijk bezig met wat de dag me bracht en probeerde ik noch achterom noch vooruit te kijken. Ik zorgde. Voor de kinderen, voor Onno en voor de oude mensen in de villa. Mijn twee werkavonden waren een welkome afwisseling uit de dagelijkse beslommeringen. Enkele collega's kenden mijn zorgen maar de gasten wisten van niets. Ik wilde dat niet, omdat ik zeker wist dat ze me vragen zouden gaan stellen en ik ook op mijn werk nog met de thuissituatie bezig zou zijn. Dat werk was juist mijn ontsnappingsmogelijkheid.

Ik kwam die avond in april later thuis dan gewoonlijk, omdat vlak voordat mijn dienst erop zat een van de bewoners plotseling overleed. Ik belde naar huis om te zeggen dat het wat later zou worden maar er werd niet opgenomen. Onno lag waarschijnlijk al op bed, hij sliep meestal al als ik thuiskwam. Even voor middernacht reed ik de straat in waar we woonden. In de woonkamer brandde licht, zag ik. Verder was alles donker. Zoals gewoonlijk ging ik eerst bij de kinderen kijken. Ze lagen heerlijk te slapen. Ik stond stil te genieten van hun rode wangetjes en hun rustige, nauwelijks hoorbare ademhaling. Het leken wel engeltjes. Het waren zonder twijfel de allermooiste kinderen die ik ooit had gezien. Zoiets denkt iedere moeder als ze naar haar slapende kinderen staat te kijken, schoot het door me heen. Iedere moeder heeft de mooiste kinderen van de wereld.

Ik liep naar onze slaapkamer maar het bed was leeg. Hij was zeker op de bank in de woonkamer in slaap gevallen. Maar daar bleek hij ook niet te liggen. Ik keek in de achterkamer en in de serre. Geen Onno. Ik werd ongerust. Zat hij dan in de tuin? Ook al niet. Ik liep door de keuken terug naar de woonkamer en zag vanuit mijn ooghoeken dat de kelderdeur op een kier stond. In de kelder brandde licht. Zat hij dáár? Ik liep de trap af maar de kelder was leeg. Toen ik weer naar boven wilde gaan ontdekte ik in een hoek tegenover de trap de grote doos waarin onze nieuwe wasmachine had gezeten. Onno had de doos nog even willen bewaren tot de garantieperiode verstreken was. Ik meende daarachter een geluid te horen. Toen ik dichterbij kwam ontdekte ik Onno, die in de doos zat. Hij had hem blijkbaar gedraaid, de opening zat aan de muurkant. Hij lag helemaal opgerold en keek me met grote ogen aan.

'Wat doe jij nu?' vroeg ik en ik probeerde niet te laten merken dat ik schrok. Rustig blijven, maande ik mezelf, geen onrust veroorzaken. Onno antwoordde niet maar bleef me strak aankijken.

'Is er iets gebeurd? Ben je ergens van geschrokken? Hoelang zit je hier al?'

Hij beefde over zijn hele lijf en volgens mij was hij bang. Ik streelde heel voorzichtig zijn handen en toen hij dat bleek toe te laten ook zijn armen. 'Kom mee naar boven,' drong ik aan. 'Ik maak warme chocolademelk voor je en dan vertel je me waar je zo van geschrokken bent.'

Hij krabbelde overeind en kroop in mijn armen. Ik bleef hem vasthouden toen we de trap op liepen. In de woonkamer wilde ik hem loslaten maar hij klemde zich aan me vast. 'Het was de dood,' stamelde hij.

Ik staarde hem aan. 'De dood? Wat bedoel je daarmee?'

'Hij was hier,' fluisterde hij en hij keek schielijk om zich heen. Hij greep mijn arm opnieuw zó stevig vast dat het pijn deed. 'Hier in huis. Ik zag hem. Hij probeerde me te halen.'

Ik zweeg en bleef hem stevig vasthouden. Er kwam een golf van medelijden in me op en ik had het willen uitschreeuwen van ellende. Maar ik beheerste me. Ik kuste zijn haren en wreef over zijn schouders. 'Stil maar,' stelde ik hem gerust. Ik probeerde zijn vingers een beetje losser te maken. 'Stil maar. Hij is nu weg. Ik ben er weer. Je bent veilig.'

Onno sliep zodra zijn hoofd het kussen raakte. Hij werd pas twaalf uur later wakker. Maar ik lag de hele nacht te draaien en te woelen. Ik meende voortdurend geluiden te horen en schoot steeds overeind. Wat was dat? Wat hoorde ik? Zou het waar kunnen zijn dat je het merkt als de dood je komt halen? Was hij bij ons in huis? Ik rilde en was bang. Maar ik dacht ook diep na. Ik nam me voor om Onno desnoods te dwingen zich te laten opnemen. Hij had deskundige hulp nodig. Die kon ik hem niet geven. Hij moest weg uit huis.

En ik moest mijn kinderen beschermen.

*

Ik rende de trap op.

Halverwege stond ik stil. Mijn hart bonkte in mijn borstkas en ik wist dat ik mijn ademhaling onder controle moest zien te krijgen. Ik leunde tegen de muur en concentreerde me. Diep inademen door de neus, uitademen door de buik.

Nog een keer.

Nog een keer.

De steken in mijn borst ebden weg. Rustig liep ik verder naar boven. Heel diep in mijn onderbewustzijn heb ik geweten wat ik zou vinden. Ik heb de dreiging die bij ons in huis had postgevat gevoeld. Maar ik heb het genegeerd.

Ze lagen in dezelfde houding waarin ze altijd sliepen. Op hun rug, de armpjes wijd gestrekt langs hun hoofdjes. Maar nu sliepen ze niet. De roze wangetjes waren bleek geworden, hun oogjes waren niet helemaal gesloten. Ze ademden altijd onhoorbaar maar op het moment dat ik ze vond was de stilte om hen heen niet om aan te horen. Ik stond naar hen te kijken en ik voelde mijn hart bonken. Ze sliepen, stelde ik vast. Ze sliepen heel diep en ik kon ze beter niet wakker maken. Morgen ga ik ze de hele dag knuffelen, nam ik me voor, ik ga ze de hele dag vertroetelen. Ze zullen goed merken hoeveel ik van ze hou.

In de vensterbank stond een schaaltje. Het was leeg. Ik zag dat er een restantje gele vla in zat.

Ik draaide me om en wankelde de trap af. Ik miste de laatste tree en kwam met een klap op de vloer terecht. Er schoot een felle pijn door mijn rechtervoet maar daar sloeg ik geen acht op. Ik zag bijna niets, hoewel in het hele huis alle lampen brandden. Ergens op de achtergrond was muziek en hoorde ik ook stemmen. De buurtbarbecue was blijkbaar nog niet afgelopen. Ik moest hulp hebben, iemand moest mijn kinderen redden, er moesten mensen komen, maar hoe kwam ik buiten?

Toen hoorde ik zacht miauwen en ontdekte de poezen die voor de kelderdeur zaten. De deur stond op een kier. In de kelder brandde licht. Ik luisterde ingespannen maar er kwam geen geluid van beneden.

Voorzichtig duwde ik de deur verder open. Ik boog me over het trapgat. De grote lege doos stond weer met de opening naar de muur toe. Er bewoog niets.

Ik hield mijn adem in. Ergens diep in de doos hoorde ik een vaag gesnurk.

Ik probeerde niet op mijn rechtervoet te staan toen ik naar beneden liep. Het eerste wat ik zag toen ik de doos had bereikt was een lege fles. Een whiskyfles. Daarnaast lagen twee halve tabletten. Ze lagen daar achteloos, alsof het er niet toe deed dat zij ook beschikbaar waren. Ik herkende de vorm van de Vesperax.

Onno sliep als een foetus, met zijn hoofd dicht tegen zijn opgetrokken knieën aan.

Ik dacht niets. Ik voelde alleen.

Op mijn netvlies stonden twee kleine meisjes in een diepe monsterslaap gegrift. Mijn hersenen weigerden te begrijpen wat ik had gezien.

Ik keek nog één keer naar Onno. Het gesnurk was afgenomen.

Het stopte. Hij ademde zonder geluid. Het was een vreemd gezicht.

Hij was een vreemde geworden.

Ik draaide me om en hinkte met mijn pijnlijke voet de trap weer op.

Ik deed het licht in de kelder uit, sloot de deur en strompelde in de richting van de stemmen, ergens in de nacht.

Lees ook van Karakter Uitgevers B.V.

LOES DEN HOLLANDER

Vrijdag

Sandra van Dalsum heeft het in haar leven prima voor elkaar. Ze is mede-eigenaresse van drie modezaken, ziet er voor haar 48 jaar goed uit en houdt er minnaars op na, zonder dat haar echtgenoot daar een probleem van maakt. Toch baart de jongere man met wie ze op dit moment een overspelige relatie heeft, haar zorgen. Want met deze scharrel gaat ze te ver, véél te ver...

Vandaar dat ze zich gedwongen ziet er een punt achter te zetten. Maar een paar dagen nadat Sandra heeft besloten om hem dit mee te delen, wordt haar minnaar vermoord. In het hotelletje waar hij en Sandra elkaar altijd treffen... En waar hij op dat moment met een andere vrouw in bed lag...

ISBN 978 90 6112 355 2

Zwanenzang

Op het einde van hun middelbareschooltijd sluiten vier klasgenoten een verbond, waarbij ze elkaar beloven dat ze met niemand zullen praten over wat ze samen hebben uitgehaald. Ieder voor zich probeert daarna om alles wat er is gebeurd te vergeten. Maar er blijft toch een onaangenaam schuldgevoel achter, waar ze nooit helemaal los van komen.

Na twintig jaar worden Sylvie, Doortje, Vicky en Janna beurtelings geconfronteerd met hun lidmaatschap van een groep die beter niet had kunnen bestaan. Ze proberen de signalen die ze krijgen te negeren maar worden tóch gedwongen om onder ogen te zien dat hun schuld moet worden ingelost en ze een hoge prijs gaan betalen. Een te hoge prijs zelfs...

ISBN 978 90 6112 216 6

The Manager's Guide
to **Health & Safety**
at Work

8th edition

Jeremy Stranks

RECOMMENDED BY

INSTITUTE OF DIRECTORS

**KOGAN
PAGE**

The masculine pronoun has been used throughout this book. This stems from a desire to avoid ugly and cumbersome language, and no discrimination, prejudice or bias is intended.

First published in 1990
Second edition 1992
Third edition 1994
Fourth edition 1995
Fifth edition 1997
Sixth edition 2001
Seventh edition 2003
Eighth edition 2006

Kogan Page Limited
120 Pentonville Road
London N1 9JN
United Kingdom
www.kogan-page.co.uk

British Library Cataloguing in Publication Data

A CIP record for this book is available from the British Library.

ISBN 0 7494 4495 9

Typeset by Saxon Graphics Ltd, Derby
Printed and bound in Great Britain by Creative Print and Design (Wales), Ebbw Vale